Stewart Home
STELLUNGSKRIEG
Roman

Aus dem Englischen übersetzt
von Wolfgang Bortlik

Edition Nautilus

Editorische Notiz: Die englische Originalausgabe erschien 1991 beim Londoner Verlag Peter Owen unter dem Titel »Defiant Pose«, der von der zweiten Single der Punkrock-Band The Cortinas entliehen ist. Eine Cover-Abbildung von »Defiant Pose / Independence« findet sich auf Seite 185 dieses Buches. Titelbildgestaltung: Maja Bechert, Hamburg.

Vorbemerkung des Übersetzers: Gewisse Teile des Romans paraphrasieren fremde literarische Quellen. Neben kaum mehr zu identifizierenden Partikeln aus der Sprache der Schundliteratur und offiziell ausgewiesenen Passagen verdienen zwei Beispiele besondere Erwähnung: Die Rede des *Führers* Smith basiert auf Wendungen aus dem antisemitischen Machwerk »Die Protokolle der Weisen von Zion«; die Verwandlung von Terry Blake in einen Volkstribun anläßlich des Aufmarsches der United Britons Party ist die Dekonstruktion einer Passage aus dem Roman »Michael« von Joseph Goebbels. – Ich wünsche ausdrücklich viel Vergnügen beim Lesen!

Edition Nautilus Verlag Lutz Schulenburg
Am Brink 10 · D-21029 Hamburg

1. Auflage 1995 · ISBN: 3-89401-248-X
Printed in Germany

EINS

Terry Blake wollte sich auf keinen Fall in die ihn umbrandenden Gespräche einbeziehen lassen. Seine Aufmerksamkeit galt jedoch nur halb der zerfledderten Ausgabe von Tony Parsons Roman „The Kids“. Er las einen Abschnitt und beäugte dann wieder das Mädchen, das ihren Arsch auf dem Sitz vor ihm geparkt hatte. Sie sah aus wie siebenundzwanzig, war schlank und ihr Brustumfang lag etwa bei 90 Zentimetern. Terry beschloß, sie anzugraben – falls nichts besseres mehr auftauchte. Bis jetzt gab es keine Konkurrenz: ein paar Weiber um die vierzig und eine Neunzehnjährige, die offenbar in ihrem billigen Parfum gebadet hatte.

Die Kerle boten auch keinen besseren Anblick: eine vergammelte Bande von Pennern und Verlierern. Gelegentlich stand Terry auf Männerärsche, aber im großen und ganzen zog er Frauen vor. Das Problem mit den Männern war, daß sie samt und sonders ihren Steifen in die Löcher anderer Leute stecken wollten. Kein Mann hatte unseren Skinhead je erkannt, auch wenn er sich gelegentlich von Frauen mit dem Finger in den Arsch ficken ließ. Was Terry betraf, so sprach er den alten Griechen eine weit fortschrittlichere Haltung zum schwulen Sex zu als der sogenannten modernen Zivilisation. In der Antike wurde der aktive Partner nicht so schlecht gemacht. Der Kriegerkodex der alten Griechen erlaubte dem Starken beider Geschlechter, sich den zur Beute zu machen, der nicht den Willen zur Macht hatte.

Mit seinem sauber geschnittenen Mecki, dem am Kragen geknöpften Hemd, Sta-pres und den Doc Martens-Stiefeln war Terry der Inbegriff eines Arbeiterklasse-Kriegers. Er war stolz auf seine praktische und doch smarte Erscheinung. Stets war er bereit zu intervenieren, sich einzumischen, bereit, die schmierigen Horden zu bekämpfen, die mit ihrem revisionistischen Scheißdreck die fortschrittlichen sozialistischen Ideale bedrohten oder ganz offensichtlich versuchten, die kapitalistische Barbarei zu verteidigen.

„Mein Name ist Kate Dobbs und ich bin hier, um Sie über das *Entrepreneuer Allowance Scheme EAS* zu informieren“, kündigte ein ältliches Fräulein an, das in den Saal marschierte.

Terry sah auf die Uhr. Die Schlampe kam zwanzig Minuten zu spät. Er war richtig früh aufgestanden, um an diese Einführung zu kommen, und einmal mehr wurde er wie Dreck behandelt. Für solche Figuren wie Kate Dobbs war er nichts mehr als eine Sozialversicherungsnummer. Bis vor ein paar Wochen war Terry glücklich arbeitslos gewesen. Seine Stütze und ein kleiner Nebenverdienst mit Pornovideos hatten ihn ausreichend mit Barem für seine bescheidenen Bedürfnisse versorgt. Dann machte ihm die Bürokratie ein Angebot, das er nicht ausschlagen durfte. Die Regierung würde ihm ab sofort tatkräftig dabei helfen, sich einen Job zu suchen, und wenn er dies nicht dankbar akzeptierte, so würde er keinen Pfennig Stütze mehr sehen.

Terry hatte den einfachsten Ausweg gewählt und sich entschlossen, beim EAS mitzumachen. Der Staat zahlte ihm 40 Pfund die Woche, wenn er ein eigenes Geschäft eröffnete. Vorerst hatte er nur diesen Vortrag durchzustehen und nachher ein paar Formulare auszufüllen. War man erstmal im Projekt drin, kümmerte sich kein Mensch mehr darum, ob man wirklich ernsthaft versuchte, von seiner eigenen kleinen Unternehmung leben zu können. Die meisten dieser Kleinunternehmen gingen sofort ein, sobald die wöchentliche Unterstützung mit dem Ende des ersten Jahres eingestellt wurde. Dem Staat war das scheißegal. Solange es so aussah, als würde etwas gegen die immer längeren Schlangen auf den Arbeitslosenämtern unternommen, hielten die ehrbaren Mitglieder der Regierung den Schnabel. All die heiße Luft, die diese Wixer in solche Projekte pumpten, hatte Terry längst davon überzeugt, daß nicht ein einziger Westminster-Karrierist wirklich einen Gedanken an die Not der arbeitenden Bevölkerung verschwendete.

Miss Dobbs war mit ihrer Ansprache fertig. Nun sollten sich nacheinander die im Saal Anwesenden vorstellen und die von ihnen ins Auge gefaßte Art von Geschäft kurz skizzieren.

„Schleimscheißer“, murmelte Terry, als ein langhaariger Flocki geschwollen über die Aussichten einer künstlerischen Karriere daherredete.

„Tut mir leid, daß ich so spät bin“, rief eine vergammelte Tussi in Jeanskleidung, als sie in den Saal schoß und die Tür hinter sich zuwarf. Sie nahm den Stuhl neben Terry und ließ sich hineinplumpsen.

„Nun, junge Dame, ich bin nicht sicher, ob ich Sie noch an diesem Seminar teilnehmen lassen kann“, zischte Dobbs durch zusammengepreßte Lippen. „Sie sind fast eine halbe Stunde zu spät gekommen."

„Ich habe mich in der Adresse geirrt", erklärte das Mädchen, „ich habe Commercial Road statt Commercial Street gelesen."

„Sie haben Glück, daß ich eine mitleidige Christin bin, die auch Straßengören eine zweite Chance gibt."

„Tausend Dank", erwiderte das Mädchen sarkastisch.

„Nun, wo waren wir stehengeblieben?" fuhr Dobbs fort. „Ach ja, wir sind hier, um darüber zu reden, wie jeder von Ihnen mit der großzügigen Hilfe der Regierung ein eigenes Geschäft aufmachen kann."

„Vierzig Mäuse in der Woche nenne ich nicht gerade großzügig!" flüsterte die Zuspätgekommene.

Terry drehte sich dem Mädchen zu und lächelte sie an. Sie zwinkerte zurück. Die Tussi hatte sich offensichtlich dem Punk-Hippie-Crossover ergeben. Ihr langes Haar war blond gefärbt, aber an den Wurzeln längst wieder hellbraun nachgewachsen. Sie hatte ein Bad nötig und saubere Kleidung. Trotz des Schmutzes war Terry mehr als scharf drauf, diese Mieze zu verführen. Vielleicht sah sie mit seiner Hilfe ihren Irrweg ein und verwandelte sich in ein Skin-Girl mit sauber geschnittenem Haar und regelmäßigen Badegewohnheiten. Obwohl die Hippies den Boot-Boys meistens bloß Köpfe zum Einschlagen lieferten, fühlte sich Blake von den weiblichen Angehörigen dieses Stamms nur allzu oft sexuell angezogen. Er wußte aus Erfahrung, daß sie ebenso willig wie leicht zu kriegen waren. Und dieses Mädchen war dünn und flachbrüstig, genau wie Terry es mochte.

„Tut mir entsetzlich leid, daß ich zu spät bin, aber ich hatte ein bißchen Probleme, aus dem Bett zu kommen", verkündete ein gutangezogener junger Mann, als er locker durch den Raum schlenderte.

„Setzen Sie sich hierher", sagte Dobbs und deutete auf einen leeren Stuhl.

„Verdammt typisch, jetzt meckertse überhaupt nich, nur weil der Typ aus der Mittelklasse is!" schimpfte das Hippiegirl.

Terry legte seine Hand auf ihren Oberschenkel.

„Ich heiße Joyce", flüsterte sie.

„Terry."

„Wahrscheinlich ist es am besten, die Sozialversicherung mit einem Dauerauftrag überweisen zu lassen", schlug Dobbs vor.

„Sie können Ihre Bank beauftragen, alle zwei Wochen zu zahlen. Es ist wichtig, nicht mit den Zahlungen in Rückstand zu geraten, sonst werden Sie am Ende des Jahres mit einer Rechnung konfrontiert, die Sie nicht mehr begleichen können.“

„Blödsinn!“ unterbrach Terry. „Sie erzählen uns das, weil Sie eine Repräsentantin der herrschenden Klasse sind. Sie sind angewiesen worden, uns schlechte Ratschläge zu geben. Die Regierung will mit der einen Hand das zurücknehmen, was sie uns mit der anderen gegeben hat! Jeder mit ein bißchen Hirn wird die Zahlung von Steuern und Sozialversicherung so lange wie möglich vor sich herschieben. Regelmäßige Lieferanten von Gütern oder Dienstleistungen sind die einzigen, die ein Geschäftsmann mit schneller Bezahlung bei Laune halten muß. Bei einmaligem Kauf oder Regierungs-Abzockerei läßt sich der clevere Geschäftsmann auch mit dem kleinsten Rechnungsbetrag Zeit. Das Geld kann genutzt werden, um den eigenen Cash Flow aufzubessern, oder es kann gewinnbringend angelegt werden. Ich persönlich würde wegen zu niedrigem Einkommen die Freistellung von der Sozialversicherung beantragen. So kann ich, auch wenn mein Geschäft im ersten Jahr schon gut läuft, eine lange Zeit vermeiden, diese Beiträge zu zahlen.“

„Das ist eine ganz schlechte Einstellung“, erwiderte Dobbs eisig.

„Na und?“ zischte Terry. „Wieso sprechen wir nicht sachlich über sowas? Der Scheißdreck, den Sie über eine dem Allgemeinwohl dienende Geschäftemacherei erzählen, macht mich krank. Seien wir ehrlich, der Kapitalismus ist eine brutale Hetzjagd. Ich war gut drauf als Arbeitsloser, aber wenn ich jetzt in diese Jauchegrube der Geldmacherei gezogen werde, dann will ich so skrupellos sein, daß es sich auch lohnt und ich ganz oben bin nachher. Daß die Konservativen nach einer Unternehmens-Kultur verlangen, ist ein beschissener Witz. Jeder, der ein Geschäft aufmacht und sich nicht bewußt ist, in einer Ausbeuter-Kultur zu leben, geht unter – und zwar schnell!“

Blake verlor rasch das Interesse an der Antwort von Dobbs, denn Joyce begann an ihm herumzufummeln. Er fühlte seinen Schwanz steif werden, als das Hippiemädchen mit seinen Eiern spielte. Am liebsten hätte er gleich seine Sachen ausgezogen und genüßlich Hautkontakt hergestellt. Joyce ließ ihre Hand weiterwandern und umklammerte Terrys Schaft. Nachdem sie Blakes

Erregung gespürt hatte, krabbelten ihre Finger wieder nach unten und begannen erneut mit dem Billardspiel.

Eine andere Frau wurde der Klasse vorgestellt und war schon halb fertig mit irgendeiner Suada über die Freuden des selbstständig Erwerbens. Terry hatte keine Ahnung, wovon die Tussi schwallte, aber er war sicher, ihre wirtschaftsfreundliche Rhetorik und die Lügen, die ihr aus dem Mund purzelten, jederzeit widerlegen zu können – wenn es ihm jetzt noch wichtig gewesen wäre. Die Hand von Joyce blieb auf seinem Liebesmuskel liegen. Dieses Mädchen triezte ihn ganz schön! Der Skinhead stellte sich vor, was er mit ihr zusammen nach dem Ende der EAS-Schulung machen würde. Joyce würde seine Hosen öffnen und nach Luft schnappen, wenn sie entdeckte, daß er Unterhosen mit dem Union-Jack-Motiv trug. Dann würde sie Terrys Steifen aus den Shorts holen und das angeschwollene Glied lecken. Wenn ihr Mund an seinem Schaft hoch- und runterwanderte, würde sie seinen Liebesmuskel mit Lippenstift verschmieren. Und während Joyce mit der rechten Hand an der Basis von Terrys Männlichkeit arbeitete, würde sie ihn in ihren Mund kommen lassen. Das meiste könnte sie schlucken und der Überfluß würde dann von ihrem Kinn tropfen. Terry stellte sich vor, wie er Joyce küßte und seinen eigenen Erguß auf ihren Lippen schmeckte.

Dann entschied er sich für eine andere Fantasie. Er würde, während Joyce ihn blies, laut aus den *Ökonomischen und Philosophischen Manuskripten von 1844* von Karl Marx rezitieren. Er stellte sich vor, daß Joyces Zunge über seine Eichel wanderte und einen DNS-Code aktivierte, der tief in seiner Großhirnrinde begraben lag. Um gegen diese genetischen Kräfte, die seinen Körper zu übernehmen drohten, zu kämpfen, würde er die Anfangszeilen jenes zukunftsträchtigen Werkes sprechen: *Arbeitslohn wird bestimmt durch den feindlichen Kampf zwischen Kapitalisten und Arbeiter...* Joyce würde versuchen, mit der Zunge in Terrys Glied zu gelangen, indem sie ihre Zungenspitze in seine Pißritze drängte. Terry würde ekstatisch aufschreien, aber sein Verlangen sofort wieder zügeln. Er war mitten in einer Demonstration von Entschlossenheit und Willen. Er würde fortfahren mit seiner Rezitation: *Die Notwendigkeit des Siegs für den Kapitalisten. Kapitalist kann länger ohne den Arbeiter leben als dieser ohne jenen. Verbindung unter den Kapitalisten habituell und von Effekt, die der Arbeiter verboten und von schlechten Folgen für sie.*

Terry geriet tatsächlich in Hitze. Er dachte, wie toll Marx war, aber da gab es noch so viele andere Autoren, die er zitieren wollte, solange Joyce ihm einen abkaute. Der Skinhead stellte sich vor, daß er seinen Samen in den Mund der Hippiefrau ergoß, während er das *SCUM Manifest* aufsagte. Er fragte sich, ob es nicht noch besser kam, wenn er ein bißchen Andrea Dworkin dazu deklamierte. Blake fuhr auf die Idee ab, Arbeiterklassepuppen in die feministische Theorie einzuführen, während sie seinen Schwanz lutschten. Trendies beschuldigten den Boot-Boy gelegentlich, daß er ein Sexist wäre. Trotz genauen Studiums des *Anti-Ödipus* hatten diese Wixer aber keine Ahnung davon, daß die Erguß-Kultur das Ultimative war im fließenden Diskurs.

Nach der Lektion in Frauenbefreiung würden der Skin und die Hippiefrau wirklich tiefem Sex frönen. Anfangen würden sie damit, daß sie es einander zugewandt trieben. Terry würde zehn Minuten lang stoßen und sich dann eine Tube KY greifen. Er würde die Creme auf seine Finger drücken und in den Arsch von Joyce reiben. Während Terrys Schwanz in die Hippiemöse und wieder heraus und wieder hineinfuhr, war es nicht unnatürlich, wenn sein Finger dazu in ihrer Rosette steckte. Bald wären es zwei Finger, dann drei, die den Eingang ihres dunkelsten Geheimnisses hinter sich gelassen hätten. Terry würde dann seine Hand aus dem Hippiearsch rausnehmen und Joyce umdrehen, so daß sie mit dem Gesicht nach unten auf dem Bett lag.

„Das ist meine Möse", würde Joyce flüstern, während er in sie eindrang.

„Weiß ich!"

„Ich dachte, du wolltest in meinen Arsch?"

„Sicher, aber das kommt erst ein bißchen später."

Terry würde an seinen Fingern riechen. Er mochte den Geruch dieses Arsches. Er würde seinen Steifen aus ihrer Möse ziehen und ihn gegen ihren Sphinkter rammen. Der Liebesmuskel würde über Joyces Rosette schliddern. Seinen linken Arm um die Hüfte der Hippiefrau, würde Blake mit der Rechten seinen Schwanz an ihr Arschloch führen. Dann würde er seinen Liebesmuskel hineinstoßen. Joyce würden einen Batzen Schleim spucken müssen, während er sie auf diese Art penetrierte.

„Ist alles okay?" würde Terry sehr besorgt fragen.

„Alles klar!"

„Ich will dir nicht wehtun!"

„Ist mir egal, was du tun willst. Ich möchte nur spüren, wie du in mich kommst!"

Terry würde die Lautstärke hochdrehen. Seinen Finger in Joyces Mund stecken, damit sie auf den Geschmack ihrer eigenen Kacke abfahren konnte. Der Rhythmus, mit dem sie Liebe machten, würde zunehmend hektischer werden. Bis Blake den Liebessaft durch seinen Schwanz würde kochen spüren ...

Terry erwachte aus seinem feuchten Traum, weil Stuhlbeine über den Boden scharrten. Joyce hatte ihre Hand von seinem Schoß genommen und sich wie alle anderen so hingesetzt, daß sie auf einen Bildschirm blicken konnte. Das Video, das sie sahen, handelte von den Freuden des eigenen Unternehmens. Susan hatte sich als selbstständige Friseuse eingerichtet. Sie hatte keinen eigenen Laden und besuchte deshalb ihre Kunden zuhause. Das nächste Video war über einen Schwachkopf, der davon träumte, ein Vermögen mit der Produktion von Qualitätsschokolade zu machen. Sein Unternehmen stolperte von Katastrophe zu Katastrophe und Terry hegte die schönsten Hoffnungen, daß der Blödmann seine Karriere mit einem satten Ruin krönen würde. Unglücklicherweise schaffte es dieser Schleimscheißer durch alle finanziellen Nöte und verwandelte seine dumpfe Bude in ein äußerst profitables Unternehmen.

Nach dieser total uninspirierten Propaganda für die Unternehmens-Kultur war es Zeit für ein kostenloses Mittagessen. Es bestand aus Eiersandwiches mit Tee oder Kaffee. Terry schlang etwas hinunter und folgte Joyce, als diese ankündigte, daß sie auf die Toilette müßte.

Die Hippiefrau war erregt von dem Gedanken, einen Mann mit ins Damenklo zu nehmen. Für Blake war es ein alter Hut, er hatte es schon eine Million mal gemacht. Er betrachtete das Mädchen auf der Kloschüssel, mit ihren 501er-Jeans um die Fesseln, dann sog er die Luft ein, die scharf nach Bleichmitteln roch.

„Pack deine Titten aus!" befahl er.

Joyce zog ihre Jeansjacke aus und reichte sie Blake. Er hängte sie an den Haken der Klotür. Die Hippiefrau entledigte sich ihres T-Shirts, fuhr sich damit unter die Achseln und zwischen die Beine und rieb dann den schmutzigen Lumpen in Terrys Gesicht. Als sie damit fertig war, nahm Blake das T-Shirt und hing es über die Jeansjacke. Die ganze Zeit über hatte er die Titten von Joyce begutachtet. Sie war praktisch flach, was dem Boot-Boy über alle Maßen gefiel. Er hatte schon immer eine Schwäche für Mädchen gehabt, die wie Jungs aussahen.

„Ich möchte dir beim Pissen zusehen." Terry sprach in gleichgültigem Ton.

„Ich hab eine Idee", meinte Joyce, während sie aus ihren Turnschuhen schlüpfte, „ich werde in deinen Mund pinkeln."

„Du wirst was?" Terry schreckte auf.

„Ich piß dir ins Gesicht", sagte Joyce, während sie ihre Levis auszog.

„Aber ich bin doch dominant!"

„Wir spielen Rollen und Rollen können umgekehrt werden. Ich unterstütze diese schlußendlich bourgeoise Ideologie nicht, die das Sexualobjekt denunziert. Guter Sex benötigt ein Sexualobjekt. Sexismus entsteht nur, wenn sich ein Geschlecht diesem Prozeß der Objektifizierung entzieht. Das wird mir nicht passieren, denn ich verwandle dich jetzt in meine Toilette."

Während sie so sprach, kletterte Joyce auf die Schüssel. Sie bewahrte das Gleichgewicht, indem sie sich oben an den beiden Trennwänden festhielt. Dann streckte das Hippiemädchen den Arsch so, daß sie in den Lokus pissen konnte.

„Streck deinen Kopf über die Toilette und schau in meine Muschi", befahl sie.

Wenn er nachher auch noch zu Potte kommen wollte, hatte Terry keine andere Möglichkeit, als zu gehorchen.

„Mach den Mund auf", kommandierte Joyce.

Der erste Strahl traf Terry ins Auge.

„In solchen Dingen erfahrene Mädchen trainieren ihre Blase, damit sie mitten in jeder Entleerung aufhören können", erklärte Joyce, „das stärkt die Muskulatur und du behältst die Kontrolle darüber, auch wenn du älter wirst. Ich mache diese Übung seit Jahren, weil ich verdammt nochmal sicher sein will, daß ich nicht als inkontinentes altes Weib ende."

Joyce ließ es wieder rauschen und diesmal traf sie ins Ziel. Ein Schwall Pisse platschte in Terrys Mund. Er schluckte eine Ladung der goldenen Flüssigkeit, während der Überfluß über seine Lippen und an seinem Hals runterrann und in die Toilette spritzte.

„Steh auf“, befahl Joyce, als sie fertig war.

Terry gehorchte. Er lehnte sich an die Klotür und genoß die warme Sensation in seiner Kehle, den süßen Nachgeschmack der dampfenden Ausscheidung des Hippiemädchens.

Joyce kletterte von der Schüssel und zog ihre 501 an.

„Aber ich will dich vögeln“, protestierte Terry.

„Später. Zuerst will ich mir mal deinen Schwanz ansehen. Du wirst jetzt auf gewisse Krankheiten untersucht.“

Joyce öffnete Blakes Hosenknopf und zog den Reißverschluß auf. Als sie seine Union Jack-Unterhosen sah, stieß sie einen kleinen Laut des Entsetzens aus. Roberts hatte ihr befohlen, sie solle nach Blakes Verbindungen zu einer libertären Terrorgruppe forschen. Terrys Name war in einem Adreßbuch gefunden worden, das einem Mitglied von *Machnos Anarchistischer Armee* gehörte. Die Geheimagentin entschied sich spontan, den Fall als gelöst abzuschließen. Ihr Beobachtungsobjekt war keineswegs der Genosse von Roten Kämpfern, sondern offensichtlich Anhänger der äußersten Rechten.

„Ich ficke nicht mit Faschisten!“ sagte Joyce kalt.

„Wer sagt, daß ich ein Faschist bin?“

„Du trägst Union Jack-Unterhosen!“

„Na und?“ schnappte Terry und hieb mit seiner Faust in die Handfläche. „Du mußt wissen, daß ich ein kommunistischer Kader bin! Und ich schäme mich nicht, aus dem nichtproletarischen Milieu zu stammen. Meine Mam und mein Pa waren beide Mittelschullehrer und deshalb ist meine Herkunft untere Mittelklasse. Gefangen im Schraubstock der Klassenkonflikte, weder als Arbeiter noch als Chef geboren, schloß ich mich der revolutionären Sache an und nahm freudig alle Konsequenzen dieser Entscheidung auf mich. Ohne auf mein persönliches Wohl zu achten, wurde ich ein kommunistischer Intellektueller. Wie Sorel uns lehrt, müssen revolutionäre Theoretiker, ungeachtet ihrer sozialen Herkunft, notwendigerweise als Kleinbürger betrachtet werden. Als solcher habe ich, statt mich als irgendeine mythische Avantgarde zu sehen, eine sekundäre Rolle im Kampf für den Sozialismus übernommen und widme meine Energien der Diskreditierung der herrschenden Kultur. Als kommunistischer Intellektueller ist es meine Aufgabe, diejenigen Werte unbarmherzig zu kritisieren, die die Entwicklung des Klassenbewußtseins hemmen. Bei der Verfolgung dieses noblen Ideals habe ich viele Stunden damit verbracht, zu studieren, wie die Arbeiter der Verbürgerlichung widerstehen. Daher bin ich bewandert in den Taktiken, mit denen das Proletariat seine Kultur davor bewahrt, von den oberen Klassen assimiliert zu werden. Vor allem der Subkultur der Skinheads habe ich meine Aufmerksamkeit geschenkt und meine diesbezüglichen Nachforschungen haben mich zur Überzeugung gebracht, daß jeder, der eine wirklich grundlegende materialistische Kritik üben will, notwendigerweise ein Boot-Boy sein muß."

„Aber warum trägst du Union Jack-Unterhosen?"

„Weil ich schnell festgestellt habe, daß die Mehrzahl der Boot-Boys keineswegs nationalistisch ist! Du brauchst dir bloß Oi-Platten anzuhören, um zu merken, daß die meisten Skinhead-Bands ein völlig entwickeltes Klassenbewußtsein haben. Nimm eine Gruppe wie The Last Resort, deren Songs nichts anderes sind als Hymnen an den Klassenkampf. Besagte Band benutzt auch ein Gutteil der antiquierten nationalen Symbole und nahm sogar einen Song auf mit dem Titel ‚Red, White and Blue'. Rein phänomenologisch könnte hierbei auf ideologisches Dumpfbackentum geschlossen werden. Faschisten stellen sich doch vor, daß die Nation auf eine einzige mythische Gemeinschaft gründet. Oi-Musik stellt sich hier ganz klar gegen ultrarechtes Denken, weil die Teilung in Klassen ein expliziter Bestandteil der Skinhead-Kultur ist. Auch wenn wir annehmen, daß Skins dumm sind, so benutzen sie doch bewußt eine zweifelhafte Form des Imperialismus, um Liberale zu verschrecken und ihre Kultur vor der Vereinnahmung durch die herrschende Klasse zu bewahren."

„Ich verstehe immer noch nicht, wieso du nationalistische Unterwäsche trägst", schnaubte die Hippiefrau.

„Wenn die Skins die Symbole der herrschenden Klasse Englands übernehmen, bringen sie diese Abzeichen der Macht in Verruf. Ein Symbol zieht seine allgemeine Bedeutung aus einer speziellen Kette von Assoziationen. Im Fall des Union Jack sind diese Assoziationen verbunden mit Zurschaustellungen der Macht im Namen der herrschenden Klasse Englands. Indem sie beharrlich die britische Fahne aus diesem Bedeutungskontext reißen, attackieren die Skins die Grundlagen dieser Macht. Wenn ich mit meiner Einschätzung richtig liege, dann wird der Union

Jack als Symbol schon bald völlig diskreditiert sein. Die Boot-Boys haben eine Menge gelernt aus dem Fakt, daß Mittelklasse-Trendies den kommunistischen Chic vollständig übernommen haben. Die herrschende Klasse hat die Arbeiterklasse zahlreicher Symbole beraubt und sie in bedeutungslose Modeaccessoires verwandelt. Indem sie den Union Jack tragen, wenden die Skinheads diese Taktik gegen die an, die sie als erste im Klassenkrieg als Waffe benutzten. Und da es die Aufgabe des Proletariats ist, den Klassenkampf zu organisieren und auszuführen, können revolutionäre Intellektuelle ihnen nur folgen. Deswegen trage ich Union Jack-Unterhosen."

„Na, und wenn die Skinheads das alles falsch verstanden haben?" wollte Joyce wissen.

„Die Arbeiter haben immer recht!"

„Aber nehmen wir an, daß Roi Pearce von The Last Resort und die Boot-Boys, die seine Platten kaufen, einfach stockdumm sind?" beharrte Joyce. „Was ist, wenn diese Skinheads doch echte Patrioten sind und nicht merken, daß sich ihr Nationalstolz eigentlich gar nicht mit ihrem ebenso wahren Stolz auf ihre Klassenzugehörigkeit vereinbaren läßt?"

„Spielt keine Rolle", versicherte Terry, „die sich weiterhin entwickelnden Widersprüche der Klassengesellschaft werden sie zu meiner Art des Denkens bekehren."

„Ist das nicht eine etwas gar deterministische Position? Sollte da im revolutionären Programm nicht Platz sein für freie Wahl und freiwillige Aktion? Hat die kommunistische Linke nicht schon immer das autonome Subjekt ins Zentrum ihrer Vision einer nachkapitalistischen Gesellschaft gestellt?"

„Du hast recht!" gestand Terry, „und als Strafe, daß du so eine Schlaubergerin bist, darfst du dich jetzt hinknien und meinen Schwanz lutschen."

Joyce dachte, daß sie keine andere Wahl hatte, als zu gehorchen. Wenn sie weiterhin als kommunistische Militante gelten wollte, mußte sie demonstrieren, daß sie im Herzen eigentlich eine Antiintellektuelle war. Sie ließ ihre Hand in Blakes Unterhose gleiten und holte seinen Liebesmuskel hervor.

Terry mochte es sehr, wenn eine Biene seine genetische Pumpe anlaufen ließ. Als er elf Jahre alt war, hatte Blake die Mädchen anstehen lassen, die die Hand in seine Hose stecken wollten. Weil außer ihm kein anderer Junge in der Schule zuließ, daß ihn die Mädchen hochbrachten, hatte Terry schnell den Ruf eines Perversen. Von da an betrachtete Blake es als bizarre Eigenart der patriarchalischen Gesellschaft, daß Jungs sehr damit prahlten, bei Mädchen gefummelt zu haben, aber sofort verstummten, wenn es um ihre genetischen Heldentaten ging, sofern diese nur von einer Hand begangen wurden.

„Wie schmeckt das?“ fragte Terry, als Joyce sein Ding in den Mund nahm.

„Nach Schwanz!“ erwiderte diese, bevor sie ihre Lippen um seine verschwitzte Männlichkeit schloß.

Joyce hielt Blakes Liebesmuskel mit der Hand umklammert. Sie würde ihn nicht ganz in den Mund nehmen. Aber Terry war es zufrieden, wie sie an seinem Schaft arbeitete. Alles, was Terry Blake vom Leben wollte, war die Möglichkeit, kommunistische Propaganda zu rezitieren, während Millionen Jahre alte genetische Codes darum kämpften, die Kontrolle über ihn und seinen Körper zu übernehmen: *Menschen, die von Revolution und Klassenkampf reden ...* Terry wußte nicht mehr weiter, kaum hatte er *Die Revolution des täglichen Lebens* von Raoul Vaneigem zu zitieren begonnen. Er würde der Diktatur der DNS niemals entkommen, aber er genoß diesen aussichtslosen Kampf so lange, bis sein Gehirn so von Endorphin gesättigt war, daß es unmöglich war weiterzuzitieren: *ohne, ohne sich explizit zu ... zu beziehen ...*

Blakes Gehirn verschattete, aber dann gewann für eine ganze Minute die Klarheit wieder Oberhand: *... zum alltäglichen Leben, ohne zu verstehen, was an der Liebe subversiv und was an der Verweigerung des Zwanges positiv ist, solche Menschen führen einen Leichnam in ihrem Mund ...*

Dann verlor Terry jegliche Kontrolle über Körper und Geist. Er war sich nicht mehr länger bewußt, daß Joyce die Lautstärke hochdrehte, als sie den kollektivistischen Rhythmus des Geschlechts anschlug. All die Fesseln der kapitalistischen Beschränktheit waren gefallen. Blake war jenseits der Dualität Subjekt/Objekt und erfuhr für einen kurzen Moment den Kommunismus als orgiastische Wahrheit. Die menschlichen Beziehungen waren ihm nicht nur völlig transparent geworden, sie hatten tatsächlich aufgehört zu existieren, seitdem Terrys Selbst sich in einem kollektivistischen Bewußtsein aufgelöst hatte. Kommunismus und die ihn begleitende sexuelle Ekstase gingen weit über den kleinlichen Individualismus hinaus. Es war die Bewegung großer Massen, befreit von den Fesseln des Staatsapparats.

Joyce nahm Blakes Schwanz aus dem Mund und verschärfte das Tempo, mit dem sie ihn rieb. Terry erfuhr den Orgasmus als eine szenische Wiederholung der revolutionären Aufstände von 1905 in Rußland. Liebessaft kochte aus seinem Schwanz, so wie die Arbeitermassen aus einer Fabrik quollen, nachdem ein Streik ausgerufen worden war.

Joyce duckte sich und flüssige DNS schoß über ihren Kopf. Blake stöhnte und fiel rückwärts an die Toilettentür. Einen Moment lang war er überzeugt, einen proletarischen Aufstand anzuführen. Als er zusammen mit einer Arbeiterphalanx eine Bresche schlug, lenkte ein überwältigender Geruch von Putzmitteln seine Aufmerksamkeit ab. Terry öffnete die Augen und sah seinen Erguß auf den Boden tröpfeln.

„Du hast mich nicht in deinem Mund kommen lassen, du Miststück!"

„Na und?"

„Das bedeutet, daß ich mich nicht selber schmecken kann, wenn ich dich küsse", schnappte Terry und lehnte sich vor, um seine Lippen auf die des Mädchens zu pressen.

„Du ißt zuviel Curry und andere Gewürze", erwiderte das Hippiegirl und unterbrach den Kuß. „Wenn du nicht schon längst deine Geschmacksnerven im Mund ruiniert hättest, dann würdest du immer noch das Schweißaroma von deinem Schwanz in meinem Mund wahrnehmen."

„Quatsch!" schnaubte Blake.

„Na komm schon, ich möchte noch eine Tasse Tee, bevor die Nachmittagslektion anfängt." Joyce griff ein paar Blatt Klopapier und wischte Terry ab.

„Aber ich will dich ficken!"

„Später!" Joyce zog ihr schmutziges T-Shirt wieder an.

„Nein, jetzt!"

„Hör mal, deinen Schwanz zu kauen, macht Durst, und wenn wir jetzt nicht gehen, reicht's nicht mehr für eine Tasse Tee."

„Kommst du mit zu mir, wenn diese Einführung vorbei ist?"

„Klar!" Das Hippiemädchen legte die Jeansjacke über den Arm.

Terry zog die Hosen hoch. Joyce entriegelte die Tür und schob

Blake aus dem Pinkelkabinett. Der Boot-Boy bestand darauf, daß sie die Spülung betätigten und ihre Hände wuschen, bevor sie das Damenklo verließen.

Im Klassenzimmer war der Nachschub mit Tee ausgeblieben und Joyce mußte Kaffee trinken. Drei Eiersandwiches waren noch übrig. Verschwendung wäre kriminell, dachte Blake und schlang sie hinunter.

„Wo seid ihr zwei denn hin?“ fragte das Mädchen, das in der Morgenlektion vor Terry und Joyce gesessen hatte.

„Auf die Damentoilette“, antwortete Terry.

„Was habt ihr denn dort gemacht?“

„Ich hab ihm einen geblasen“, informierte die Hippiefrau.

„Kann ich das nachher auch machen?“

„Frag ihn, Schätzchen, nicht mich!“ Joyce konnte sich nicht vorstellen, daß diese Mittelklassenutte den Nerv hatte, es wirklich zu tun.

„Entschuldige, Terry, ich heiße Marion Calder.“ Das Mädchen sprach in sanftem Ton. „Ich habe bemerkt, daß du mich angestarrt hast heute morgen, bevor deine Freundin gekommen ist. Glaubst du, daß es möglich ist, daß wir zwei uns später ein bißchen dem guten alten Körperlichen hingeben?“

„Hier, meine Karte.“ Terry zog ein Stück Karton aus seiner Hosentasche und gab es Marion. „Ruf mich an und wir machen etwas miteinander aus.“

„Terry Blake, Film und Video, 210 Kelson House, Manchester Road, Isle of Dogs, London E14, Telefon 071 533 9991“, las Marion laut vor.

„Das bin ich!“ versicherte der Boot-Boy.

„Und du machst Filme und Videos?“ fragte Marion ehrfürchtig.

„Genau!“

„Kann ich in einem deiner Filme auftreten?“

„Klar. Ich mache gerade eine interessante Serie, da gibt es eine Rolle, die ist was für dich. Wird alles von Hand mit einer Super Acht-Kamera aufgenommen. Es geht da um verschiedene Miezen und Typen, die mir einen blasen, während ich ihre Aktion filme. Natürlich sind die Bilder ziemlich verwackelt, aber die Ergebnisse sind ganz interessant und...“

„Au toll, ich komme ins Kino!“ platzte Marion dazwischen. „Du kannst jederzeit in meinen Mund kommen ...“

Terry fragte sich, ob Marions offensichtliche sexuelle Unterwürfigkeit Joyce wohl ärgerte. Wenn dem so war – zu schade! Terry war nicht der Typ, der Puppen widerstehen konnte, die so offen Annäherungsversuche machten.

Er achtete nicht mehr auf die Frau, die den ganzen Nachmittag lang erklärte, wie sie mit dem Zwischenhandel von Cashewnüssen an Bioläden ihr eigenes Geschäft aufgebaut hätte. Der gesunde Menschenverstand mußte einem sagen, daß diese Puppe bei solchen Unternehmungen nie mehr als gerade knapp die Butter aufs Brot verdiente. Jede, die einen gewissen Instinkt fürs Geldmachen hatte, würde ihr Talent niemals an so eine Kleingeldklitsche mit dem Staat im Rücken verschwenden. Außerdem hatte Blake anderes im Sinn: Spaß und Spiele, die er für Marion organisieren würde, sobald sie zu der Sexsession in seiner Docklands-Bude auftauchte. Sie sah ihm ganz so aus, als ob sie einen kräftigen Pißstrahl den Arsch hoch schätzte. Terry hatte das Gefühl, daß es höchste Zeit war, diese Technik auch mit einer Mieze auszuprobieren. Alle zwölf Typen, denen er es gemacht hatte, empfanden es als echten Antörner, wenn es mit einer Anzahl anderer exotischer Sexualpraktiken kombiniert war.

Glücklicherweise gab es keine Fragen am Ende der Einführung ins Geschäftsleben. Jeder kriegte sein Anmeldeformular für die EAS und dann wurden alle entlassen.

„Ruf mich an“, sagte Blake zu Marion und küßte sie auf den Mund.

Der Boot-Boy wollte das Mädchen jetzt loswerden. Sein unmittelbares Bedürfnis war es, Joyce in seine Wohnung zu bringen. Er war wie der Teufel drauf aus, die Sequenz zu filmen, in der die Hippiefrau seinen Schwanz wieder in den Mund nahm. Terry hatte die meiste Zeit des Nachmittags damit verbracht, sich den besten Aufnahmewinkel für einen perfekten Erguß auszudenken. Er hatte das Problem mehr oder weniger theoretisch gelöst und wollte es nun in die Tat umsetzen, um, wie er ganz deutlich fühlte, ein Meisterwerk des schlechten Geschmacks zu schaffen.

„Komm, wir hauen ab“, sagte er zu Joyce.

„Wohin?“

„Zu mir nach Hause!“

„Ich muß erst was paffen. Mein Dealer war eine Woche im Urlaub und ich brauche unbedingt einen Joint.“

Blake stöhnte. Er hätte es wissen müssen, daß diese Biene eine degenerierte Drogenabhängige war. Er selbst hatte nichts als Bedauern für die übrig, die Hasch rauchten. Terry nahm nur Stimulantien, die ihn härter und brutaler machten. Speed war die wahre proletarische Droge. Das Eindringen des Drogenkonsums in die Freizeitvergnügungen der Arbeiterklassejugend war nur allzu deprimierend mitanzusehen. Zuviele dieser Mietskasernen-Kids saßen in Abbruchbuden und entspannten sich bei einer Pfeife, statt daß sie die Kacke aus dem Klassenfeind prügelten oder das Auto eines reichen Bastards demolierten.

ZWEI

Die eigentliche Hauptstraße Hackneys führt von der Kingsland High Street zur Amhurst Road und mündet in diese, kurz bevor die Amhurst Road sich mit der Dalston Lane verbindet. Recht unbehaglich liegt sie zwischen den nördlichen und östlichen Achsen der Stadt. Es handelt sich um die Sandringham Road, wo schwarze Unternehmer in coolen Sportklamotten dem Hippieabschaum, der Hackney, Londons Elendsviertel Nummer Eins, mittlerweile überflutet hat, Haschisch verkaufen.

Vor Jahren, als Terry noch in Stoke Newington lebte, mußte er in einem Büro in der Spurstowe Terrace stempeln. Auf seinem Weg zu den vierzehntäglichen Treffen mit den Repräsentanten der damals als *Department of Health and Social Security* bekannten Institution war Terry öfter von einem schwarzen Jungen angesprochen worden, der ihm Shit verkaufen wollte. Die Tatsache, daß er fälschlicherweise für ein Mitglied der ungewaschenen Horden, die ihr Hasch hier kauften, gehalten wurde, war zutiefst demütigend für Blake. Wäre er nicht im Besitz einer materialistischen Kritik der herrschenden Gesellschaft gewesen, hätte ihn diese Erfahrung durchaus zu einem Rassisten machen können. Glücklicherweise sah Terry ein, daß dieser schwarze Jugendliche eine vitale Rolle im Klassenkampf spielte. Er und seinesgleichen verkauften einem besonders degenerierten Segment der Mittelklasse die Mittel zur Selbstzerstörung.

„Ich muß telefonieren“, sagte Blake zu seiner neuesten Bekanntschaft. „Du kannst deinen Deal alleine machen. Ich treffe dich bei den Telefonzellen vor der Hackney Downs Station."

„Okay", meinte Joyce.

Terry verspürte ein tiefes Gefühl der Erleichterung, als er in die Wayland Avenue einbog. Er würde sich von diesem Hippiegirl nicht kompromittieren lassen. Auf keinen Fall würde er einer gerade aufgegabelten Mieze beim Dealen beistehen. Wie es so schön heißt: Drogen sind was für Hippies!

Als Blake zu einer Telefonzelle kam und sah, was dort drin gerade vor sich ging, mußte er sich zuerst die Augen reiben, um sicherzugehen, daß er nicht träumte. Ein Mann zwischen fünfzig und sechzig schob ein Stück Pappe in den Geldrückgabeschlitz des Münztelefons. Terry war baff, daß jemand diesen alten Trick immer noch ausprobierte. Dieser Schwindel war über die Jahre so allgemein bekannt gemacht worden, daß Blake als allererstes beim Telefonieren in öffentlichen Kabinen nachschaute, ob nicht irgendein Witzbold, der scharf auf das nichtvertelefonierte Geld war, am Rückgabeschlitz herumgemacht hatte. Der alte Gauner in der Telefonzelle hantierte nervös herum und hob den Hörer ab, in der Hoffnung, Blake davon zu überzeugen, daß er bloß telefonierte.

Terry zog den Bastard aus der Zelle auf die Straße und trat ihm gegen das Schienbein.

„Tu mir nicht weh", bettelte der alte Zausel, während er auf einem Bein herumhopste.

„Du verdienst den Tod", bellte Terry. „Deine eigenen Leute, deine eigene Klasse berauben zu wollen. Die Yuppies, die hierher gezogen sind, haben Telefon in ihren Wohnungen. Nur die Armen benutzen Telefonzellen wie diese."

„Reg dich nicht auf, mein Junge", wollte der alte Gauner Terry beruhigen, „ich schnappe mir das Zurückgeld nur in Vierteln, wo es viele Einwanderer gibt. Ich nehme von den Ausländern nur das zurück, was sie uns geklaut und um was sie uns betrogen haben ..."

Terry rammte seine Faust in das Maul des Rassisten. Es ertönte das zufriedenstellende Geräusch splitternder Knochen, und der Bastard stolperte rückwärts, während er Blut und angelegentlich Stücke ausgeschlagener Zähne spuckte. Vier Jugendliche sausten herbei, um bei dem Spaß mitzumachen. Sie schoben Terry beiseite und ließen die Stahlkappen ihrer Doc Martens sprechen. Der gefällte Rassist spürte die unbarmherzigen Tritte, die Wellen der Agonie durch seinen vom Alter verrotteten Körper branden ließen. Ersticktes Stöhnen verlor sich die Dalston Lane hinunter, während die Jugendlichen sangen: „Bogside, Clydeside, Join the Angry Side!"

Der alte Gauner wurde schließlich von einer allumfassenden Betäubung erlöst. Sie machte ihn unempfindlich gegenüber dem schrecklichen Blutzoll, den sein geschundener Körper entrichten mußte. Tiefer und tiefer versank der Alte in die Dunkelheit, dankbar für diese Gelegenheit, der Pein der Schläge zu entkommen.

„Schmeißt ihn in die Telefonzelle!" befahl Terry. „Dann dauert es länger, bis sie ihn finden."

„Gute Idee!" erwiderte einer der Jungs.

„Wir sind schon länger hinter diesem Schweinehund Brian Smith her", sagte ein anderer.

Plötzlich war Terry klar, wieso ihn diese Jungs wie einen Helden behandelten. Ohne es zu wissen, hatte er einen der berüchtigtsten faschistischen Organsiatoren Britanniens niedergeschlagen, den *Führer* einer als Cockney Nation bekannten Sekte, die sich ideologisch zur Dritten Postition oder zum Dritten Weg, einer strasserianischen Variante des Nationalsozialismus bekannte. Diese Verrückten vertraten das Glaubensbekenntnis, daß die drei Londoner Vorstädte Hackney, Tower Hamlets und Newham sich zu einer ausschließlich weißen Nation zusammentun sollten. Cockney Nation wäre dann eine der ersten von vielen patriotischen Korporationen, die schlußendlich ein England der Einhundert Fahnen bilden würden. So sahen es auf jeden Fall diese völlig an den Rand gedrängten Figuren von ganz Rechtsaußen. Kamen noch Schottland, Ulster, Wales, Cornwall, die Isle of Man und Irland dazu, und schon wäre es die gesamte Familie der Britischen Nationen!

„Darf ich mich vorstellen, ich heiße Rodney James", sagte einer der Jugendlichen.

„Ich bin Arnold Chance."

„Ich Raymond Nicolson."

„Und ich Sebastian Nicolson."

„Zusammen mit Rupert Dawson-Rand sind wir alle Mitglieder der theoretisch kohärenten Gruppe Mein Eines Fleisch. Wir kämpfen für die situationistische Revolution", fügte Rodney ziemlich geschwollen hinzu.

„Ich bin Terry Blake, und ich sage, die Revolution ist,

seine Frau zu vögeln, bis sie nicht mehr aufstehen kann.“

„Hört, hört“, antworteten Mein Eines Fleisch unisono. Dann sahen sie einander verlegen an und hofften, daß der unglückliche Gebrauch dieser Phrase nicht ihre Herkunft aus der Oberschicht verraten hatte. Da sie endlich einen angetroffen hatten, der tatsächlich ein theoretisch kohärenter Prolet zu sein schien, wollten sie sich dieses Schnäppchen nicht entgehen lassen. Mehrere zurückgebliebene anarchistische Gruppen gaben mit einem echten, bei der Post angestellten Arbeiter in ihren Reihen an, eine dieser Gruppen sogar mit einem Müllmann. Mein Eines Fleisch waren wild entschlossen, ein Mitglied zu rekrutieren, das aus dem Ruß und Grus einer Fabrik kam. Die Unterstützung ihrer Position durch jemanden, der sich sein Brot mit den eigenen Händen verdiente, würde Wunder für ihre Glaubwürdigkeit tun.

„Oooh, du hast mir eine ganze Mannschaft besorgt!“ Joyce stand plötzlich neben Terry und hängte sich bei ihm ein.

„Lust aufn Schlitz?“ fragte Terry die Genossen.

„Was für einen Schlitz?“ erkundigte sich Rodney ganz unschuldig. „Und wieso stellst du uns deine Freundin nicht vor?“

„Ich heiße Joyce Grant“, blaffte die Hippiefrau, „und Terry und ich wollten euch fragen, ob ihr nicht auf ein bißchen Gruppensex Lust habt.“

„Sie ... Sie ... Sie meinen, Sie wollen, wir sollen alle Liebe mit Ihnen machen?“ stammelte Rodney.

„Ich will, daß ihr mich vögelt, bis ich nicht mehr aufstehen kann!“

„Das ... das ist ein hoher Wunsch“, krächzte Rodney, „denn keiner von uns hat es je mit einem Mädchen getrieben.“

„Doch, haben wir“, log Raymond schnell, „wir nehmen uns jeden Samstagabend eine Torte gemeinsam vor. Es ist bloß so, Rodney, daß du nach unseren schweren Sitzungen im The Tanners zu betrunken bist, um an unserer sexuellen Athletik teilzunehmen.“

„Wir freuen uns, Ihnen zu Diensten sein zu können, mein Fräulein“, versicherte Sebastian.

„Sie sollten unseren Anführer kennen ...“, warf Arnold ein.

„Halt die Klappe“, schnappte Raymond, „Situationisten haben keine Anführer, wir sind autonome Subjekte.“

„Das stimmt schon, aber Joyce sollte den Genossen Rupert kennenlernen. Er ist so ein geiler Brocken, daß er in mehr

Tripperkliniken war, als du in deinem Leben warme Mahlzeiten hattest."

„Dann wollen wir hier keine Zeit verschwenden. Ihr wolltet alle mitmachen beim Gruppensex. Also klettern wir den Bahndamm hoch und vögeln dort." Joyce winkte einladend.

„Aber die Leute in den Zügen können uns doch sehen", protestierte Rodney.

„Schnauze!" spie Blake.

„Wir haben in der Graham Road ein Haus besetzt, wir könnten dorthin gehen", versuchte Sebastian zu vermitteln.

„Na gut!" Terry und Joyce stimmten nur zögernd zu.

Raymond führte die Gruppe weg vom Schlachtfeld an der Dalston Lane. Seine drei Genossen blieben etwas zurück und stapften hinter ihren beiden neugewonnenen Freunden her. Aus ihrer Nachhutposition begafften sie den Arsch der Hippiefrau. Als sie abzogen, war ein ersticktes Stöhnen aus der Telefonzelle zu hören. Brian Smith kam, so schien es wenigstens, wieder zu Bewußtsein.

„Das ist kein verdammtes besetztes Haus!" schimpfte Blake, als Raymond sie in ein frisch renoviertes Reihenhaus einließ. „Welcher von euren Papis hat das gekauft?"

„Okay, okay, es ist kein besetztes Haus", gestand Ray, „Sebastian und ich haben es vom Erbe unserer Großeltern gekauft."

Zufrieden damit, daß er diesen Oberklasse-Tölpeln die Überlegenheit seines Willens gezeigt hatte, zog sich Terry aus. Er bemerkte die bewundernden Blicke der vier Pro-Situs, als diese seinen schlanken, gut gebauten Körper erblickten. Blake erriet gleich richtig, daß diese Ex-Gymnasiasten sich wohl schon oft gegenseitig in den Arsch gefickt hatten, jedoch vollständig unbeleckt waren von jeglicher heterosexueller Erfahrung.

Joyce rollte einen Joint, dann zog sie ihr T-Shirt aus und zeigte ihre Titten. Nachdem sie ein paar tiefe Züge genommen hatte, wollte sie den Ofen an Terry weitergeben. Der schüttelte den Kopf und so kam Raymond in den Genuß des Rauschgifts.

Arnold goß ein paar dreifache Hundred Pipers ein. Der Mut der Betrunkenheit für die Genossen! Rodney starrte Joyce ungläubig an. Es war ein absoluter Schock für ihn, mit einer nackten Frau konfrontiert zu werden. Sebastian schob eine CD mit Beethovens Neunter in ein teures HiFi-System.

„Habt ihr nichts anderes als diesen klassischen Mist?" beschwerte sich Terry.

„Tut mir leid, aber wir haben keine Popmusik", wimmerte Sebastian.

„Normalerweise vögle ich zu Death in June oder Laibach. Kannst du nicht wenigstens eine Monty Python-Platte auflegen?"

„Es tut mir leid, eingestehen zu müssen, daß wir nur klassische Musik in unserer Sammlung haben", murmelte der Pro-Situ entschuldigend.

Joyce kickte ihre Schuhe weg. Terry ließ die Hosen runter. Speichel tropfte von Rodneys Lippen, als die beiden polymorph Perversen mit ihrem Luxusstriptease fortfuhren. Nachdem sie ganz nackt waren, kniete sich Joyce vor Terry und leckte seine Eichel.

„Ich will dich. Ich will dich in mir. Ich will, daß du mich beherrschst. Ich möchte deinen Schwanz spüren, ich möchte spüren, wie du mich benutzt. Ich möchte mein genetisches Schicksal herausfordern!"

„Kein Problem", meinte Blake und drückte Joyce zu Boden.

Für Rodney war diese Szene schlicht unglaublich. Er konnte es einfach nicht fassen, daß Mitglieder der niederen Klassen so hemmungslos waren, vor ihm zu vögeln, ohne für diese Show bezahlt zu werden. Arnold nahm sich seinen Dreifachen zur Brust und setzte gleich noch die Flasche an. Raymond entriß ihm den Whisky und pumpte ebenfalls ab.

Die Atmosphäre im Raum war elektrisch geladen. Die vier Pro-Situs wurden vom Grauen geschüttelt, während sie sich geistig darauf vorbereiteten, ihre Initiation in die Geheimnisse der weiblichen Lust zu erfahren. Die Flasche Hundred Pipers wanderte von einer bebenden Hand in die andere, während Mein Eines Fleisch verzweifelt versuchten, Haltung zu bewahren, bevor sie an ihrem ersten bisexuellen Marathon teilnahmen. Joyce war sehr feucht und Terry fuhr in sie ein mit der Leichtigkeit einer Kanalfähre, die in Dover andockt.

Rein und raus stemmte Blake zu Beethovens Neunter. Während die klassische Musik die Geschichte des Aufstiegs des Bürgertums erzählte, redete das Klatschen von Fleisch auf Fleisch von weit älteren und größeren Legenden. Aus der Dunkelheit kam eine Explosion aus Licht und das Leben entfaltete sich im Universum. Die evolutionäre Entwicklung vom Sumpf zur menschlichen Kultur geschah in einem Augenblick. Dann war da die erste heroische Phase des Urkommunismus, gefolgt von Sklavengesellschaften und Feudalismus. Terry und Joyce hatten die Periode der Reaktion erreicht, die Ludwig Van in seiner Hymne an die Gewalttätigkeit der deutschen konservativen Tradition pries. Es war ein Flehen nach Freiheit des Individuums, realisiert im Ideal des Nationalstaats. In einem vergeblichen Versuch, der Klassengesellschaft und den welterschütternden Konsequenzen der französischen Revolution zu entkommen, manifestierten sich bereits die Wurzeln des Nazitums im Wunsch, eine Diktatur der Dichter und Philosophen zu errichten.

Terry und Joyce drehten die Lautstärke hoch, ihre Glieder verknoteten sich, als sie sich in Ekstase auf dem Teppich wanden. Der Orgasmus, der durch ihre zu einer Einheit verschmolzenen Körper schoß, war eine Fanfare zum Ausbruch der proletarischen Revolution und eine Vision der neuen kommunistischen Ära, die dieser unsichtbaren Erhebung von zehn Billionen Herzen folgen würde. Eine vom Staatsapaarat ungehinderte Bewegung gewaltiger Mehrheiten würde es sein; ein System, das eher auf einem organischen Zentralismus basierte als auf einer unglaubwürdig gewordenen Demokratie. Joyce fühlte, wie Terrys Liebessaft sie überschwemmte. Sie geilte sich an dem Gedanken auf, daß gleich die vier Pro-Situs auf diesem See flüssiger Gene in sie einfuhren. Zusammen würden sie den Pfad zu einem neuen Leben ausleuchten!

Blake stand auf. Joyce bereitete sich geistig auf den nächsten Bittsteller vor. Doch die ehemaligen Oberschüler waren immer noch voll bekleidet. Rodney speichelte wie ein tollwütiger Hund. Terry packte ihn am Kragen und drückte ihn zu Boden. Der Kopf des Pro-Situs landete genau zwischen den weit geöffneten Schenkeln der Hippiefrau.

„Leck sie oder sei verdammt!“ befahl Terry.

Rodney gehorchte und konzentrierte sich auf das einzigartige Aroma von Blakes flüssigen Genen, um dem seltsamen Geschmack des weiblichen Geschlechts entkommen zu können.

„Leck mich, leck mich sauber!“ stöhnte Joyce. „Komm schon, du hirnloser Schwanz, steck deine Zunge in meine Fotze!“

Terry ging hinüber zu Raymond. Er sah sich den Jungen genau an und war keineswegs beeindruckt von der Art, wie dieses

Produkt unter jeder Norm, entstanden aus Inzucht und vergifteten Genen, verzweifelt versuchte, cool zu bleiben.

„Du brauchst nicht darum zu bitten“, informierte ihn Terry, „du kannst dich einfach hinknien und meinen Schwanz lutschen.“

Raymond brauchte keine Extraeinladung. Er war geschult, charismatischen Führern zu gehorchen, und reagierte sofort mit völliger Unterwerfung. Er nahm Blakes Liebesmuskel in den Mund und fragte sich, ob dieses einmalige Werkzeug – welches zwar von der Anti-Porno-Kampagne bei Hunderten von Gelegenheiten symbolisch verurteilt worden war –, ob dieses Werkzeug also nicht tatsächlich doch der alte Maulwurf war, mit dem Marx der Bourgeoisie gedroht hatte.

Terry lächelte, als er den neidischen Gesichtsausdruck von Sebastian sah, der seinen Bruder fixierte.

„War dies das Antlitz, das an die tausend Schiffe zur Meerfahrt zwang und Ilions stolze Türme den Flammen weihte ... Es saugen seine Lippen meine Seele aus mir – da fliegt sie, schau!“ zitierte Blake.

Arnold floh aus dem Zimmer und schloß sich im Erdgeschoß in der Toilette ein. Als er sich auf den Plastikdeckel setzte, dachte er, daß er schon immer zutiefst Individualist gewesen sei. Er war einfach nicht dazu bereit, daß andere seine Sexualität für ihn definierten. Er war nie dabeigewesen, wenn die anderen Genossen sich gegenseitig in den Arsch gefickt hatten, und er war auch jetzt sicher, daß die Freuden des Gruppensex nichts für ihn waren. Er war autoerotisch, jemand, der absolut freie Hand darin brauchte, sich seine eigene – absolut einmalige – sexuelle Identität aufzubauen. In der Vergangenheit hatten die Genossen seine Position in der sexuellen Frage als einen Haufen Wix abgelehnt, doch Arnold war schon immer davon überzeugt gewesen, daß er, und nicht diese Skeptiker, seine Hand auf die tieferen Mysterien des Lebens legte. Nachdem er nun Zeuge dieser Szene im Wohnzimmer geworden war, fühlte er, daß er mit seinen diesbezüglichen Überzeugungen völlig richtig lag. Arnold war sehr zufrieden darüber, daß sein eigener Körper unendlich viel schöner war als der der ungewaschenen Massen.

„Geh mir an den Arsch!“ befahl Terry Sebastian.

Es war, als hätte Debord persönlich dem unterwürfigen Pro-Situ die Einsicht in ungehinderte Lust gewiesen. Sebastian sprühte vor guter Laune, als er Terry den Arsch ausleckte. Der Geschmack dieser Scheiße tat der zerrissenen Seele des Unangepaßten etwas Gutes. Für jemanden aus so privilegierten Verhältnissen wie Sebastian war Blake so proletarisch wie Fleischkuchen mit Kartoffelbrei. Am Schmutz der niederen Klassen zu lecken, half dem Pro-Situ, seine Schuldgefühle zu verdrängen, die er wegen des enormen Vermögens seiner Familie hatte. Außerdem war er natürlich erregt von der Aussicht, daß Terry es ihm in den Arsch besorgen könnte. Es war sein brennender Ehrgeiz, von einer geilen Arbeiterfaust bewußtlos gefickt zu werden.

„Du brauchst mich nicht ganz trocken zu lecken!“ quiekte Joyce und griff unter Rodneys Achseln, um ihn hochzuziehen.

Ihre Münder trafen sich und die Hippiefrau konnte sich selber auf Rodneys Lippen schmecken. Er schien ein paar Probleme damit zu haben, seinen Schwanz in ihre Fotze zu kriegen, also nahm Joyce seinen angeschwollenen Liebesmuskel in die Hand und führte dieses süße Fleisch in das innerste Geheimnis ihres Seins. Dort entdeckte der Pro-Situ eine Leere, die mit ekstatischen Erinnerungen an ihren Ursprung zu füllen er eigentlich vorbestimmt war. Dummerweise hatte Rodney keine Ahnung davon, wie es mit seiner genetischen Mission weitergehen sollte, und das Hippiemädchen mußte sich energisch hochwerfen, bis er endlich doch kapierte und den primitiven Rhythmus zu stampfen begann, der sie alle in der Knechtschaft der allmächtigen DNS hielt.

Rodney hatte Hackney und diese Welt hinter sich gelassen, um ein qualitativ anderes Wesen zu werden. Er hatte das Physische gegen das Metaphysische eingetauscht, niedrigere Werte gegen höhere. In Rodneys schwächlicher Vorstellungskraft hatte das Entstehen des Proletariats zur Folge, daß er sich in einen Philosophenkrieger verwandelte, der für den Kommunismus kämpfte. Vielleicht würde er eines Tages die Ideologie ganz und gar hinter sich lassen und sie durch eine kompromißlose materialistische Kritik ersetzen können. Dann würde er endlich einsehen, daß sein Platz im Klassenkampf bei der Masse war, daß die sogenannten Intellektuellen keine privilegierte Position außerhalb der Arbeiterklasse einnahmen. Sobald er das durch die schweren Schläge des Lebens eingebleut bekommen hatte, würde er auch verstehen, daß es keine Werte mehr gab, die zu verteidigen es sich lohnte. Die Massen würden sich erheben und die Hierarchie der Werte beiseite fegen.

Nachdem er seinen Geist durch giftatmende Texte der Situationisten hatte zersetzen lassen, war Jung-Rodney Debords lächerlichem System von Halbwahrheiten und Lügen erlegen. Wäre er ein Kind der Arbeiterklasse gewesen, hätte Rodney sofort instinktiv gewußt, daß geistige Klarheit ein Zustand des Nichtglaubens war.

Joyce hatte keine Zeit für Rodneys Abstraktionen. Als straßengehärtete Proletarierin und staatsangestellte Spionin, die sich selten außerhalb lumpenproletarischer Kreise bewegte, wußte sie, daß es die Aufgabe des kommunistischen Intellektuellen war, die bestehende Kultur zu ruinieren. Wenn Rodney ein wirklicher Militanter gewesen wäre, dann hätte er all die ihm aufgezwungenen Ideen und Ideologien einfach verworfen, statt sie durch neue zu ersetzen. Stattdessen machte er sie nun fix und fertig mit seinem lächerlichen Bettgeflüster über die zentrale Rolle, die die Intellektuellen in der Entwicklung des revolutionären Kampfes spielen sollten. Solche Mätzchen erinnerten sie an ein Poster, das sie einmal gesehen hatte. Es verkündete: *Schwestern, macht Liebe mit Revolutionären!* Rodney unterschied sich in keiner Weise von den Blödmännern, die so einen Aufruf herausgegeben hatten. Noch so ein Idiot, der eher eine Sexualtherapie brauchte als die proletarische Revolution.

Blake lag auf Sebastian. Er bohrte seine Erektion tiefer und tiefer, während er den kollektivistischen Rhythmus des Sex stieß. Raymond kniete vor seines Bruders Kopf und schob ihm seinen Schwanz immer weiter in den Hals, bis er eine Ladung geschmolzener Gene in diese gastfreundliche Höhle abfeuerte. Für Sebastian schmeckte diese gewöhnliche Lieferung DNS wie der süßeste Nektar. Es war die vorrevolutionäre Manifestation der immer wieder aufs neue wachsenden Ekstase, die zur Verwirklichung des orgiastischen Potentials von Mann und Frau führen würde. Sex war die Fanfare des kommunistischen Aufruhrs, der diese Welt der Illusion erschüttern würde.

Sebastian wußte nicht, ob der Schwanz in seinem Arsch seiner oder Terrys war. Ohne auf irgendeine Besitzerschaft zu achten, verströmte das Ding enorme Mengen flüssiger DNS. Nun, da diese Opfergabe an ihr genetisches Schicksal im wahren Zentrum seines Seins hinterlegt war, wollte Sebastian noch etwas Größeres den Ring des dunklen Vergnügens durchstoßen fühlen. Sobald Raymond den Schwanz aus seinem Mund genommen hatte, würde Sebastian um einen Faustfick bitten.

Joyce spürte, wie Rodney in ihr kam. Der Pro-Situ war nicht gerade ein sexueller Athlet und seine diesbezüglichen Anstrengungen konnten einer so erfahrenen Frau wie dieser Hippienymphomanin keineswegs genügen.

„Der nächste!" rief sie, als sich Rodney von ihr wälzte.

Raymond zog seinen Schwanz aus dem Mund seines Bruders und schlich hinüber zu dem Mädchen. Er nahm das Hippiegirl bei den Schultern und drehte sie auf den Bauch.

„Ich will, daß du mich in meine Fotze fickst", protestierte Joyce erstickt, den Kopf im Teppich vergraben.

„Kein Problem", erwiderte Raymond, „ich würde zwar deinen Arsch, der mir angenehm eng scheint, bevorzugen. Wenn du jedoch willst, daß ich in deinen Reispudding von Geschlecht eindringe, werde ich zu Diensten sein. Aber bleib auf dem Bauch liegen, damit ich dein Mädchengesicht nicht anschauen muß."

„Hör zu, Jungchen, du könntest genausogut die Augen zumachen und dasselbe Resultat erreichen. Seien wir ehrlich, du bevorzugst diese Stellung, weil du dominanter dabei bist. Aber jetzt mach zu ..."

Der Pro-Situ gestand durch sein Schweigen ein, daß Joyce ihn mit ihren Argumenten geschlagen hatte, und schob seinen Schwanz in das feuchte Geheimnis ihres Geschlechts. Auf diesem Königsweg zur Mutterschaft fand sein pochender Liebesmuskel wenig Widerstand vor. Nach Raymonds Meinung gab es keinen Lustgewinn aus dem nun beginnenden Stoßen und Schieben. Er fuhr darauf ab, seinen Partner zu unterwerfen, sich Weg zu schaffen zwischen engen Hügeln aus Fleisch. Der Austausch körpereigener Flüssigkeiten bedeutete ihm weniger als nichts. Was für ihn zählte, war der Kampf und die Fähigkeit des Überlegenen, den Masochisten, der sich vor ihm wand, richtig zu behandeln. Für Raymond, der seine sexuelle Stimulation nicht aus Gedanken an Fortpflanzung bezog, war Heterosex zu eng verbunden mit Blut und Boden, Bälgern und Abtreibung. Während er sich diesen Gedanken hingab, bemerkte er plötzlich, daß ihm der kalte Schweiß ausbrach. Die sexuellen Bedürfnisse dieses Mädchens, ihre weit geöffneten Schenkel, saugten ihn tiefer und tiefer in ein bodenloses Loch. Da gab es keinen Zweifel, der Pro-Situ fühlte sich ganz krank. Joyce schwächte seinen Willen, indem sie ihn umfing und in den weitläufigen schwarzen Löchern ihres Daseins gefangen setzte.

Sebastian war hinausgegangen und gleich wieder mit einer Tube KY und ein paar Poppers zurückgekommen. Er gab Terry das Gleitmittel und legte sich wieder flach auf den Bauch. Blake genoß es, das kühle Gel über Finger, Hand und Unterarm zu verreiben. Er stand nicht besonders auf Sadomaso, obwohl er den Sinn für das Ritual daran durchaus schätzte. Er legte die Tube mit dem Gleitmittel auf Sebastians Arsch und drückte ein ordentliches Quantum heraus. Blakes Zeigefinger bohrte sich in das dunkle Geheimnis des Pro-Situs. Dann hatte er plötzlich zwei Finger in seinem Arsch. Ohne das KY wäre das rhythmische Auf und Ab von Terrys Hand äußerst schmerzhaft für Sebastian gewesen. Doch diese magische Substanz erlaubte es ihm, den verschärften Rhythmus mitzugehen, hin zu einer ins Unendliche anwachsenden Ekstase. Sebastian bemerkte kaum, wie ein dritter und ein vierter Finger ihren Weg in sein Hinterteil fanden. Als Blake seinen Daumen in die Rosette drängte und seine Faust ballte, rebellierte der Schließmuskel des Pro-Situs und versuchte den Eindringling mit krampfartigen Kontraktionen hinauszudrücken.

„Um Himmelswillen, entspann dich!" fluchte Terry und legte sein ganzes Gewicht hinter seine Faust. „Wenn nicht, dann könntest du ernsthaft verletzt werden."

Sebastian griff nach einer der Ampullen mit Amylnitrit. Er inhalierte die Droge und fühlte sofort eine große Klarheit und Heiterkeit über sich kommen. Die Muskelkrämpfe hörten auf und Terry fand sich ellenbogentief in Pro-Situ-Kacke wieder.

Sebastian brüllte seine Lust in einer Art heraus, die Blake glauben ließ, daß diese sexuelle Erniedrigung nur eine von vielen war bei der nie endenden Suche dieses kranken Bastards nach perversem Nervenkitzel. Ob dem so war oder nicht, es stand außer Frage, daß nur eine sehr dünne Grenzlinie zwischen Vergnügen und Schmerz lag. Als Libertärer hatte Terry keineswegs die Absicht, den Pro-Situ am freien Ausleben seiner Sexualität zu hindern, wie abartig sie auch immer war – auch auf die Gefahr hin, daß der Blödmann mit schweren Hämorrhoiden und ernsthaften hygienischen Problemen endete.

„Ich wollte, daß du mir das Herz aus dem Leibe reißt", proklamierte Sebastian, als Blake seine Faust aus dem überstrapazierten Arschloch des Masochisten zog.

Dann wurde der Pro-Situ ohnmächtig. Terry besah sich seine Hand. Sie war voll Blut und Scheiße. Die rektalen Muskeln Sebastians mußten schon längere Zeit überdehnt worden sein, doch hatte dieser neueste Mißbrauch den Schaden, der aus dem jahrelangen Lustgewinn via Sphinkter wuchs, noch arg verschlimmert. Blake schlenderte in die Küche und wusch sich am Spülbecken. Er erblickte ein Paket Cornflakes. Saubere Schüsseln und Besteck lagen im Abtropfgitter, eine ungeöffnete Packung Milch fand sich im Kühlschrank. Terry schüttete sich Flocken in seinen Napf. Er war ein bißchen sauer, daß sein Opfer ohnmächtig geworden war und empfand etwas Nahrung als sehr tröstlich.

„Terry", schrie Joyce. „Terry, komm sofort her!"

„Was ist denn jetzt los?" Blake stapfte protestierend ins Wohnzimmer, die Schüssel mit Cornflakes immer noch in der Hand.

„Dieser Bastard Sebasian ist eingeschlafen und ich kann ihn nicht aufwecken", jammerte Joyce. „Ray ist nicht scharf auf meine Möse, so wie er sich anstellt. Ich dachte, die beste Medizin für ihn und seinen Bruder wäre, wenn wir ein amerikanisches Sandwich machen würden, da kann Ray mir an den Arsch gehen."

„Und was soll ich dabei machen?"

„Spring für Sebastian ein!"

„Ach so, ja", meinte Terry schlapp, dann schüttete er das, was noch an Cornflakes und Milch in seiner Schüssel war, in Sebastians Gesicht.

Auch wenn Traditionalisten diesbezüglich auf Wasser schwören, das Sonnenscheinfrühstück war genau das, was Sebastian brauchte, um seine Sinne wieder in Gang zu bringen. Er stöhnte und rollte sich auf die Seite. Blake hievte den Pro-Situ hoch und manövrierte ihn dorthin, wo Joyce und Raymond lagen.

„Da hast du ihn. Hab ihn dir aufgeweckt, jetzt kann er seine Vorstellung geben!" verkündete Terry triumphierend.

„Und was machst du?" wollte Joyce wissen.

„Zuschauen und wixen", erwiderte Blake äußerst gelangweilt.

Die Hippiefrau, die diesmal auf der Seite lag, schlug Sebastian zur Aufmunterung ein paarmal ins Gesicht und war recht überrascht, das daraufhin dessen Schwanz steif wurde. Raymond schmierte sich ein und schob sich dort hinein, nachdem er auch in Joyces Arsch KY gerieben hatte. Ein paar Sekunden lang war die Reibung sehr schmerzhaft. Aber dann wirkte das Gleitmittel seine Wunder und Rays angeschwollener Liebesstab machte Joyce keinen Kummer mehr.

Das Hippiegirl nahm Sebastians Latte und führte sie sich selber ein. Dummerweise war in diesem speziellen Fall Bruderschaft alles andere als harmonisch. Die beiden Jungs bewegten sich schwerfällig. Sowieso war keiner von ihnen ein sexueller Athlet und Joyce wußte schnell, daß sie für so eine Übung Professionelle von Terrys Kaliber benötigte.

Der sah die Bücherregale durch und war entsetzt von dem, was er da fand. Neben Texten von Marx, Debord, Vaneigem und dergleichen war alles geistig sehr durchschnittlich. Eine Menge englischer Romantik: Coleridge, De Quincey, Shelley. Es gab stapelweise surrealistischen Abfall und jede Menge Broschüren von Picador. Von letzteren waren für Terry die sogenannten Volksausgaben der Romane von William S. Burroughs das Geschmackloseste. Burroughs Status als Geächteter war ebenso Mumpitz wie sein Avantgarde-Radikalismus. Für solche Oberklasse-Wixer war es nicht schwer, sich einen Namen in der Kunstwelt zu machen. Sie hatten alle Voraussetzungen – die richtige Erziehung, familiäre Verbindungen und keine Geldprobleme, bis sie es „geschafft" hatten.

Terry schnaubte geringschätzig, als er eine Ausgabe von *A Clockwork Orange* erblickte, noch so ein überbewertetes Stück Scheiße. Für Terry war Richard Allen eine Million mal besser als dieser mittelmäßige Unsinn, der von Ultrabrutalität erzählte, statt sie schamlos literarisch auszunutzen. In diesem Haushalt wurde das Gestammel halbschlauer Schullehrer über vollkommene Texte wie *Skinhead* und *Knuckle Girls* gestellt. Diese Ex-Gymnasiasten hatten keinen einzigen Roman aus der New English Library, sie hatten noch nie ein Wort von Mick Norman, Petra Christian oder Guy N. Smith gelesen. Sie besaßen keine Panther Reprints von den Kurzgeschichtensammlungen der Großmeister des Schunds der dreißiger Jahre wie H.P. Lovecraft und Clark Ashton Smith. Es gab hier keine Biographien von Massenmördern, kein einziges der Bücher, die gewöhnliche

Menschen zum Vergnügen lesen und wiederlesen. Die Romane, die die Habitat-Büchergestelle der Pro-Situs verstopften, schrien alle vor Bildung und Geschmack!

Raymond und Sebastian versagten schmählich darin, Joyces Seele zu erleuchten. Sie war erleichtert, als die zwei ihre Dinger aus ihr rauszogen. Derartige sexuelle Unzulänglichkeit brauchte sie nicht. Sie wollte einen richtigen Mann wie Terry.

In der Toilette im Erdgeschoß beschäftigte sich Arnold immer noch mit sich selbst. Er war bei seiner Einzelsitzung schon viermal gekommen und würde einen neuen persönlichen Rekord aufstellen, wenn er jetzt Orgasmus Nummer fünf zu Stande brachte.

Rodney war nach oben in sein Zimmer gewankt und sofort eingeschlafen. Ray und Sebastian lagen ausgezählt auf dem Wohnzimmerteppich. Terry nahm ein Exemplar von John Zerzans *Elements of Refusal* aus dem Regal, ging in die Küche und schmiß das Buch in den Abfalleimer. Das war eine symbolische Geste. Zerzan war ein besonders dummer Pro-Situ-Theoretiker. Blake nährte in sich die Hoffnung, eines Tages den gesamten Pseudoradikalismus auszurotten, dem diese Ex-Gymnasiasten anhingen. Unterdessen würde er sie um ein bißchen Bargeld erleichtern.

DREI

„Natürlich hasse ich Farbige, aber es waren Rote und keine Immigranten, die mich zusammengeschlagen haben“, versicherte Brian Smith aufgeregt Inspektor Stephens.

„Du hast eine Gehirnerschütterung und erinnerst dich nicht richtig“, entgegnete der Inspektor freundlich. „Entspann dich und ich erzähle dir, wie alles passiert ist.“

„He, hör mal, war ich im Krankenhaus oder du?“ protestierte Smith.

„Als du die Sandringham Road entlanggingst, wurdest du von einer Horde drogensüchtiger Farbiger angepöbelt und gejagt.“ Der Bulle erzählte, ohne auf die Zwischenrufe des Faschisten einzugehen. „Sie haben dich vor der Hackney Downs Station erwischt, aufgemischt und dir dann deine Brieftasche geklaut.“

„Jim, ich hab's dir doch erzählt: Ein junger Weißer hat sich meine Brieftasche geschnappt, als ich aus der Telefonzelle gekrochen bin. Die Kommunisten haben mich zusammengeschlagen, aber nichts geklaut." In Brian Smiths Stimme mischte sich ein Ton der Resignation.

„Hast du den Doktor erkannt, der dich wieder zusammengeflickt hat?"

„Nein, ich hatte zu große Schmerzen, um darauf zu achten."

„Er wußte, wer du bist." In Stephens Stimme schwang mehr als ein bißchen Sarkasmus mit. „Es war Dr. Donald Cohen."

„Der Ultraliberale und Verteidiger der freien Meinungsäußerung?" fragte Smith ungläubig.

„Genau der!" zischte Stephens. „Er hat dich behandelt, obwohl sein Name zuoberst auf der Liste jener Verräter stand, die ihr aufzuhängen drohtet, wenn ihr die Wahlen von '79 gewinnen würdet. Cohen sagte mir, daß er als Humanist moralisch dazu verpflichtet sei, dich zu behandeln."

„So ein Wixer!" feixte Smith. „Wenn ich gewußt hätte, wer er ist, hätte ich ihm die Nase eingeschlagen."

„Ich hab ihm erzählt, du hättest mir gestanden, daß damals auf deinen Befehl hin sein Auto demoliert und Exkremente durch den Briefschlitz in seiner Haustür geschoben wurden."

„Was hat er dazu gemeint?"

„Daß es schon lange her sei und er gelernt hätte, den Rassisten zu vergeben."

„Wo wohnt er jetzt? Ich schicke ihm sofort einen Schlägertrupp auf den Hals!"

„So ist es besser. Jetzt spricht dein altes Ich!" Stephens strahlte. „Ich dachte schon, dieser Unsinn mit der Dritten Position oder dem Dritten Weg hätte dein Denken beeinflußt. Was ist das für eine Parole unter dem Impressum der Cockney Nation?"

„Stolz auf deine eigene Art, Respekt für die anderen", psalmodierte Smith.

„Du hast eine Menge Leute vor den Kopf gestoßen mit dieser neuen Linie. Du hattest so viel Unterstützung bei meinen Männern, als du Chef der White Workers Party warst und die '79er-Wahlen mit diesem prophetischen Programm geführt hattest: *Steckt die Farbigen in Arbeitslager, damit sie ihre Rückreise nachhause selber verdienen!*"

„Aber schau dir nur an, was passiert ist!" heulte Smith auf.

„Thatcher hat sich die Stimmen der Patrioten geholt, weil sie behauptete, daß sie die Rassenprobleme lösen würde. Natürlich hat sie ihre Versprechungen nicht gehalten und, wie wir alle wissen, dreieinhalb Millionen Chinesen eingeladen, sich hier niederzulassen."

„Warum zur Hölle hast du dann deine konsequente White Power-Politik fallengelassen? Thatcher hat uns verraten und verkauft, wie Ted Heath vor ihr! Wenn wir Patrioten damals zusammengestanden wären, dann müßten wir jetzt nicht mitansehen, wie unsere geliebte Nation vor die Hunde geht."

„Als Thatcher an die Macht kam, verloren wir die finanzielle Unterstützung der ultrarechten Konservativen. Und die White Workers Party splitterte sich in mehrere verfeindete Fraktionen auf. Ich persönlich wurde aus der Organisation ausgeschlossen, für die ich so unermüdlich gearbeitet hatte, um sie zu einer Kampfmaschine zur Rettung Großbritanniens zu formen."

„Ja und?" zischte der Bulle.

„Es sind magere Zeiten", verkündete der Drittpositionist, „Zeiten, die Kompromisse verlangen, damit wir die Bewegung wieder aufbauen können. Glaub mir, Jim, ich bin ein überzeugter Rassist. Ich bin vom tiefsten Glauben an die historische Bestimmung des britischen Volkes beseelt und es ist mein dringlichster Wunsch, es vom Joch des Zionismus zu befreien. Dieser Glauben gibt mir die Stärke, den aktuellen Wandel in der rechten Strategie hinzunehmen. Auch wenn mich einige meiner früheren Kameraden einen Verräter schimpfen, eines Tages werde ich ihnen beweisen, daß sie unrecht haben. Vertrau mir, Jim, und hab noch ein bißchen Geduld."

„Ich hol dir noch eine Tasse Tee, aber zuvor werde ich dir noch ein Argument liefern, das dir hilft, deine Meinung darüber, wer dich zusammengeschlagen hat, zu ändern. Diese farbigen Drogenhändler korrumpieren mit ihren degenerierten Gewohnheiten unsere aufrechten weißen Jugendlichen. Ich brauche gewalttätige Verbrechen als Anlaß, ihren schmutzigen Handel von der Straße zu fegen. Diese Immigranten sind aus der Gosse hervorgekrochen, sie wissen, daß sie zweitklassig sind. Ich kann sie anspucken und sie zucken nicht mal mit der Wimper. Das einzige, was diese Untermenschen interessiert, ist ihr Profit aus dem Rauschgifthandel. Sobald ich einen Anlaß habe, diesen ihren Lebensunterhalt zu zerschlagen, zwinge ich diese Parasiten zum

Kampf. Der Aufruhr wird bald in einen ausgewachsenen Rassenkrieg übergehen. Unsere Frauen und Kinder und alten Leute werden Angst haben, auf die Straße zu gehen. Auf Druck aus der Bevölkerung wird die Regierung die Polizei bewaffnen müssen. Dann werden Befehle ausgegeben werden, daß auf die Farbigen ohne Vorwarnung zu schießen ist. Sie werden sich in ein paar Ghettos zurückziehen müssen. Wir werden ein Team bilden, mein Freund, die Polizei und die White Workers. Massive Überfälle und Razzien in Brixton und Notting Hill werden zum weißen Nationalsport. Wir schwemmen die Immigranten auf einen Schlag weg, wir jagen und erlegen die Bastarde wie die wilden Tiere, als die wir sie schon immer betrachtet haben."

Der Inspektor ging los, den Tee zu holen, und ließ Smith allein, damit der über diesen Vorschlag zum Völkermord grübeln konnte. Der Drittpositionist bewunderte den rassischen Stolz des Inspektors, doch die Unfähigkeit dieser Bullen, die spirituellen Aspekte der weißen Überlegenheit zu würdigen, frustrierte ihn zutiefst. Die teutonische Rasse hatte der Welt die Zivilisation gebracht. Nur arisches Volkstum war es wert, Kultur genannt zu werden. Die Aufgabe, diese Flut zurückzudrängen, die die einmalige Identität des Britischen Volkes im Sumpf zu ersticken drohte, war eine religiöse Aufgabe oder keine! Der barbarische Aberglaube und die Dschungelriten, von den Rassenvermischern aus der Dritten Welt importiert, waren die wahre Bedrohung der Idee von der Arischen Brüderschaft. Die liberalen Gutmenschen und ihre zionistischen Hintermänner schlugen ihre Kapriolen im verwerflichen Schmutz des Kapitals. Diese Dekadenz war der Krebs, der die Seele der Nordischen Nation zerfraß. Zu viele Weiße werteten ein leichtes Leben höher als die Erfüllung eines göttlichen Planes. Der westliche Mensch war weich geworden, er hatte die gottgegebene Inspiration verloren, die seinen Vorvätern zu so großen Errungenschaften verholfen hatte. Bevor der neue Mensch sich erheben konnte, um die multirassischen Horden hinwegzufegen, mußte Smith einen Weg finden, die große Masse der Rassisten, zu denen etwa Inspektor Stephens gehörte, mit religiöser Überzeugung zu impfen.

„Hier ist dein Tee. Ich laß dich jetzt in Ruhe trinken. Wenn du fertig bist, dann möchte ich, daß du diese Aussage hier unterschreibst."

„Was zur Hölle ist das?" fragte der Drittpositionist, als ihm der Inspektor ein Bündel Blätter unter die Nase hielt.

„Ich hab's dir doch gesagt; deine Aussage lautet, daß du brutal überfallen worden bist von einer Horde drogenabhängiger Farbiger, die dich von der Sandringham Road bis zur Dalston Lane gejagt haben."

„Das unterschreibe ich nicht", erwiderte Smith und nippte an seinem Tee.

Der Inspektor nahm den Telefonhörer ab und bellte einen Befehl hinein. Er donnerte den Hörer wieder auf die Gabel, zog seine Brieftasche hervor und legte einen Zehner auf den Tisch.

„Ist der für mich?" fragte Brain Smith hoffnungsfroh.

„Natürlich nicht", schäumte der Bulle, „der ist für Arthur Roberts!"

„Aber der ist doch nicht etwa hier?" Der Drittpositionist senkte ängstlich seine Stimme.

„Der Saukerl ist auf direktem Weg hierher!" erwiderte Stephens feierlich. „Und wegen deines Eigensinns habe ich schon wieder zehn Pfund an ihn verloren. Er hat mir schon weit über hundert Mäuse abgenommen dieses Jahr. Ein Kumpel in der Sonderabteilung hat mir erzählt, daß Roberts noch nie eine Wette verloren hat. Er hat mich in meinem Stolz getroffen, als er jede Wette annahm, daß ich dich niemals davon überzeugen würde, daß es Farbige waren, die dich niedergeschlagen haben ... Wenn man vom Teufel spricht. He, du könntest wenigstens anklopfen!"

„Hallo Jungs!" Arthur gab sich nicht lange mit Eröffnungsfloskeln ab und durchquerte den Raum, um den Zehner einzusacken, den der Inspektor für ihn bereitgelegt hatte.

Brian Smith hielt sich an den Armlehnen seines Stuhls fest. Er hoffte nur, daß niemand von seinen finanziellen Arrangements mit Roberts erfuhr. Wenn es öffentlich wurde, daß der bekannte Antifaschist Arthur Roberts während der letzten zehn Jahre ihn, Brian Smith, und seine politischen Aktivitäten finanziell unterstützt hatte, dann war seine moralische und politische Autorität dahin. Es gab keinen Zweifel daran, daß sich viele Anhänger der äußersten Rechten sofort gegen ihn stellen würden, wenn sie nur ein leises Gerücht über diese Art der Finanzierung seiner politischen Kampagnen hörten. Während der Drittpositionist dem unvoreingenommenen Zuschauer leicht einreden konnte, daß er lediglich Roberts Dummheit ausnutzte, würden die vielen

Fanatiker in der faschistischen Bewegung leichtgläubig den Verleumdungen seiner Feinde glauben.

„Können ... können ... wir das nicht unter uns ausmachen?" stammelte Smith.

„Wir alle hier sind Freunde", versicherte ihm Roberts. „Jim und ich hatten in der Vergangenheit unsere Differenzen, aber jetzt haben wir uns auf einer soliden Basis gefunden. Wir haben doch alle unser ureigenstes Interesse daran, daß es zu Rassenunruhen kommt. Die Antifaschistische Front ist für meine Partei immer noch der erfolgreichste Weg zu neuen Mitgliedern. Wahre Leninisten können es nicht zulassen, daß rassistische Tölpel ihre Stiefel an die Wand hängen und sich zur Ruhe setzen. Wir brauchen euch und wir sind bereit, für eure Dienste zu zahlen. Die Polizei will Unruhen in der Bevölkerung, damit sie Druck auf Westminster ausüben kann, daß die Mittel für die Verbrechensbekämpfung erhöht werden. Du willst Rassenkrawalle, weil du ein faschistischer Heuchler bist und auf Stimmen für die äußerste Rechte spekulierst. Wie dem auch sei, die linken Parteien haben schon immer am meisten neue Mitglieder bekommen, wenn sich die Gesellschaft derartig ideologisch polarisierte. Deswegen zahle ich euch, damit ihr Zoff macht. Natürlich tun mir persönlich die Schwarzen, Asiaten, Juden und Chinesen leid, wenn sie bluten müssen. Wenn deine Horden wirklich bösartig zu ihnen werden, dann sollten die ethnischen Minderheiten besser gleich auf meiner Seite stehen. Ich weiß von der bescheidenen Unterstützung des Inspektors für deine Sache, und er weiß, daß ohne meine Finanzspritzen über die letzten zehn Jahre die faschistische Bewegung kollabiert wäre. Also laßt uns offen miteinander reden."

„Aber wenn jemand erfährt, daß du mich finanziell unterstützt?"

„Das hört sich doch so absolut lächerlich an, daß es kein Mensch glauben würde!" grinste Roberts.

„Außerdem haben wir doch alle drei ein berechtigtes Interesse daran, daß solche Informationen niemals nach außen dringen", warf der Inspektor ein.

„Gut gebrüllt!" Roberts klopfte Stephens kräftig auf die Schulter.

„Ich vermute, daß ihr mich dazu bringen wollt auszusagen, ich sei von einer Bande schwarzer Drogenabhängiger ausgeraubt und niedergeschlagen worden", schmollte Smith weiter.

„Du mußt es nicht nur sagen, sondern auch glauben", bedrängte ihn Roberts.

„Aber das ruiniert die Bewegung, die ich in den letzten drei Jahren aufgebaut habe!"

„Wen kümmert das einen Scheiß!" schnaubte Roberts. „Alle wissen, daß du ein rassistischer Heuchler bist. Dieser Dritte Position-Unsinn ist sowieso schlecht für uns. Ich habe mir das lange genug mitangesehen. Ich denke, es ist höchste Zeit, daß du wieder zum unverfälschten Nazitum zurückkehrst. Das ist es, was die Leute wollen, und das bringt neue Gesichter in die Reihen der antifaschistischen Bewegung und danach in die Partei. White Power beschert uns das schlechte Gewissen der Mittelklasse, während deine momentane Apartheid-Linie unsere potentiellen Anhänger ziemlich kalt läßt."

„Ich protestiere! Der Dritte Weg ist eine echte Alternative zu Kapitalismus und Kommunismus und wurde bereits in Ländern wie Libyen, Ghana und Iran praktiziert."

„Ach komm", lachte Roberts unterdrückt, „laß uns in Ruhe mit dem Mist. Spar dir das für deine Anhänger. Ich habe ein Dossier über dich, das dicker als ein Telefonbuch ist. Ich weiß, daß du nach wie vor ein fanatischer Anhänger von Hitler bist. Du hausierst seit Jahren mit einer revisionistischen historischen Linie."

„Das war ein schwerer Irrtum, und die Kameraden, die immer noch über den sogenannten Holocaust schreiben, machen einen schrecklichen Fehler, weil sie über dieser kleinen historischen Lüge das Ausmaß der gesamten Verschwörung vergessen. Wir müssen endlich einsehen, daß Hitler eine Erfindung der jüdischen Propaganda ist und der Zweite Weltkrieg nie stattgefunden hat. Bis 1939 hat das Volk der Cockneys tausend Jahre als sogenannte Edwardianer gelebt. Eine einzige Rasse, vereinigt durch Blut und Kultur, die das Land zwischen Hackney, Tower Hamlets und Newham über zehntausend Jahre hinaus hätte halten sollen. Dann entdeckten die zionistischen Verschwörer Methoden, ganze Bevölkerungen zur selben Zeit zu hypnotisieren. Durch den systematischen Gebrauch dieser bewußtseinskontrollierenden Techniken bastelten sie an unserer rassischen Erinnerung herum und drehten dem heldenhaften weißen Volk eine gefälschte Geschichte an. Cockney Nation kämpft um das eigene Überleben und das seines Volkstums. Wenn wir den Kampf mit den Rassenvermischern verlieren, wird der Internationalismus die Oberhand gewinnen und unsere Nachkommen werden als nicht koscher gebrandmarkt und von bösartigen Rabbis versklavt."

Roberts mußte sein Amüsement über diesen Ausbruch Smiths arg zurückhalten. Er hatte den alten Faschisten nie ganz für voll genommen und wunderte sich nach wie vor, ob der Drittpositionist wirklich erwartete, daß man ihm derlei irre Geschichten glaubte.

„Ich bin kein Antisemit, ich bin nur gegen die Juden!" versicherte Smith weinerlich, nachdem ihn Roberts erneut als rassistischen Tölpel bezeichnet hatte.

„Vergiß es!" zischte sein alter Gegner. „Wir haben Dringenderes zu erledigen!"

„Für euch ist es einfach, es kostet euch nichts, wenn ich behaupte, daß ich von einer Bande junger Farbiger angeriffen worden bin. Aber für mich bedeutet es, daß die drei Jahre umsonst waren, die ich gebraucht habe, um Cockney Nation als politische Organisation lebensfähig zu machen."

„Na, das würde ich nicht lebensfähig nennen", grinste Roberts, „deine Organisation hat nur sieben Mitglieder."

„Acht!" korrigierte Smith. „Vergiß nicht, daß ich auch Mitglied der Bewegung bin. Aber mit diesen Zahlenspielen liegst du sowieso falsch. Trotz der niedrigen Mitgliederzahl üben wir einen enormen Einfluß auf die Jugend von Ost-London aus. Außerdem haben wir einen Maulwurf in Harold Denmarks Organisation. Warte noch ein Jahr oder zwei und dessen Gruppe spaltet sich und der gesamte Londoner Teil kommt zu Cockney Nation."

„Wenn das genau jetzt passieren würde, dann würde deine Mitgliederzahl auf satte dreiundzwanzig steigen", hüstelte Roberts.

„Gemäß Berichten in den letzten Ausgaben deiner Zeitschrift hat meine Bewegung an die fünfhundert Mitglieder!"

„Man darf nicht immer alles glauben, was in der Zeitung steht!"

„Ja, vor allem nicht, was im *Probe* zu lesen ist", kicherte Smith.

„Mach dir nicht ins Hemd! Das sind bewußte Fehlinformationen“, schnaubte Roberts. „Aber du wirst schnell lernen, daß mit MI Sieben nicht gut Kirschen essen ist, wenn du dich gegen unsere Pläne stellst.“

„Du kannst mir die finanzielle Unterstützung streichen, da scheiß ich drauf! Ich bin ein Mann von Prinzipien – ich werde andere Quellen finden, um die Bewegung aufzubauen und die Zeitschrift zu finanzieren.“

„Du bist ziemlich naiv“, lachte Roberts Smith ins Gesicht, „meinst du, daß du einfach so abhauen kannst, nachdem du zehn Jahre lang mein Geld genommen hast?“

„Fick dich!“ brüllte Smith.

„Schau dir das an!“ erwiderte Roberts und überreichte seinem Opfer mehrere vollgeschriebene Blätter. „Das ist eine Reihe von Artikeln, um deine Kamapgne gegen Drogenmißbrauch und zugleich den Standpunkt der Dritten Position zu unterstützen. Sie werden sehr persönlich, unter anderem dadurch, daß der brutale Gewaltakt von vollgekifften Rastafaris an dir als Scheitern des multikulturellen Experiments angesehen werden muß. Die Rückführung in die Heimatländer wird alle glücklich machen. Die Schwarzen können auf den Bananenplantagen ums Lagerfeuer sitzen und sich ohne Angst vor der Polizei antörnen, während die Weißen diese kriminellen Handlungen nicht mehr so einfach hinnehmen müssen.“

„Mach dich nicht lustig über mich!“ kreischte Smith und schüttelte die Faust. „Ich setze meinen Namen nicht unter solchen rassistischen Dreck. Die Rastafari wollen nicht nach Afrika ausgeschifft werden und dort auf Bananenplantagen rumsitzen! Sie wollen einfach die Möglichkeit, in ihre Heimat zurückzukehren, um dort ihren Traditionen gemäß leben zu können.“

„Was verzapfst du da für einen Scheißdreck?“ griff Inspektor Stephens ein. „Bevor Arthur hereingekommen ist, hast du sie Farbige genannt.“

„Es ist die erklärte Politik von Cockney Nation, sich nicht gegen die Polizei zu stellen. Dennoch bin ich zum Entschluß gekommen, daß es ein Irrtum meinerseits war, deinem Gossenrassismus Vorschub zu leisten.“

„Fick dich!“ schnaubte Stephens.

„Er fickt allerhand Leute“, erwiderte Roberts kühl, zog einen Stapel Fotografien aus der Tasche und klatschte ihn auf den Schreibtisch des Inspektors.

Stephens starrte ungläubig auf das oberste Foto, das Smith über einen Stuhl gebeugt zeigte, während ihn ein Rasta in den Arsch fickte. Auf dem nächsten Bild wurde der Drittpositionist von einem jungen Chinesen mit der Faust gefickt. Auf dem dritten lutschte ihn ein indischer Junge.

Smith senkte sein Haupt in Schande. Wenn diese Schnappschüsse weiter verbreitet wurden, war es das Ende seiner Karriere bei den Ultrarechten. Er selber hatte mehrere Leitartikel in der *Cockney Nation* geschrieben, in denen er vor moralischer Schwäche warnte und drauf hinwies, daß Arier ohne die korrekte spirituelle Orientierung sich der Gefahr auslieferten, zu sexuellen Experimenten mit anderen Rassen verführt zu werden. Die Strafe für multikulturelles Vögeln war der Ausschluß aus der Bewegung und persönliche Schande. Smith sah, daß er in eine Ecke getrieben war, und akzeptierte endlich die Version der Geschichte, nach der er von einer Bande drogensüchtiger Schwarzer brutal mißhandelt worden war.

„Du ... du ... du bist ein schwuler Rassenmischer", stammelte Inspektor Stephens. „Wie konntest du nur ...?"

„Es ist schwer, den hohen Idealen, die wir uns selber setzen, nachzuleben", bekannte Smith etwas traurig. „Komm, ich zeige dir, wie einfach es ist, in die Tiefen der animalischen Lust abzusteigen ..."

Smith kniete sich hin. Er legte seine Hand auf den Hosenstall des Polizisten und zog den Reißverschluß auf. Stephens Gesicht rief leuchtend rot an, als sein Liebesmuskel in der Hand des Faschisten steif wurde. Diese Fantasien hatte er seit seiner Jugendzeit, aber bisher war er nie weiter gekommen als bis zu feuchten Träumen und einem gelegentlichen Wix über einem Körperkulturmagazin.

Er japste vor Vergnügen, als Smith seine Eichel leckte und den Schaft mit der Hand bearbeitete. Der primitive Rhythmus aktivierte Millionen Jahre alte genetische Codes, die genau im eigentlichen Zentrum des Gehirns des Polizisten lagen. Stephens gehörte nicht mehr länger dem zwanzigsten Jahrhundert an. Er war in jene Epoche zurückgekehrt, da der Vorhang der Geschichte sich zum ersten Mal über seinem Heimatland hob. Es erfreute ihn über die Maßen, feststellen zu können, daß zu jener heidnischen Zeit auf den Inseln die rassische Substanz anzutreffen war, die auch heute noch die Blutsverwandtschaft der mächtigen Britischen Nation bestimmte. Ja, schon damals konnten die Engländer eindeutig als zur Nordischen Zucht der Europäischen Rasse gehörig erkannt werden. Es war ein heroisches Volk, welches, wann immer es einen Arsch, eine Fotze oder einen Mund sah, diese Löcher Schwall um Schwall mit Sperma füllen mußte. Ein Volk, das unerschrocken seine genetischen Säfte, die wahre Zukunft seiner Rasse, in jede Öffnung, die es ausloten konnte, abspritzte. Ein Volk, das bestimmt war, die Welt zu erobern!

Der Polizist wurde die Stufen der Ekstase rauf- und runtergeschickt, und es war zur Hölle besser als mit der Ehefrau! Er wußte nunmehr, daß der zukünftige Weg dieses Landes zurück zu den traditionellen Werten von Vergewaltigung, Raub und Plünderung führte.

„Gott, Königin und Nation!" brüllte Stephens, als er sich anschickte, den wahren Lebenssaft seiner Rasse zu verströmen.

Er erfuhr den Orgasmus als eine Flutwelle des Patriotismus. Lange krank gehalten durch Verräter an der Rasse und Demokraten aller Art, stürmte das Weiße Volk Londons das Parlament und setzte eine nationalsozialistische Regierung ein. Die Massen-Rückführung der Nicht-Weißen begann umgehend und eilig wurden Marxisten, Atheisten, liberale Speichellecker und andere sozial unerwünschte Elemente ausgerottet. Nach sechs Monaten fieberhafter Aktivität war die Bevölkerung auf ungefähr vierzehntausend Seelen reduziert – der harte Kern des Nordischen Gen-Pools, aus dem die Herrenrasse wiedergeboren werden würde.

Als Arthur Roberts bemerkte, daß der Inspektor langsam wieder seine Umgebung wahrnahm, packte er schnell seine automatische Kleinbildkamera weg.

Brian Smith schluckte den Liebessaft, der sich in seine Kehle ergossen hatte, und schob dann den Bullen bäuchlings über den Bürotisch. Roberts holte eine Tube KY aus der Tasche und reichte sie dem Drittpositionisten. Der Führer der Cockney Nation schmierte das Gel in den Arsch des Inspektors und rieb auch seinen Schwanz damit ein.

Unterdessen hatte Londons führender Antifaschist die Hosen runtergelassen und seinen Liebesmuskel in den Mund des Bullen eingeführt. Stephens verschluckte sich fast an dem Ding. Er mochte den Geschmack, aber er befürchtete, daß es ihn würgte. Jim versuchte, mit seiner Hand Arthurs Schwanz zu führen, doch der schob sie einfach weg. Mit einem Stoß seines Beckens trieb er seinen Fickstab in die Kehle des Polizisten.

„Du würdest nie Freimaurer werden", lachte der Antifaschist, als Stephens blau anlief. „Dort mußt du bedeutend schlimmere Dinge als das hier aushalten, um aufgenommen zu werden!"

Smith hielt seinen Liebespfahl an den Arsch des Bullen und stieß vorwärts. Der Inspektor hustete und hätte fast in den Schwanz seines anderen Spielgefährten gebissen, als die Rute des Drittpositionisten die letzte Schranke des dunklen Vergnügens hinter sich gelassen hatte. Stephens wußte nicht, ob er nun Schmerz oder Lust erfuhr, als eine Masse von undifferenzierten Sensationen das Endorphin in seinem Gehirn ausschüttete. Der Hardliner-Polizist konnte nicht mehr länger unterscheiden zwischen dem Schwanz, der ihm in die Kehle geschoben worden war, und dem Liebesstab, der eine primitive Signatur in seinen Arsch schrieb. Das einzig Wichtige war, den Rhythmus zu halten, zu spüren, wie das Blut und die Endorphine in höchstem Tempo durch die Großhirnrinde jagten. Wäre Stephens im Besitz seines kritischen Vermögens gewesen, hätte er festgestellt, daß diese dampfende Session von nichts anderem als degenerierten Negerrhythmen gesteuert wurde. In seinem sexuell aufgeputschten Zustand jedoch hatte er nicht einmal bemerkt, daß Roberts ein Kassettentonband eingeschaltet hatte und er und seine Gruppensexkollegen ihre Körper zu einem hypnotischen Bluesrhythmus bewegten.

„Hör mir zu", flüsterte Roberts und bewegte seinen Schwanz in der Kehle des Inspektors. „Hör mir zu und schwinge dich auf meine Stimme ein. Ich will, daß du mit der Strömung gehst, entspann dich, laß deinen Körper fließen und konzentriere dich auf die Botschaft."

Smith grinste. Er pumpte sich zum Orgasmus und war sich sicher, mit dieser Sexsession den Bullen zu den spirituellen Werten bekehrt zu haben, zu den leitenden Prinzipien der Großen Weißen Rasse. Sex, so überlegte der Drittpositionist, war zentral in der kontinuierlichen Expansion und Entwicklung seines Volkes. Sie mußten ihre Anzahl erhöhen, durch schnelle Zucht. Das war die einzige Möglichkeit, sich der Gefahr entgegenzustemmen, die von den fremden Horden ausging, die eine weit höhere Geburtenrate hatten. Es spielte keine Rolle, was für eine Art Geschlechtsverkehr die Arier bei ihren Versuchen ausübten, zu Sexmaniacs zu werden. Schwul war genausogut wie hetero. Sogar multikultureller Sex war erlaubt, solange er nicht zur Zeugung führte. Es war eine Tatsache: Je mehr Sex jemand hatte, desto mehr wollte er, und wenn die Weißen mehr Sex machten, dann würde auch die Geburtenrate des ausgewählten Volkes ansteigen. Was immer auch geschah, der rassische Selbstmord durch Abtreibung und Pille mußte gestoppt werden.

„Du wirst an deinen eigenen Fähigkeiten zweifeln, wenn wir die zukünftigen Rassenunruhen zusammen planen. Du wirst meine natürlichen Führerqualitäten freudig anerkennen und auf mein Urteil bauen!" Roberts Stimme war so autoritär wie nur möglich.

Der Inspektor war völlig in der Fantasie des Antifaschisten absorbiert. Er floß dahin auf einem See des Vergnügens, aber eine Flutwelle von Sinnesfreuden drohte ihn zu ertränken, sobald seine Aufmerksamkeit sich nur einen Moment von der übermächtigen Quelle der Weisheit abwandte. Roberts Worte wurden in die tiefsten Tiefen seiner Großhirnrinde eingeschrieben, und die bewußte Wahrnehmung durch ihn selber war gänzlich unmöglich!

„Ich werde nun das Tonband abstellen", kündigte Roberts an, „und dann werden Smith und ich abspritzen. Dein Orgasmus wird wie eine prompte Beförderung zum ranghöchsten Kommandierenden für dich sein, dann wirst du aus dieser sexuellen Trance erwachen und alles vergessen haben, was ich dir gesagt habe. Aber du wirst künftig meinen Befehlen gehorchen und dich darauf freuen, wieder in den Arsch gefickt zu werden."

Der Antifaschist stellte die Musik ab, mit der er die beiden anderen Männer einer Gehirnwäsche unterzogen hatte. Er und Smith kamen gleichzeitig und es war eine orgiastische Flutwelle, die durch die drei einzelnen, aber sehr intim miteinander verbundenen Körper rauschte. Für Roberts war es wie ein Pamphlet zu drucken, in dem die britischen Anarchisten und Trotzkisten gänzlich diskreditiert wurden und damit der Weg für die Hardline-Stalinisten frei wurde, die Linke vollständig zu säubern.

„Gut. Wir treffen uns morgen wieder." Roberts reinigte sich mit einem Kleenex aus der Box auf des Inspektors Tisch.

„Sicher!" Smith zog seine Hosen hoch.

„Geht das in Ordnung, Jim?"

Der Inspektor versicherte es.

Nachdem Smith und Roberts ihre Kleidung in Ordnung gebracht hatten, tat es ihnen der Inspektor beflissentlich gleich. Er war sich nicht sicher, wie man sich nach Gruppensex unter Männern benahm.

„Okay", meinte Roberts ganz geschäftig, „Sagen wir um eins. Dann können wir noch zusammen zum Lunch."

„Wir werden die Krawalle mit den Farbigen schon kriegen", sagte der Inspektor und nickte dazu sein Einverständnis, was Zeit und Ort betraf.

„Paßt mir auch", erwiderte Smith ohne große Begeisterung.

„Großartig, alles klar!" Der Antifaschist schloß mit einem Grinsen.

Dann, ohne Vorwarnung, legte Stephens mit einem Lied los: „Steh auf, England! Die lange lange Nacht ist vorüber!" Die Stimme des Inspektors schwoll an, während ihn eine Flutwelle postkoitaler Ekstase überschwemmte.

„Schwach im Osten, sieh da, das Morgenrot!" fiel Smith mit ein.

„Mach doch mit!" drängte der Polizist seinen antifaschistischen Kumpel.

„Aus dem bösen Traum von Kummer und Plage." Roberts fischte seinen Schwanz aus dem Hosenlatz, als sich auch seine Stimme zur gemeinsamen Wiedergabe von Edward Carpenters Hymne gesellte.

Der Herausgeber der *Probe* war natürlich der Meinung, daß patriotischer Mist reine Zeitverschwendung war. Er sang nur mit, um die beiden anderen glücklich zu machen.

„Steh auf, oh England, denn der Tag ist gekommen!" Der Antifaschist versuchte sich an den Text zu erinnern, während er sich einen runterzuholen begann. Seine beiden Kameraden waren seinem Beispiel gefolgt und hielten auch ihre steifen Glieder in Händen.

„Von den Feldern und Hügeln,
Horch! Die Antwort jauchzt einher:
Steh auf, oh England, denn der Tag ist da!"

Die drei Männer standen im karg möblierten Büro, erforschten die Vergnügungen der Autoerotik und gaben ihre Stimmen hin an die eherne Tradition tollwütigen Nationalismus in diesem ihrem Lande.

„Englands Menschen, alle Täler rufen euch,
Hoch über der aufgehenden Sonne singt die Lerche klar:
Wollt ihr weiter träumen, soll schändlich Schlummer
euch versklaven?
Eu'r teures Heimatland, wollt ihr es verleugnen?
Soll es ungehört vertönen,
Jenes süß flehende Wort?
Steh auf, oh England, denn der Tag ist da!"

Die Bewegungen der Männer wurden hektischer. Ihre Stimmen waren nicht mehr so fest wie zu Beginn, als sie diese Fanfare des Imperialismus und der Borniertheit angestimmt hatten. Brian Smith träumte von nächtlichen Razzien, die er organisieren würde, sobald er die britische Demokratie zum Teufel gejagt hatte.

„Voran denn, ihr Helden, Patrioten, Liebenden,
Gefährten in Gefahr, Armut und Hohn,
Mächtig im Vertrauen an die Freiheit, eure große
Mutter,
Riesen, erfrischt im neuen Morgen der Freude!
Kommt, laßt den Bocksgesang anschwellen,
Der so lange, lange still ..."

Roberts spritzte eine Ladung seines genetischen Reichtums ab und die flüssige DNS spritzte in das linke Auge des Inspektors. Dies erregte den Polizisten so, daß er seinen eigenen Samen freigab, der mit einem gräßlichen Platsch an die Decke fuhr und von dort auf den Boden tropfte. Smith zielte sorgfältig und der Springbrunnen seines Liebessaftes fand den Weg in den Mund des Bullen. Daher hatte Stephens Mühe, die letzte Zeile von Carpenters Hymne zu singen:

„England hat sich erhoben! Der Tag ist gekommen!"

VIER

Terry versuchte sich zu orientieren. Er war in Habitatland aufgewacht. Neben ihm auf dem Doppelfuton lagen ein Mädchen und ein Junge. Die Sonne zwischen den nicht ganz zugezogenen Vorhängen stach Terry in die Augen.

„Himmelarsch“, stöhnte er.

Er war völlig fertig, nachdem er fast die ganze Nacht gevögelt hatte. Der Schlafmangel machte ihm ebenso zu schaffen wie schwere körperliche Erschöpfung. Wer zum Teufel war der Junge neben ihm? Terry zermarterte sich sein Hirn und fand schließlich den Namen Arnold Chance. Die Kumpel des schüchternen Pro-Situs hatten ihn zum Ziel ihres Spotts gemacht, weil er nicht an der Orgie teilgenommen hatte. Chance hatte sich den ganzen Abend und den größten Teil der Nacht in der Toilette im Parterre eingeschlossen gehalten. So hatte Raymond Joyce und Terry Arnolds Bett angeboten, da dieser offensichtlich nicht vorhatte, es selber zu benutzen. Chance war erst unter die Bettdecke geschlüpft, als seine beiden Gäste endlich schliefen. Deswegen war Terry beim Erwachen etwas desorientiert gewesen – da lag noch ein zusätzlicher Körper neben ihm.

Er drehte sich um und seine Bewegung weckte Joyce. Ihre Lider flatterten und dann öfnneten sich ihre Augen weit. Das Hippiemädchen lächelte und auch Blake grinste breit, als er ihr in die Augen sah. Joyce umarmte Terry und brachte ihr Gesicht ganz nah an seines. Ihre Lippen trafen sich und die Hippiefrau öffnete Blakes Mund mit ihrer Zunge. Joyce fühlte, wie Terrys Schwanz hart wurde. Ihre Hand wanderte über seinen Körper und drückte dann den Liebesmuskel. Blake atmete schneller. Joyce hatte ihn zehnmal in dieser Nacht genommen und war schamlos genug, noch mehr zu wollen. Ihre Finger kneteten seine Eier und maßen dann in einer einzigen Bewegung die Länge seines Ständers ab.

Terry fühlte die harten Brustwarzen der Hippiefrau, als sie sich an ihn drängte. Sie fuhr mit der Zunge seinen aufgesprungenen Lippen nach. Der Druck ihres Körpers zwang Terry auf den Rücken. Dabei berührte seine Schulter Arnolds Arm. Der Pro-Situ erwachte, sprang aus dem Bett und schoß aus dem Zimmer. Blakes Lachanfall wurde sofort erstickt, er bekam keine Luft mehr, so drückte Joyce ihren Mund auf den seinen.

Das Hippiemädchen drängte ihre Zunge immer weiter in Terrys Mund und arbeitete mit ihrer Hand an seiner Erektion. Sie schwang ein Bein über ihn und führte seinen Liebesmuskel in ihre heiße, glitschige Spalte. Joyce war feuchter als der Regen und Blake glitt ins innere Geheimnis ihres Daseins. Er ließ die Hippiefrau ein flottes Tempo vorlegen. Als sie die Lautstärke hochdrehte, stellte sich Terry vor, daß er Karl Marx war, der es mit dem Dienstmädchen trieb, während seine Frau Jenny zusah.

Joyce war nicht mehr in Hackney. Sie hatte ihr Geburtsland hinter sich gelassen. Sie erlebte eines ihrer früheren Leben wieder, in dem sie eine Indianersquaw gewesen war. Die Tapferen von damals waren kein bißchen anders als die Männer, die sie jetzt kannte. Alle dachten nur, daß sie, Joyce, ein leeres Loch war, das sie füllen wollten – ohne jedoch zu wissen, daß sie es nicht füllen konnten. Männer waren nicht in der Lage, ihr das zu geben, was sie brauchte. Aber Joyce war eine Nymphomanin mit Haltung – sie sah ihre Sexpartner nicht als Stecher, Stinker und Sklaven ihres Stößels. Für sie gab es keinen Grund, daß frei übereingekommene Erwachsene Ziel irgendeiner Verfolgung waren, nur weil sie ihren sexuellen Wünschen offen und ungehemmten Ausdruck gaben.

Terry dachte nicht länger an die Rote Jenny. Er hatte beschlossen, daß er keine kommunistischen Fantasien als Barriere zwischen sich und der Realität brauchte. Marx, der im weitesten Sinne ein Ästhet war, hatte das Kapital benutzt, um zwischen sich und dem Anderen zu vermitteln. Das Konzept der Entfremdung hatte ihm erlaubt, sich ganz von der Welt zurückzuziehen. Statt zu versuchen, seine chronische Schüchternheit und seinen Mangel an gesellschaftlichen Umgangsformen zu überwinden, hatte der Anwaltssohn seine Tölpelhaftigkeit damit entschuldigt, daß die Ökonomie eine Distanz zwischen dem Ich und dem Du vortäuschte.

Blake wußte, daß es keine ökonomische Basis gab, die einen kulturellen oder politischen Überbau bestimmte. Solches Denken war lediglich die Ablehnung von Verantwortlichkeit durch die Mittelklasseboheme. Mann/Frau hatten die Ökonomie erschaffen und sobald sie aufhörten, sie zu reproduzieren, würde sie verschwinden. Die Linken benutzten die Basis/Überbau-Fantasie als Mittel, um sich vor den harschen Wirklichkeiten dieser Welt zu schützen. Politik ist ein Aufeinanderprall von

Willen. Marxisten weigern sich, dies einzugestehen. Zugleich beweisen sie mit ihren lärmenden Attacken auf Individuen, die dieser albernen Orthodoxie widersprechen, daß sie immer nur reagieren können, statt wirkliche Fortschritte gegenüber ihren politischen Gegnern zu machen.

Terry war ein Boot-Boy, ein Skinhead, ein Arbeiterklasse-Krieger, der bereit war, es gegen alle aufzunehmen, die ihn mit ihren deterministischen Doktrinen unterdrücken wollten. Marxisten waren da kein bißchen anders als Liberale und Konservative – alle glaubten daran, daß die Gesellschaft durch die Mechanismen der Ökonomie gesteuert wurde. Schlimmer waren nur noch die auf die Gene fixierten Faschisten, die behaupteten, daß der rassische Ursprung eines Individuums sein Schicksal bestimmte – diese Wixer weigerten sich anzuerkennen, daß Mann/Frau sich nach eigenem Bild erschaffen konnten und alle Grenzen bloß selbstauferlegt waren.

Joyce arbeitete auf und ab an Terrys Schwanz. Sie kannte ihn seit weniger als vierundzwanzig Stunden, aber sie wußte mittlerweile, daß er seinen Orgasmus zurückhielt, um den hohen Grad an Kontrolle, den er über seine körperlichen Funktionen innehatte, zu demonstrieren. Joyce war entschlossen, ihn schnell kommen zu lassen. Sie ritt härter und schneller, verstärkte den Druck. Blake lag stöhnend unter ihr. Der sexuelle Reiz hatte einen genetischen Code aktiviert, der tief in seiner Großhirnrinde begraben lag.

Arnold war im Badezimmer und umklammerte seinen Ständer. Er fantasierte über diese Nacht, die er mit einer Frau im selben Bett verbracht hatte. Er stellte sich vor, wie es gewesen wäre, wenn er statt Terry neben Joyce gelegen hätte. Der Pro-Situ kniff seine Brustwarzen. Er wollte, daß das Hippiemädchen seinen Schwanz lutschte. Er würde eine Menge vernunftgemäßer Deutung erarbeiten müssen, um den Mut aufzubringen, sein Ding in ihre Möse zu stecken.

„Und wären sie wie Geiß und Affen wild!“ bellte Blake und spritzte seine Ladung flüssiger Gene ab.

„Hab ich dich!“ zischte Joyce in Ekstase.

Sie mochte das Gefühl, wenn ein Typ in ihr kam, nachdem sie ihren Standpunkt klargemacht hatte. Sie war sich sicher, daß ihre weibliche Kunstfertigkeit Terrys Samen so reichlich fließen ließ – trotz seiner Kontrollbesessenheit! Und nun war sie gespannt, ob Blake sie in den Club gebracht hatte, und falls ja, wie er seine Verantwortung als Vater zu tragen gedachte.

Terry war in die Kissen zurückgesunken und dachte sich Methoden aus, um Bares aus seinen gutgepolsterten Gastgebern herauszuholen. Er hatte letzte Nacht noch das Haus erkundet und alles stank nach Geld. Angenehme Träume umschwebten ihn, während Joyce über seinen bis auf fünf Millimeter runterrasierten Skalp strich.

„Ich hab noch nie einen Skinhead gefickt. Ich dachte immer, die seien häßlich. Aber du bist ganz anders. Dein Haar fühlt sich toll an ...“

Blake ignorierte das Geturtel von Joyce. Er ließ systematisch jede Unterhaltung, die die Pro-Situs in seiner Gegenwart geführt hatten, in seinem Geist Revue passieren. Sie schienen sich ziemlich auf die Ökologie eingeschossen zu haben. Vielleicht war es das, wo er etwas Theorie und Aktion anbringen konnte! Wenn er noch ein bißchen mehr mit den Pro-Situs reden konnte, würde ihm die richtige Idee schon kommen. Terry entschloß sich, diese Möglichkeiten während des Frühstücks weiterzuverfolgen.

„Zeit aufzustehen!“ blökte er Joyce an und sprang aus dem Bett.

„Aber es ist erst kurz nach acht!“

„Spät genug. Ich bin doch kein Hippie-Penner! Ich stehe normalerweise schon vor acht Uhr auf.“

„Komm zurück ins Bett und entspann dich“, flüsterte Joyce verführerisch.

„Keine Chance!“ Terry zog die Decke vom Bett. „Es gibt nur soundsoviele Stunden pro Tag, in denen du konsumieren kannst, und du verplemperst die Hälfte damit, daß du den ganzen Morgen in der Falle liegst.“

„Ich werde in Zukunft nur noch mit drögen Hippiejungs rummachen!“ schnappte Joyce, aber sie gestand ihre Niederlage ein und erhob sich vom Futon.

Glücklicherweise hatte Arnold das Badezimmer verlassen, als sich Terry waschen wollte. Der Skinhead grinste, als er verräterische Samenflecken um die Toilette herum entdeckte – sicheres Zeugnis, daß der Pro-Situ einen wilden Wix im Geheimen genossen hatte. Blake pißte und wusch sich die Hände, Gesicht, den Schwanz und dann unter den Achseln. Joyce kam herein, als er gerade eine unbenutzte Zahnbürste suchte. Er fand eine im

Medizinschränkchen. Als er die Cellophanhülle um das Ding löste, nahm die Hippiefrau ein Deodorant und benutzte es unter ihrem linken Arm.

„Hey!“ rief Terry, „Du solltest dich waschen, bevor du so etwas verwendest!“

„Weiber müssen nicht, die schwitzen nicht so wie Männer!“

„Du schmutziges kleines Hippiemädchen! Jeder sollte sich morgens unter den Armen waschen. Das ist grundlegende persönliche Hygiene.“

Terry griff sich Joyce und drängte sie zum Waschbecken. Er spritzte Wasser unter ihre beiden Achseln. Dann versah er diese erogenen Zonen mit Seifenschaum, den er mit warmem Wasser wieder abwusch. Nachdem die Reinigung zu seiner Zufriedenheit ausgefallen war, entwand Terry Joyce den Deodorant und behandelte damit ihre sauberen Stellen.

„Und jetzt wasch dir die Möse!“

Um den Zorn des Arbeiterklassekriegers nicht noch mehr herauszufordern, gehorchte Joyce. Blake nahm wieder seine Zahnbürste und packte sie ganz aus. Während er das Cellophan wegpuhlte, stellte er sich vor, wie Andrea Dworkin durch sein eben gezeigtes Verhalten zur Polemik getrieben würde. Diese radikale Feministin würde sein Verhalten als weiteren Beweis dafür betrachten, daß Männer Frauen wie den letzten Dreck behandelten.

Als Skinhead war Terry mit Recht stolz auf seine strenge Erscheinung. Seine kurzgeschnittenen Haare waren in den Augen der Bourgeoisie charakterlos, und deswegen galt er nicht einmal als Individuum. Auf eine gewisse Art war er anonym und unsichtbar. Für nervöse Karrieristen war er höchstens ein weißer Fleck in einer gesichtslosen Horde, die die Konsumgesellschaft in Frage stellte. Dennoch fühlten sich viele dieser Yuppieschweine sexuell von Terry Blake angezogen, denn er verkörperte eine Bedrohung ihrer Art von Weltordnung. Terrys Erscheinung erregte eine moralische Empörung, die unzählige Trendies zu Fantasien darüber anregte, sie würden ihn besitzen. Sie wollten jemanden ficken und von jemandem gefickt werden, der ihren Plastikindividualismus zurückwies. Sie wollten Blake fühlen, wie er ein- und ausfuhr in ihre heißen Schlitze und Arschlöcher.

Joyce hatte ihre Waschung vollendet. Terry übernahm wieder

das Becken und putzte seine Zähne. Dann gab er die Zahnbürste der Hippiefrau und ging zurück in Arnolds Zimmer. Er zupfte liebevoll seine Sta-pres glatt, bevor er hineinschlüpfte. Dann knöpfte er mit fetischistischer Hingabe sein Ben Sherman-Hemd zu. Das Anziehen war für Terry das wichtigste Ritual des Tages.

Joyce kam ins Zimmer und schlüpfte in ihre Klamotten, ohne sich lang um ihr Aussehen zu kümmern. Nachdem Terry seine Doc Martens fertig gebunden hatte, gingen die beiden runter in die Küche.

„Hast du deine Klamotten geholt, als wir im Bad waren?“ fragte Joyce Arnold, der am Herd stand und Speck briet.

„Hm, ja!“ murmelte der Pro-Situ verlegen.

„Egal! Was gibt's zum Frühstück?“ mischte sich Terry ein.

„Cornflakes, Eier mit Speck, Toast, Müsli, Porridge, Bohnen. Außerdem hab ich Kaffee gemacht“, erwiderte Chance.

Terry füllte zwei Tassen mit der schwarzen Brühe. Er war froh, daß es Filterkaffee war, denn das Instantgesöff konnte er nicht ab. Er fand die Milch und goß ein. Joyce nahm eine der Tassen und nippte an dem Gebräu, während Blake zwei Schüsseln aus dem Wandschrank nahm und nach Löffeln suchte.

„In der Schublade links von dir“, half ihm Arnold.

„Danke!“

Joyce dachte an ihre Zukunft, während Blake Cornflakes und Milch in ihre Schüssel gab. Sie hatte die Nase voll, allein zu sein, und war völlig desillusioniert über das Leben, das sie führte. Die Hippiefront war soweit okay, aber sie hatte Angst vor dem, was jenseits davon lag. Sie wollte ein Baby, sich niederlassen, eine Familie gründen. Terry wäre der ideale Ehemann. Er war stark und intelligent, Qualitäten, die er seinen Kindern vererben würde. Joyce betrachtete Terrys subversive Lebenshaltung als vorübergehendes Phänomen, als Laune. Er erschien ihr eigentlich eher als cleverer Geschäftsmann, der revolutionäre Rhetorik dazu benutzte, um Geschäfte zu machen. Joyce wußte mehr über Terry, als dieser ahnen mochte. Soweit sie es beurteilen konnte, waren seine wahren Interessen seine harmlose Sex- und Pornographie-Besessenheit.

„Erzähl mir von Dawson-Rand!“ sagte Blake zu Arnold, als sich der Pro-Situ zu ihnen an den Tisch setzte. „Woher hat er sein Geld und wie oft vögelt er?“

„Rupert ist kleptoman. Er ist pausenlos auf Ladentour. Er

klaut vor allem in Buchläden. Dann stößt er seine Beute ein bißchen zurecht, daß es aussieht, als ob es Second Hand-Bücher wären. An seinem Stand im Camden-Markt verkauft er sie weiter. Er verdient eine Menge, denn er hat sich auf Bücher für Linke mit viel Geld spezialisiert."

„Wieviel macht er in einer Woche?"

„So um die 700 bis 800 Pfund. Wie ich schon sagte, er ist kleptoman und macht gute Umsätze."

„Und wie steht's mit den Puppen?" Der Skinhead grinste anzüglich.

„Keine Ahnung", erwiderte der Pro-Situ schamhaft, „aber er muß eine Menge Verkehr haben, weil er jeden Monat einmal die Tripperinspektion machen läßt!"

„Das klingt so, als wäre das mein Mann!" Blake schlug sich gutgelaunt auf die Schenkel. „Und wie steht es mit der politischen Linie? Erkennt er die Notwendigkeit an, den revolutionären Prozeß zu beschleunigen? Hat er einen klaren Standpunkt der Ökologie gegenüber?"

„Nicht nur Genosse Rupert, alle von Mein Eines Fleisch kritisieren die politische Ökologie schärfstens", informierte Arnold sehr stolz. „Wir haben wiederholt die Grünen als ideologische Agenten des Kapitals entlarvt. Nur ein Mittelklasse-Wixer kann über den Zustand der Welt jammern, wenn es klar ist, daß die Hauptfrage die Lage der arbeitenden Klasse ist!"

„Also versteht ihr, daß die Zerstörung der Umwelt eine vitale Rolle spielt in der geschichtlichen Entwicklung der Arbeiterbewegung? Nicht nur wird das Proletariat die Bourgeoisie stürzen, es wird zugleich durch radioaktive Strahlung und andere vermeintlich giftige Abfälle und Niederschläge mutieren. Der Aufbau des Kommunismus wird begleitet sein von der Transformation von Mann/Frau in eine neue physische Wesenheit."

„Ich glaube nicht, daß wir darüber diskutiert haben", gestand Chance in großer Verlegenheit, denn diese Theorie aus Blakes ideologischem Fundus überforderte ihn.

„Aber du verstehst, was ich meine?" zischte Blake. „Wenn du gegen das Gewixe der Mittelklasse über die politische Ökologie bist, dann mußt du die Revolution der Arbeiter als nukleare Evolution betrachten."

„Ich ... ich ..., na ja, schon ...", stammelte der Pro-Situ, „obwohl ich meine, daß Debord darüber nie etwas geschrieben hat!"

„Aber du hast seine *Kommentare über die Gesellschaft des Spektakels* gelesen, oder?“

„Natürlich!“ Der Pro-Situ war zutiefst getroffen, daß ihn jemand verdächtigte, nicht alle Werke des großen Mannes gelesen zu haben.

„Gut, dann weißt du, daß Debord nicht alles frei darlegen konnte, weil die Agenten der Repression alles sofort studierten, was er schrieb. Du weißt doch: daher all die Köder und Fallen in seinen Büchern, um Ideologen jeden Schlags zu verwirren.“

„Ja, ja, natürlich weiß ich davon!“ Arnold wurde langsam ärgerlich.

„Aber offensichtlich hast du nicht bemerkt, daß der Inhalt des Buches auch ein Geheimcode ist“, fuhr der Skinhead triumphierend fort.

Arnold gestand seine Niederlage ein, indem er geschlagen in seinem Stuhl zurücksank. Debord war teuflisch clever gewesen. Nur ein Genie hatte schon vor den Wirtschaftskrisen der siebziger Jahre voraussehen können, daß das Kapital seine inneren Widersprüche überwinden würde. Erst nach der letzten Periode ökonomischer Turbulenzen wurde klar, daß Debords Aussagen nicht auf die sechziger Jahre zutrafen, als er sie gemacht hatte, sondern auf die neunziger Jahre dieses Jahrhunderts. Chance fühlte sich jäh ideologischer Inkohärenz schuldig, denn ebenso wie Debords Texte Köder und Fallen enthielten, waren sie wohl auch randvoll mit Geheimbotschaften.

Terry glaubte es kaum. Dieser theoretische Wixkünstler da vor ihm war auf seine unglaublichen Lügen hereingefallen. Terry wunderte sich, was wohl Debord dazu gesagt hätte, daß seine Texte versteckte Botschaften enthalten sollten – vielleicht hätte er behauptet, daß dem so war! Abgesehen davon war aber eines sicher – der Cheftheoretiker der Situationisten würde schwerlich mit der Skinhead-Interpretation seines Werkes einverstanden sein. Aber dafür diese Pro-Situs! Nachdem er den Trick mit den Geheimbotschaften geschluckt hatte, würde Arnold jede politische Linie akzeptieren, die Blake vertrat. Und wenn die anderen Mitglieder von Mein Eines Fleisch auch so leichtgläubig waren, dann hatte Terry sie bald soweit, daß sie unglaublich teure Nuklearwaffen kaufen würden. Terry würde ihnen ein ganzes

Sortiment atomarer Sprengkörper verkaufen, die gar keine waren!

„Wann stehen denn die anderen auf?“ wollte er von Arnold wissen.

„So um eins!“

„Zur Mittagessenszeit!“ rief der Skinhead, von Grauen geschüttelt.

„Es ist nicht Zeit zum Mittagessen, wenn du gerade erst aufgestanden bist“, verteidigte Arnold seine Genossen.

„Boheme! Beschissene Boheme!“

„Sind wir nicht! Wir sind theoretisch kohärente situationistische Revolutionäre!“ insistierte der Pro-Situ beleidigt.

„Hör zu, ich habe keine Zeit, hier rumzuhängen, bis deine Kumpels ihren Schönheitsschlaf gehalten haben. Ich komme die Tage wieder mal vorbei und dann können wir eine ernsthafte politische Diskussion führen.“ Terry stand auf und zog Joyce am Arm hoch.

„Na gut!“ gähnte Chance.

„Bis dann!“ zischte Blake und zog Joyce in den Korridor.

„Ich gehe wieder ins Bett“, meinte der Pro-Situ trotzig.

Terry überhörte die Bemerkung und schleppte Joyce aus dem Haus. Sie marschierten zur Hackney Central Station. Sie kamen gerade auf den Bahnsteig, als ein Zug nach Osten einfuhr. Joyce setzte sich gegenüber von Blake, streifte ihre Turnschuhe ab und begann, Terrys Eier und seinen Liebesmuskel mit ihren Fußsohlen zu massieren.

Terry mochte es, hochgebracht zu werden, und Joyce war die erste, die es öffentlich tat – und erst noch mit dem Fuß. Eine Frau mittleren Alters im gleichen Abteil starrte sie mißbilligend an, bevor sie ihren Kopf wieder in einen billigen Liebesroman steckte. Blake, steifer als die Hölle, fragte sich ernsthaft, ob seine Jumboerektion nicht die Nähte seiner Hosen platzen lassen würde.

Als sie in Homertown einfuhren, mußte Joyce ihre Füße wegnehmen, weil eine leichtgekleidete Blondine ins Abteil kam. Sie lächelte Joyce an und setzte sich neben Terry. Als er die Füße der Hippiefrau wieder an seinem Ding spürte, wurde Terry noch geiler als vorher. Die Frau neben ihm hatte einen Briefblock auf ihrem Schoß und begann in einem Affenzahn zu schreiben. Terry spähte aus den Augenwinkeln auf den Brief:

Lieber Steve, ich bin es, deine Frau. Ich dachte, ich schreibe dir mal wieder und laß dich wissen, wie es mir so geht. Was du jetzt gleich lesen mußt, wird dich wohl ziemlich schockieren. Also, Steve, wie du weißt, war ich Jungfrau, als wir heirateten. Ich erinnere mich noch gut an unsere Hochzeitsnacht; du zogst dich aus und als du aus deinen Hosen stiegst, sah ich deinen großen, dicken Schwanz, und ich zitterte vor Erregung, denn ich wußte, daß du mir dieses Ding gleich in meine heiße, feuchte Muschi rammen würdest. Erinnerst du dich, wie du ins Bett kamst, meine Hand genommen und sie an deinen Schwanz gelegt hast und mir sagtest, ich solle dir einen runterholen? Und ich wußte nicht, wie ich es machen sollte, bis du es mir gezeigt hast.

Terry sah sich die Frau an. Sie war zwischen zwanzig und fünfundzwanzig. Das Kleid, das sich nach vorne gefährlich dehnte, war ihr wohl schon vor einem Jahr zu klein gewesen. Das blondierte Haar und die hohen Pfennigabsätze waren eine sexuelle Einladung. Die Blondine lächelte, ohne aufzusehen, als sie bemerkte, daß Blake sie betrachtete. Joyce setzte ihren Fuß so hart auf Terrys Hoden, daß er zusammenfuhr. Doch auch das hielt ihn nicht davon ab, weiterhin das spinnwebartige Gekrakel der Frau zu lesen.

Jetzt, Steve, gibt es nichts mehr, was ich nicht weiß. Du hast mir eine Menge beigebracht in den zwei kurzen Jahren unserer Ehe. Erinnerst du dich, als ich früher von der Arbeit heimkam und dich dabei überraschte, wie du dieser kleinen fetten Kuh Jane den Arsch abgevögelt hast? Das war vor über einem Jahr und glaub mir, Steve, seither habe ich eine Menge gelernt. Während der letzten zwölf Monate HAB ICH MICH DUMM GEFICKT. Acht Männer hab ich gehabt, darunter einen großen Schwarzen. Ach, konnte der vögeln, und was für einen Schwanz der hatte, das war ein Mordsding, größer und dicker als deiner. Ich erzähl dir jetzt von ihm und all den anderen, die ich gebumst habe, seit ich von dir weg und nach London bin.

Terry begann zu verstehen, wieso er so auf diese Biene abfuhr: die war offensichtlich irre. Er hatte schon immer auf Girls gestanden, die nicht ganz dicht waren. Die Art von Geisteskrankheit, die ihn anzog, manifestierte sich körperlich zumeist in einer sehr mageren Physis. Diese Blondine war zwar eher mittel gebaut, aber doch ziemlich weit draußen im Kopf. Sie fuhr offensichtlich darauf ab, daß Blake jedes Wort ihrer Epistel lesen konnte.

Ich habe eine Wohnung hier im East End. Eines Abends saß ich da allein und fühlte mich ein bißchen einsam, als es an der Tür klopfte. Es war Derek von oben, er wollte Kleingeld für die Parkuhr. Er ist fünfundzwanzig und hat so einen Körper ... Einmal ging er vor mir die Treppe hoch und meine Muschi wurde ganz feucht, als ich sah, wie sich sein knackiger Hintern dabei bewegte. Ich stellte mir vor, wie es wäre, nackt bei ihm zu liegen, in seinem Arsch rumzufingern, seinen großen schwarzen Schwanz zu fühlen, mit seinen haarigen Hoden in meiner hohlen Hand. Jetzt war die Zeit gekommen, es herauszufinden. Als Derek sah, daß ich alleine war, schlug er vor, daß ich etwas zu essen holen sollte und daß wir uns dann Gesellschaft leisten könnten. Ich hatte gesehen, was für ein Ding von einem Schwanz sich zwischen seinen Beinen an den engen Jeans abzeichnete, und beschloß, seiner Einladung zu folgen. Er meinte, daß er in einer halben Stunde wieder da sei. Ich duschte und zog meine hautengen weißen Hosen an. Wie du weißt, Steve, habe ich einen hübschen, festen Arsch, und ich gab acht darauf, daß Derek jede Spalte, die ich hatte, zu sehen bekam.

Der Zug rollte in Hackney Wick ein und Joyce mußte ihre Füße wieder wegnehmen, weil die Frau, die sie zuerst so schmierig angestarrt hatte, aussteigen wollte. Die alte Schachtel drängte sich durch und warf die Tür zu, als die Hippiefrau ihre Füße schon wieder auf den angestammten Platz gesetzt hatte. Der Skinhead fing langsam zu dampfen an. Diese Kombination aus Dienst an der Sache seitens seiner Freundin und perversem Getue dieser Blondine machte ihn ganz wild nach einem Fick. Terry sah hoch, lächelte wollüstig Joyce an und fixierte dann wieder die Notizen der Geschiedenen.

Als er wiederkam, nahmen wir ein paar Drinks. Als ich mich bückte, um den Aschenbecher zu leeren, sagte er: „Nimms mir nicht krumm, wenn ich das sage, Donna, aber du hast den hübschesten Hintern, den ich je gesehen habe.“ Ich sagte ihm, daß er artig sein sollte, aber als ich den Aschenbecher wieder an seinen Platz zurückstellte, spürte ich seine Hand an meinem Arsch. Er gab mir wirklich ein gutes Gefühl. Er fragte, ob ich das gern hätte. Ich sagte ihm, daß es ganz nett wäre, aber noch viel besser, wenn ich meine Hosen ausziehen würde. Er sagte: „Gut." Ich fragte: „Willst du mich vögeln?" „Was meinst du?" sagte er und rieb an seinem Schwanz. Ich sah runter, und er hatte einen Riesenständer.

„Was machst du heute nachmittag?" fragte Joyce.

„Ich muß an einem Video arbeiten", antwortete Terry, ohne aufzublicken.

Ohne ein Wort zu sagen, kniete ich mich vor Derek und langte ihm an sein Ding. Zehn Sekunden später waren wir beide nackt. Als ich seinen dicken Hammer sah, wurde ich fast ohnmächtig. Was für ein Otto! Ich hielt seinen Schwanz in der Hand und pumpte auf und ab. Dann beugte ich mich vor, nahm den dicken, schwarzen Knauf in den Mund und saugte daran. Meine Muschi war schon ganz feucht und wild auf diesen Schwanz. Ich konnte nicht anders und flüsterte ihm zu, er solle das Ding in mich reinschieben. „Bitte, gib ihn mir!" „Ich will ihn!" „Bums mich!" Er antwortete: „Du willst ihn wirklich, was? Du heißer Arsch, du!"

Terry dachte, daß Donna nicht die einzige war, die unbedingt einen Fick brauchte. Fast schmerzhaft verlangte es ihn nach einem Mund oder Arsch, nach einer Hand oder Möse um sein pulsierendes Glied herum. Er wollte beide vögeln, Joyce und die Blonde, hier und jetzt, im Zug.

Er sagte, daß er mich bewußtlos ficken würde, aber zuerst müßte ich ein bißchen nett zu ihm sein. Ich sagte, daß ich alles tun würde, was er wollte. Er sagte mir, daß er an viele schmutzige Sachen denken würde, an richtig perverse Sachen. Ich versicherte ihm, daß ich dabei wäre. „Also gut", sagte er, „leck meine Eier." Ich leckte sie. Er setzte sich hin, zog seine Beine an die Brust hoch und fragte mich: „Siehst du mein Arschloch?" „Ja", sagte ich. „Dann leg deine hübschen, sanften Lippen darauf und küß es." Ja, Steve, deine Frau mit dem heißen Hintern küßte dieses Arschloch und schob sogar ihre Zunge hinein.

Joyce erhöhte den Druck auf Terrys Eier, bis er laut keuchte. Dann, ohne Vorwarnung, zog sie ihre Füße zurück und schlüpfte in ihre Turnschuhe.

Er stöhnte und ächzte vor Vergnügen. Er langte mir an den Arsch, spreizte meine Backen und ich fühlte einen Finger in meinem Loch. Ich war so heiß, daß ich meinen Arsch auf seinem Finger auf- und abbewegte. Er sagte: „Du magst das, was?" Ich mochte es sehr. Dann fragte er: „Würde es dir gefallen, wenn ich meinen Schwanz da reinstecken würde?" Ich antwortete, daß ich dabei ziemlich wund würde, bei der Größe seines Schwanzes. Er meinte, daß ich eine Creme nehmen sollte, dann würde es nur so flutschen. Ich war so heiß, daß ich allem zustimmte. Ich bückte mich. Ich fühlte die Creme an meinem Loch. Es war schön kühl. Dann stand er hinter mir. Ich spürte seinen großen Schwanz zwischen meinen Arschbacken ...

„Komm schon, Blödmann! Stratford!" Joyce zog Terry vom Sitz hoch.

Als er aus dem Abteil trat, fühlte er, wie die Blonde ihm ein Stück Papier in die Gesäßtasche schob. Er brauchte nicht draufzuschauen, um zu wissen, daß es ihre Telefonnummer war. Blake lächelte der Blondine zu, schloß die Abteiltür, dann rannte er hinter Joyce her und hielt sie von hinten fest.

„Laß mich los!" kreischte die Hippiefrau, als Terry seine Scham an ihrem Arsch rieb.

„Was ist denn los mit dir?"

„Du hast die Alte im Zug mit deinen Blicken ausgezogen. Gib's ruhig zu, ich hab's gesehen."

„Na und? Ich kenn dich auch erst seit gestern. Außerdem hab ich mich auch nicht beschwert, als du Gruppensex wolltest."

„Es ist mir egal, wen du fickst, wenn ich nicht dabei bin, aber solange ich mit deinem Ding spiele, bin ich die einzige Frau für dich, kapiert!"

„Tut mir leid", entschuldigte sich Terry ziemlich lahm.

Sie gingen schweigend zum Bahnsteig, von wo die Docklands Light Railway abfuhr. Eine elektronische Anzeige informierte sie, daß in drei Minuten ein Zug einfahren würde. Terry umarmte Joyce und sie erlaubte ihm, daß er seine Zunge in ihren Mund steckte. Die Hippiefrau mochte es, wie sich der Boot-Boy an sie drückte. Sie wollte ihn – jetzt und für immer. Sie hatte schon immer behauptet, daß sie seßhaft werden würde, bevor sie dreißig war – und Blake war der richtige Mann für sie. Sie mußte ihn nur noch zähmen. Er war der ideale Vater für ihr Baby.

„Na los", sagte Terry und zog Joyce hinter sich her.

Etwa ein Dutzend Passagiere stieg aus dem eben einfahrenden Zug aus. Blake saß gerne vorne in diesen führerlosen Wagen. Er würde sich heute von keinem die Laune verderben lassen, indem ihm einer den besten Sitz vor der Nase wegschnappte.

„Hey, du hast mir immer noch nicht deine Telefonnummer gegeben", rief Joyce, als Terry sie neben sich auf den Sitz zog.

„Kommst du nicht mit zu mir nach Hause?" fragte der Skinhead, als er Joyce eine seiner Visitenkarten gab.

„Ich muß noch einen Geburtstagskuchen für meine Mutter backen", log die Hippiefrau.

Joyce befürchtete, daß Terry sein Interesse an ihr verlieren könnte, wenn sie sich zu einfach erobern ließ. Sie war schon immer der Überzeugung gewesen, daß der Weg in das Herz eines Mannes einfacher war, wenn die Frau Rühr-Mich-Nicht-An spielte. Sie mochte es, wie Blake sie küßte, wie er ihre Titten massierte. Sie wußte, daß sie ihn ziemlich aufgeheizt hatte, und wenn sie ihm jetzt nicht nachgab, dann würde sie zeigen, daß sie es wert war, daß man ernsthaft um sie warb.

„Bow Church", rief Joyce, stand auf und küßte Terry auf den Mecki. „Wir sehen uns!"

„Scheiße!" fluchte Blake. „Das sieht ihr ähnlich, nur eine Haltestelle von Stratford weg zu wohnen."

Er sah, wie Joyce den Bahnsteig überquerte und zum Ausgang ging. Dann wischten die automatischen Türen zu und der Zug setzte seine Fahrt fort. Terry brauchte äußerst dringend sexuelle Erleichterung und machte also eine behutsame Bestandsaufnahme. Die einzig gutaussehende Frau im Zug trug die Uniform der Light Railway. Blake stand nicht auf dieses Outfit, aber er mochte die schlanke Figur und das lange schwarze Haar der Schaffnerin. Er lächelte dem Mädchen zu. Sie ignorierte ihn und kontrollierte weiter Fahrscheine.

Eine ganz passable Brünette kam an der Devons Road herein,

aber sie war in Begleitung ihres Ehemanns und ihrer zwei Kinder. Terry wußte, daß er sie, wenn sie allein gewesen wäre, in knappen zehn Sekunden aufgerissen hätte. Er fuhr fort, seine Aufmerksamkeit der Schaffnerin zu schenken. Der Durchbruch kam, als der Zug Poplar verließ. Das Mädchen lächelte ihm zu! Blake fühlte eine Welle von Hochgefühl durch sich rauschen. Er stand wirklich auf diese Mieze!

Der Zug fuhr und hielt und fuhr, und da die Pflicht die Frau weiterhin von ihm fernhielt, wurde Terry immer nervöser. Endlich, als sie aus Mudchute tuckerten, kam sie und setzte sich neben ihn.

„Bist du wegen mir über deine Haltestelle hinaus weitergefahren?" fragte sie sanft und weiblich.

„Jau!"

„Dann hast du dir meine Telefonnummer verdient."

Sie schrieb den Namen INDRA in Großbuchstaben und dann die über alles wichtigen Zahlen darunter.

„Ich trinke nicht, aber ich gehe gern ins Kino und zum Tanzen", sagte Indra, als sie Terry den Zettel überreichte.

„Großartig. Ich trinke und rauche auch nicht und bin Vegetarier."

„Paßt!" Doch dann zögerte Indra. „Deiner Aufmachung nach siehst du aber aus wie ein Unruhestifter. Deswegen war ich mir auch nicht sicher, ob ich mit dir reden soll. Nach einer Weile war mir dann klar, daß du kein Faschist bist, denn kein Heuchler würde sich so ehrlich darum bemühen, mit mir ins Gespräch zu kommen. Es ist ein bißchen schwierig, als Inderin einen Boot-Boy gut zu finden. Aber ich bin ziemlich gut im Typen-Aussuchen. Die meisten, die ich kennenlerne, sind dann wirklich bei *Skinheads gegen Rassismus*."

Der Zug fuhr in Islands Garden ein. Indra stand auf und drückte den Knopf, der die automatischen Türen öffnete.

„Ich ruf dich an", sagte Terry zu ihr, als er ausstieg.

„Tu das!"

Blake entschloß sich, zu Fuß zurück nach Hause zu gehen. Als er aus dem Bahnhof trat, rannte ein Mädchen in ihn hinein. Sie bückte sich, hob ein Kärtchen vom Boden auf und gab es dem Skinhead.

„Das ist dir runtergefallen", sagte sie mit deutlichem deutschen Akzent und eilte die Stufen zu den Bahnsteigen hoch.

Terry sah sich die Karte an. Vorne stand eine Adresse: *Artcore Galerie, Weisestraße 58, Berlin 44. 6227359.* Auf der Rückseite war in Handschrift der Name *Birgit* und eine Londoner Telefonnummer notiert. Terry steckte die Visitenkarte in seine Gesäßtasche.

Während er weiterspazierte, jagten tausendundeins schmutzige Gedanken durch den Kopf des Skinheads. Es dauerte nicht lange und die ihm nur allzu bekannte Skyline von Kelson House tauchte auf. Eine gefärbte Blondine, nicht älter als zwanzig, wartete auf den Lift.

„Welches Stockwerk?“ fragte sie, als Terry und sie im Aufzug standen.

„Dreiundzwanzigster!“ antwortete er und fügte gleich hinzu: „Wohnst du auch hier?“

„Nö, ich besuche bloß meine Schwester“, lächelte die Blonde ein bißchen albern.

„Das hier ist ein verdammtes Dreckloch. Überall Ungeziefer. Man nennt es auch Kakerlaken-City.“

„Weiß ich“, meinte das Mädchen, „meine Schwester wohnt schon fünf Jahre hier.“

„Kommst du oft hierher?“

„Jede Woche!“

„Ich heiße Terry. Ich wohne in Appartement 210. Du kannst jederzeit vorbeischauen, wenn du hier mal was anderes machen willst.“

„Ich denk dran“, sagte die Blonde, als sie aus dem Lift trat.

Die Türen schlugen zu und Terry rauschte weitere zehn Stockwerke hoch. Er trat in seine Wohnung und widerstand dem spontanen Drang zu wixen. Ein bißchen Musik würde der sexuellen Spannung in seinem Körper eine Richtung geben. Eine Platte würde er sich anhören und dann ein paar Puppen anrufen, ob eine von ihnen mal schnell rumkam. Er hängte seine Bomberjacke an die Wand und setzte Wasser auf, dann ging er seine Plattensammlung durch. Er hielt bei „Oi! Oi! Music“ von The Oppressed an, dann aber schien ihm Combat 84 doch passender. Schließlich entschied er sich für eine Langspielplatte von Close Shave und warf sie auf den Plattenteller.

Terry braute sich einen Topf Pfefferminztee, während die Skinheads aus Birmingham durch ihre Hymne „Oi Kinnock Give Us Back Our Rose“ stürmten. Dieser blindwütige Angriff auf die

Labour Party ließ Terry lächeln. Wie jemand gegen die Sozis als antipatriotische Parlamentarier ernsthaft den Namen des Heiligen Georg anrufen konnte – das war außerhalb von Terrys Vorstellungsvernögen. Aber mit dieser spektakulär unpassenden Leadgitarre war das Ding ein Klassiker des Rechtsaußen-Rock.

Dann kam „Scrounger" und dann „Telly Addict". Terry schlürfte seinen Kräutertee, als Close Shave zu einem seiner Allzeitfavoriten ansetzten: „Sunday Sport" war das Härteste in Straßenrock, ein Song so kraß, daß Sham 69 daneben sophisticated wirkten. Fluffy, der Sänger von Close Shave, mußte der absolute Lumpenproletarier sein, um seine Lust, mit Pin Up-Girls ins Bett zu gehen, öffentlich herauszubrüllen. Das war der authentische Sound der britischen Arbeiterklasse und Terry liebte ihn! Ein großartiges Gitarrenriff und ein Text, der so dämlich war, daß ihn nur ein Genie hatte schreiben können. Und die Garantie, daß sowas den Trendies und Kunstfurzern eklig in die Nase stieg – das war der Beweis, daß die Klasse ebenso ein kulturelles wie politisches und ökonomisches Konstrukt war. Blakes Gedanken über diese Angelegenheit wurden durch ein Klopfen an der Tür unterbrochen.

„Hallo!" Es war die Biene, die er im Lift angequatscht hatte. „Hast du Musik zum Tanzen?"

„Ist Model 500 recht?" fragte Terry, führte sie hinein und nahm Close Shave vom Plattenspieler.

„Das ist ja antik, aber es wird schon gehen", meinte sie, als er „Electronic" auflegte.

Die Blondine schlang ihre Arme um Terrys Hals und begann, ihre Hüften an ihn zu drücken. Ihre Lippen trafen sich und das Girl zwängte seine Zunge in den Mund des Skinheads. Sie begann, Terry mit ihren Ellenbogen nach unten zu drücken. Er ging in die Knie. Als er den Ledermini der Blondine hochhob, mußte er feststellen, daß sie kein Höschen trug. Das Mädchen war so feucht, daß Terry in ihrer Möse hätte schwimmen können, wenn sie einen Handstand gemacht hätte. Die Blondine drückte den Kopf des Boot-Boys an ihre Möse. Er folgte diesem zarten Hinweis und begann zu lecken.

FÜNF

Rupert Dawson-Rand war die gesamte Turner Street entlanggegangen, ohne das Gebäude zu finden. Es war keine lange Straße, aber da waren so viele Büros und Kliniken, die zum London Hospital gehörten, daß er sicherlich nicht der erste war, der hier Probleme hatte, die richtige Tür zu finden. Rupert kratzte sich an den Eiern, er mußte dringendst pinkeln. Er ging zurück zur Commercial Road und drehte sich wieder um. Das fehlte ihm gerade noch! Nicht nur, daß irgendein Skinhead mit irgendwelchen Unsinnsgeschichten seine Autorität in seiner Gruppe Mein Eines Fleisch unterminiert hatte, nun fand er auch noch die verdammte Klinik nicht! Rupert beschloß, das Unternehmen zu beenden und zur Whitechapel Galerie zu gehen, wo er sich entspannen und seine Aufreißtechnik bei einer Kunstschnepfe perfektionieren konnte. Wenn er kein Glück dabei hatte, konnte er immer noch zu *Freedom* gehen, dem anarchistischen Buchladen nebenan, und sein Lager aufstocken.

Als er sich wieder dem nördlichen Ende der Turner Street näherte, erregte das Wort SPEZIALKLINIK Ruperts Aufmerksamkeit. Er ging durch einen Fußgängereingang links von einem großen schmiedeeisernen Tor und fand sich im Hof eines Krankenhauses wieder. Er ging ein paar Schritte und sah eine Hinweistafel, die weibliche Patienten zu einem Eingang nach unten wies. Rupert drehte sich verzweifelt und bemerkte schließlich, daß der sein Geschlecht betreffende Wegweiser durch ein Baugerüst verdeckt worden war. Er war sehr erleichtert, als er in der Empfangshalle eine Toilette entdeckte.

„Entschuldigen Sie!“ rief eine Schwester hinter ihm her, als er aufs Klo gehen wollte.

„Ja!“ murrte Rupert und drehte sich um.

„Bitte befolgen Sie die Vorschrift“, sagte die Brünette und zeigte auf eine Tafel: DIE PATIENTEN WERDEN GEBETEN, KEIN WASSER ZU LASSEN, BEVOR SIE UNTERSUCHT WORDEN SIND! stand da zu lesen.

Die Schwester verschwand durch eine Tür, und Rupert fand sich wieder, von einem Dutzend feindseliger Augenpaare angestarrt. Da er aber nun mal als echter Patient gelten wollte, akzeptierte der Pro-Situ die Situation und unterdrückte weiterhin seine Notdurft. Er schluckte schwer und schlurfte zum Empfangsschalter.

„Schon mal hier gewesen?“ fragte ihn die Frau dort.

„Nein.“

„Das Formular ausfüllen!“

Rupert hatte Probleme, sich auf die Fragen zu konzentrieren, weil er verzweifelt gegen den zunehmenden Schmerz kämpfte, den ihm seine Blase verursachte. Er gab einen falschen Namen und eine falsche Adresse an, war aber ehrlich genug, einzugestehen, daß er aus eigenem Willen hier und nicht von einem Arzt überwiesen worden war. Er gab das Formular zurück, die Empfangschwester überflog es und teilte ihm eine Nummer zu, die sie ihm auf einen Zettel notierte. Sie überreichte Rupert das Papier.

„Bringen Sie das jedesmal mit, wenn Sie zur Untersuchung kommen. Wenn Sie dran sind, werden Sie aufgerufen!“

„Wie lange dauert's noch?“

„So wie es aussieht, würde ich auf eine Viertelstunde tippen!“

„Ich muß unbedingt aufs Klo. Könnte ich nicht sofort untersucht werden?“ flehte der Pro-Situ.

„Ich fürchte, daß das nicht möglich ist!“ zischte die Schwester und fügte sarkastisch lächelnd hinzu: „Sie werden warten müssen, bis Sie dran sind!“

Rupert durchmaß den Raum, ohne auf die Anwesenden zu achten. Die meisten sahen ziemlich jung aus, um die zwanzig. Einer mit Übergewicht in Ruperts Alter hatte sich in eine Ecke gefläzt und las im „Penthouse“. Die Jüngeren hopsten herum und machten eine Menge Lärm. Der einzige Patient, der sich ordentlich aufführte, war um die fünfzig, tadellos gekleidet und hielt den Rücken gerade wie ein Ladestock.

„Ey, Schätzchen, gib uns deine Telefonnummer!“ rief einer der Teenager einer vorbeigehenden Schwester nach.

„Red nicht mit Nick. Er hat den Tripper!“ brüllte ein anderer.

„Du verdammte Nutte, was ist los mit dir? Ich hab Kohle, wenn du einen Zähler an deiner Möse hast. Ich könnte dir zeigen, was Spaß ist, Schlampe!“ schrie der erste Junge der Schwester nach, als diese wortlos aus dem Raum ging.

„Achten Sie auf Ihre Worte!“ schnauzte der tadellos Gekleidete den Teenager an.

„Verpiß dich nach Afrika!“ schrie Nick.

„Genau, Farbiger!“ rief sein Freund. „Ich bin in der National Front – was sagste jetzt?“

„Ihr habt keinerlei Respekt vor irgendjemand“, bemerkte der Mann kühl, „und ich werde mich nicht auf euer Niveau herunterlassen.“

„Du blöder Wixer!“

Rupert wußte, daß er dem Mann zu Hilfe kommen müßte, aber er schaffte es einfach nicht. Er suchte einen rationalen Grund für seine Feigheit: Bei einer Schlägerei würde er unweigerlich in die Hosen pissen. Der Streit jedoch verpuffte wieder und kurz darauf war der Pro-Situ an der Reihe. Ein Arzt fragte ihn aus. Rand log, daß er Schmerzen beim Wasserlassen verspüren würde und mit zwanzig verschiedenen Frauen im letzten Monat gevögelt hatte. So wurde er zur weiteren Untersuchung geschickt.

„Ich platze fast, so dringend muß ich pissen!“ unterbrach Rupert den Pfleger, der ihm das Untersuchungsprozedere erklärte. „Kann ich nicht jetzt schon meine Urinprobe machen?“

„Das ist höchst unüblich“, wurde ihm beschieden.

„Ich mach mir in die Hosen“, schniefte der Pro-Situ.

Der Pfleger gab Rand einen sterilen Behälter und deutete auf einen Verschlag, der mit einem Waschbecken und einer Toilette ausgestattet war. Rupert konnte es nicht mehr länger zurückhalten, als er seinen Schwanz aus der Hose gefischt hatte: ein wahrer Urinstrom füllte den Meßbecher, floß über und plätscherte über Ruperts Hand auf den Boden.

Der Pro-Situ benutzte Toilettenpapier, um die gröbste Schweinerei aufzuwischen. Dann gab er seine Urinprobe ab und ging in den Verschlag zurück, wo die Untersuchung fortgesetzt wurde. Am besten gefiel es Rupert, als der Pfleger seinen Schwanz in die gummibehandschuhte Hand nahm und eine Nadel hineinsteckte, um eine Probe des inneren Gewebes zu nehmen. Rupert war schon in allen Tripperkliniken Londons und der weiteren Umgebung gewesen, aber noch nie hatte ihn eine Frau untersucht. Bis dies eines gloriosen Tags geschah, würde er sich damit trösten, daß er mit eingebildeten sexuellen Abenteuern und echten Tripperkontrollen prahlen konnte.

Ein Arzt informierte Rupert dahingehend, daß er in zwei Wochen das Ergebnis des Tests erfahren würde. Rand ging zurück zum Empfang, um einen Termin zu kriegen.

„Ich fürchte, daß Sie wieder warten müssen, wir machen keine festen Termine ab", informierte ihn die Empfangsschwester.

„Na gut, und wie wär's, wenn wir beide am Samstag auf einen Drink ausgehen würden?"

„Was? Um den Tripper zu fangen! Soll das ein Witz sein?"

„War ja nur ein Vorschlag", murmelte Rand und schlich davon.

Er fühlte sich erst wieder besser, als er in der Whitechapel Galerie war. Er hatte genug von sexuellen und anderen Abenteuern in den proletarischen Niederungen der Tripperklinik. In die Ausstellung ging er mit dem Gefühl des verlorenen Sohnes, der endlich wieder heimkehrte – mit merklich höherer Wertschätzung der Bequemlichkeiten des gehobenen Lebensstils als zuvor. Ruperts Familie war wohlbekannt als Fördererin der Schönen Künste und mehrere Angehörige der Dawson-Rands hatten mehr als nur pekuniäre Beiträge geleistet zum kulturellen Erbe der Nation. Rand kannte seinen Debord: Dada und Surrealismus sind die beiden Strömungen, die das Ende der modernen Kunst kennzeichneten. Als Konsequenz sah Rupert seine persönliche Mission darin, die Weltkultur in ihrer Gesamtheit zu verwirklichen und aufzuheben. Kunst (Poesie im situationistischen Sinne) mußte überwunden werden, damit sie überall wieder auftauchen konnte. Rands Familie hielt nichts von solcher Politik, weil sie einfach nicht kapierte, daß es das Herzstück des situationistischen Projekts war, die Arbeiterklasse abzuschaffen. Nach der Revolution würden alle Mittelklasse sein, und die Traditionen, die die europäische Bourgeoisie der Welt hinterlassen hatte, würden endlich zur wahren universellen Kultur werden.

„Ein besonders kühner Gebrauch der Linie", bemerkte Rupert zu einer jungen Frau, die genauestens eine blaue Leinwand mit einem gelben Strich am einen Rand studierte.

„Und die Farben!" rief die Mieze begeistert. „Mir kommen Tränen vor Begeisterung."

„Ich sehe, daß Ihre Sinne den feineren Dingen des Lebens, den spirituellen Werten zugewandt sind", meinte Rand großartig, „und daher bin ich sicher, daß Sie meinem Ersuchen um Ihre Begleitung morgen abend zu einem Dinner bei Boswell's günstig gestimmt sind."

„Ich fürchte, daß mich mein Mann morgen abend in die Oper ausführt."

„Aber der Speisesaal ist edwardianisch und auf jedem Tisch stehen frisch geschnittene Blumen!"

„Ich bin erst seit kurzem verheiratet und pflege keine romantischen Dinner mit Männern einzunehmen, die ich eben erst in East End-Galerien getroffen habe."

„Sie verstehen mich nicht!" krächzte der Pro-Situ in Rage. „Das Menü besteht hauptsächlich aus Wildbret und Pasteten, der Wein des Hauses ist wahrscheinlich der beste seiner Klasse!"

„Bitte lassen Sie mich in Ruhe!"

„Schlampe!" kreischte da Rupert los. „Ich höre deinen perversen Vorschlägen nicht mehr länger zu. Wie kannst du es wagen, meine Ohren mit solchem Schmutz zu beleidigen. Ich werde mich nicht besudeln, indem ich mit einer Dirne rede, die will, daß ich meinen großen harten Schwanz in ihre heiße, feuchte Spalte ramme!"

Der Zwischenfall erregte die Aufmerksamkeit eines Museumswärters, der die Frau sofort aus der Galerie wies. Es gab eine Menge Geflüster unter den anderen Besuchern und nach ein paar Minuten kam ein Mitglied der Museumsleitung, um sich bei Rupert für den unangenehmen Vorfall zu entschuldigen.

„Unglücklicherweise kommt bei unseren Bemühungen, den arbeitenden Klassen die Kultur näherzubringen, auch einmal ein – wenn ich so sagen darf – faules Ei hierher in die Galerie. Wie Sie sich sicher vorstellen können, benötigen diese Wilden die ständige Konfrontation mit Unmengen von Kunst, damit deren zivilisierender Einfluß wirksam wird. In Tat und Wahrheit ist aber der Großteil dieser Untiere intellektuell so verstümmelt, daß wir nichts mehr für sie tun können."

Rupert versicherte dem Kurator, daß die Ungemach, die er erlitten hatte, nicht dazu angetan war, seine Hochachtung der vorzüglichen Arbeit der Whitechapel Galerie zu mindern. Dann spazierte er zur Buchhandlung der Galerie, wo er den Inhalt der Regale genau studierte. Es gab vieles, das er kaufen konnte, um es dann den linken Wixern, die seinen Stand mit gebrauchten Büchern auf dem Camden Market regelmäßig beehrten, wieder zu verkloppen. Rand wählte Monographien über Gilbert & George, Max Ernst, Malewitsch, Tatlin, Andy Warhol und Joseph Beuys. Es waren alles teure Kunstbände, schön gebunden, mit vielen Farbtafeln. Der Pro-Situ freute sich darauf, den Wert dieser Bücher zu verwirklichen und aufzuheben, indem er sie mit einem Hammer zerdellte und so seinen Kunden Second Hand-Ware vortäuschte. Als er mit der Kreditkarte für die Bücher bezahlte, konnte er ein selbstgefälliges Lächeln über seine List nicht unterdrücken, die ihm erlaubte, relativ wohlhabender, aber glaubhafter Teil der linken Bewegung zu sein. Er war zu einer internationalen Legende geworden, da er jedem Anarchisten, der es hören wollte, erzählt hatte, daß er Bücher klaute, die Scheiße aus ihnen rausprügelte und sie dann als antiquarische Schnäppchen an linke Pfennigfuchser verhökerte.

Rand schloß sich im Männerklo ein. Er nahm die Bücher aus der Tragetasche und steckte sie in eine andere. Die Plastiktüte mit dem Aufdruck der Galerie-Buchhandlung zerriß er und spülte ihn das Klo runter. Dann verließ der Pro-Situ den Lokus und schlenderte hinüber zu *Freedom.*

„Laß da die Haare schneiden und nimm'n Bad!" riefen zwei Museumswächter, die sich gerade erleichterten, Rand hinterher.

„Verdammt typisch!" meinte der eine. „Die Oberklasse-Wixer denken, sie wären soviel besser mit ihrer beschissenen Scheißkultur, aber die meisten von ihnen waschen sich nicht mal die Hände, wenn sie einen Haufen gelegt haben."

„Man muß schon ziemlich degeneriert sein, um moderne Kunst zu mögen", meinte der andere mit einem wissenden Lächeln.

„Jeder weiß, daß die herrschende Klasse dekadent ist und ihre Kultur lediglich die Tatsache reflektiert, daß sie Untermenschen sind."

„Deswegen kommen anständige Leute ja auch nicht hierher. Die einzigen Arbeiter, die du hier siehst, sind wir und die Putzkolonne."

„Hätt' diesen Job nie genommen, wenn ich was anderes gekriegt hätte!"

„Bei mir war's auch so!"

Rupert roch die frische Druckfarbe aus dem Aldgate Print Shop, als er die Stufen zu *Freedom* hochstieg. Als er oben war, sah er überrascht in ein Gesicht, daß er von früher aus der anarchistischen Szene kannte. Der Name des Typen fiel ihm nicht mehr ein, aber Rand dachte, daß Freundlichkeit in diesem Fall nicht schaden konnte.

„Alles klar?"

„Sicher! Und bei dir?"

„Großartig!“ erwiderte Rupert und hielt seine Plastiktüte auf, daß man den Inhalt sehen konnte. „Da! Hab ich gerade in der Kunstgalerie drüben geklaut.“

„Was machst du mit den Büchern?“

„Natürlich verkaufen. Ich hab einen Stand mit Second Hand-Büchern auf dem Camden Market.“

„Ich kenne den Rest von Mein Eines Fleisch, das sind jetzt Kumpels von mir. Ich wette, daß sie neidisch wären auf deine American Express-Karte.“

„Wer bist du? Wovon redest du?“

„Ich bin Terry Blake und ich bin gerade am Buchladen der Galerie vorbeigelaufen, als du an der Kasse warst.“

„Ich hab ein paar Kunstpostkarten gekauft zur Tarnung.“

„Nein, du hast die Bücher bezahlt, ich hab's gesehen!“

„Du brauchst hier nicht rumzubrüllen, ich bin nicht taub!“

„Und ich bin nicht blöd!“ grinste Terry. „Wenn diese Unterhaltung unter uns bleiben soll, dann solltest du mir irgendwo einen Kaffee spendieren, wo Genossen unser Gespräch sicher nicht hören werden!“

„Wie wär's mit dem Café in der Whitechapel Galerie?“

„Dann mußt du mir auch noch einen Kuchen spendieren. Ich brauche Süßes in so einer widerlichen Umgebung.“

„Kein Problem! Ich hab eine Kreditkarte, wie du dich erinnern kannst“, sagte Rand säuerlich und folgte Terry die Treppe hinunter.

Die Trendies, die sich in der Whitechapel Galerie herumtrieben, brachten Blake zum Kotzen, aber sie machten ihn nicht so krank wie dieser Abschaum Dawson-Rand. Die gewöhnlichen Kunstfurzer hegten wenigstens nicht diesen missionarischen Eifer, die sogenannten *unteren Klassen* und *unteren Rassen* zu ihrer weißen, bürgerlichen und patriarchalischen Kultur zu bekehren. Diese Wixer waren einfach Snobs, ihre Art, das gewöhnliche Volk zu unterdrücken, war offen und direkt und somit einfach zu bekämpfen. Der Pro-Situ war von einer ganz anderen Sorte. Während er behauptete, die bürgerliche Kultur zu bekämpfen, repräsentierte er in Wirklichkeit nur ihre Avantgarde. Seine Herkunft, seine Bildung, sein Geld, all diese Privilegien gaben ihm die Sicherheit, an anarchistischen Meetings zu erscheinen, dort den Proletarier zu spielen und dabei jedem echten anwesenden Arbeiter eine völlig fremde Kultur aufzuzwingen. In Rands Programm waren die bürgerlichen Ideen von ästhetischer Distanz zentral, die von der kulturellen auf die politische Ebene übernommen worden waren. Darunter war auch das situationistische Konzept des Spektakels, die Idee, daß das gesamte unmittelbare Leben in eine Vorstellung davon entwichen ist. Rand wollte die menschliche Gesellschaft neu gestalten im Bild der bürgerlichen Ideologie.

Terry kannte mehrere Jungs in anarchistischen Bewegungen, die von Privatschulen kamen. Die behaupteten einfach, daß alle Erziehungssysteme gleich repressiv wären. Das akzeptierte Terry nicht. Während den Privilegierten in ihren Internaten jahraus, jahrein erzählt wurde, daß sie als Erwachsene die Welt regieren würden, wurden die Arbeiterkinder in dem Glauben erzogen, daß sie ganz einfach wertlos wären. Blake war auf eine restlos überfüllte, öffentliche Londoner Schule gegangen, wo ihm Tag für Tag eingehämmert wurde, daß er der letzte Scheißdreck war.

Er sah sich um in der Whitechapel und war angewidert. In der Schule war ihm eingetrichtert worden, daß er zu dumm war für die Hochkultur, die die hier herumhängenden Gemälde repräsentierten. Natürlich hatten die Lehrer damals keine Ahnung, daß Blake und seine Kumpels gar keinen Bock hatten, ihre Zeit mit solchem Müll zu verschwenden. Weil er aus der niederen Mittelklasse stammte, hatte Terry immerhin Möglichkeiten gehabt, die den meisten seiner Schulfreunden verschlossen geblieben waren. Er konnte es so machen wie seine Eltern und den Lebensstil der höheren Mittelklasse nachäffen – um hinter seinem Rücken dafür ausgelacht zu werden, daß es ihm am wahren guten Geschmack fehlte, einem Geschmack, der in Jahrhunderten der Inzucht aus durch und durch vergifteten genetischen Anlagen entstanden war. Blake hatte die Alternative gewählt: Arbeiterklassenkultur in Form von Punkrock und Skinheadismus.

Während Rand Kaffee und ein Sahnegebäck holte, setzte sich Terry an einen Tisch. Er guckte sich die Miezen genau an und wußte, daß er jede Frau, die er wollte, haben konnte, gerade weil er sich diesen Mittelklassemanieren verweigerte. Er akzeptierte seine soziale Stellung nicht einfach, er wollte nicht kleben bleiben. Er lächelte, als er an die Graffiti-Aktionen dachte, die er in der Schule an den Sport- und Besuchstagen organisiert hatte: Hakenkreuze und Parolen zur Unterstützung von IRA und PLO.

Es gelang jedesmal, die Gefühle der Lehrer und der Besucher tief zu verletzen. Dann hatte er das ganz langsame Händeklatschen eingeführt, wenn von außenstehenden Würdenträgern schulische Preise vergeben wurden. Danach wurden er und sein Jahrgang als Schande für die gesamte Schule bezeichnet. Obwohl er nicht daran dachte, sie zu lesen, lief er mit Büchern von Marx und Mao unter dem Arm herum – und bezahlte dafür. Der Oberstudienrat hielt ihn drei Jahre lang jeden Tag auf, wenn er vom Pausenhof hereinkam. Er schikanierte ihn damit, daß er pedantisch kontrollierte, ob Terry durch die richtige, seiner Klasse zustehende Tür hereinkam. Ein andermal bekam Terry die Prügelstrafe, weil er vergessen hatte, daß er bei jedem Satz, den er an ein Mitglied des Lehrkörpers richtete, am Ende ein „Sir" anzufügen hatte. Trotz aller Erniedrigungen gelang es den Schweinehunden nicht, Terrys rebellischen Geist zu brechen. Er lernte früh die effektivsten Arten, sich zu wehren, und war stolz auf seinen Haß auf die ganze Welt.

„Ist ... ist ... Aprikosenfüllung okay?" stotterte Rand und stellte zwei Tassen Kaffee und ein Gebäck auf den Tisch.

„Ist gut!"

„Schön. Ich hoffe, daß unsere Differenzen ebenso leicht aus der Welt geschafft werden können", meinte Rupert etwas zutraulicher.

„Da gibt es keine Differenzen! Ich bin nur an der Revolution interessiert und daran, die nächste evolutionäre Phase zu starten. Ich will hier nur klarstellen, daß du mir bei dem, was ich unternehme, auf keinen Fall dazwischenfunken solltest!"

„Ich denke nicht im Traum daran, dir dreinzupfuschen", versicherte Rand.

„Gut. Dann wirst du die betreffenden Mitglieder von Mein Eines Fleisch ermutigen und auffordern, ihr Haus zu verpfänden, damit sie die Kohle zusammenbringen, um eine Atomwaffe zu kaufen."

„Aber diese Idee ist doch lächerlich!" protestierte der Pro-Situ.

„Nein, ist sie nicht! Ich weiß, wo ich einen Atomsprengkopf bekomme. Ich brauche nur hunderttausend Pfund dafür."

„Aber die Nicolson-Brüder werden da nie zustimmen. Sie haben das Erbe ihrer Großmutter väterlicherseits in die Hypothek auf das Haus gesteckt."

„Sie sollten sich aber besser dazu entschließen, irgendwie viel Geld aufzutreiben, denn sonst wird bald jeder wissen, daß du noch nie in deinem Leben ein Buch gestohlen hast. Und dadurch wirst du nicht nur die Führerschaft in deiner kleinen Pro-Situ-Gruppe verlieren, sondern auch zur Witzfigur in der gesamten Szene!"

„Du willst also wirklich, daß ich die Jungs davon überzeuge, ihre Hypothek zu verpfänden?"

„Natürlich!"

„Das kann ich nicht!"

„Denk an deinen Ruf, denk daran, daß du dein Gesicht nie wieder in der Anarchoszene zeigen kannst."

„Sagst du mir rechtzeitig, wo und wann du die Bombe hochgehen läßt, damit ich weit genug davon weg bin?"

„Klar!"

„Gib mir deine Hand drauf!" Rand streckte seine Rechte aus.

„Sagen wir einfach, daß das Geschäft gilt", erwiderte Terry kalt. „Ich stehe nicht auf solche Freimaurerrituale wie Händeschütteln!"

„Du klingst wie einer dieser rechten Weltverschwörungstheoretiker."

„Wenigstens bin ich kein King's Road-Flocki!"

„Das ist gemein", wimmerte der Pro-Situ. „Ich kann doch nichts dafür, wo ich geboren bin."

„Keiner kann da was dafür, aber du bist verantwortlich dafür, was du jetzt bist. Ich habe nie versucht vorzugeben, ich sei ein Prolo. Ich verabscheue die untere Mittelklasse, aber ich habe nie geleugnet, daß ich aus ihr stamme. Du bist ein verdammter Heuchler, weil du nicht zugibst, daß du reich geboren bist."

„Aber der Reichtum meiner Familie besteht aus unbeweglichem Eigentum, sie besitzt keinerlei Produktionsmittel. Objektiv gesehen ist das gar kein bourgeoiser Background!"

„Halt die Klappe! Ich will deinen Scheiß nicht mehr hören. Geh und sag den Nicolson Brüdern, daß sie einen Koffer mit Hunderttausend in kleinen, nicht durchgehend numerierten Scheinen füllen sollen. Ich hole ihn dann morgen abend ab."

Rand stand auf und ging. Terry biß in seine Cremeschnitte und nahm einen Schluck Kaffee. Während er die anwesenden Begabungen sondierte, beschloß er, sich heute einmal etwas Piekfeines zu genehmigen. Er suchte und fand den Blick einer Rothaarigen, die ein Tablett mit ihrem Mittagessen trug. Sie kam herüber zu Blake und stellte ihre Mahlzeit auf seinen Tisch.

„Haben Sie etwas dagegen, wenn ich mich hierher setze?"

„Sei mein Gast, Rotschopf!" lud Terry sie ein und verriet damit, daß er einen Mickey Spillane-Roman zu viel gelesen hatte.

„Ich heiße Sarah. Ich mag dieses amerikanische Getue nicht!"

„Ich heiße Terry, aber du kannst mich Tel nennen."

„Was hältst du von der Ausstellung, Terence?" fragte Sarah und verdrückte ihren viel zu teuren Salat.

„Nichts! Ich mag keine Kunst, ich bin bloß hergekommen, um ein Geschäft abzuschließen."

„Du strengst dich nicht besonders an, nett zu sein, wie?"

„Muß ich doch gar nicht. Da magst es doch so, Puppe!"

„Und was würdest du sagen, wenn ich an einen anderen Tisch ginge?"

„Daß du frigide bist!"

„Du hast eine sehr hohe Meinung von dir selber."

„Sicher hast du ein Auto?"

„Ja."

„Und frei heute nachmittag."

„Ja."

„Und du fährst uns zu mir heim."

„Ja."

„Ich schließe meinen Fall!" Terry lehnte sich in seinen Stuhl zurück und entspannte sich. Er machte sich keine Illusionen darüber, was die Rothaarige von ihm wollte. Sie betrachtete ihn als Grobian, als Spielzeug, mit dem sie ihre masochistischen Neigungen befriedigen konnte. Wenn es das war, was dieses Oberklassemiststück wollte, dann war Blake mehr als bereit, sie wie Scheiße zu behandeln. Solange er den Dummen spielte, würde seine Variation der genetischen Ekstase sie geradewegs aus ihrer Umlaufbahn schleudern.

„Was machst du sonst so?"

„Pornovideos."

„Du siehst eher aus wie ein Bauarbeiter."

„Ich ziehe es vor, auf meinem Arsch zu sitzen", grinste Terry. „Außerdem arbeite ich an einem Buch über unglaublich seltsame Sexfilme."

„Das macht dich nicht notwendigerweise zu einem Intellektuellen", bemerkte Sarah ziemlich verärgert über das offensichtliche Wohlgefallen, mit dem der Skinhead bereitwillig sein krankes Gewerbe verriet.

„Aber ich hab damit ein Auskommen!"

„Ich hoffe, dein Schwanz ist länger als zwanzig Zentimeter", höhnte die Rothaarige.

„Schlaff oder steif?"

„Los, komm, ich will jetzt sehen, wie groß dein Schwanz ist!" Das reiche Mädchen stand energisch auf.

Terry lotste sie durch Mile End und Limehouse zur West India Dock Road. Als Sarah ihren Sportflitzer vor den Wohnblöcken parkte, wies Blake sie darauf hin, alles von Wert aus dem Auto zu nehmen. Das wollten diese reichen Hühner in einer solchen Gegend doch hören. Er hatte genug mit ihrer Sorte zu tun gehabt, um zu wissen, daß sie eine gelangweilte Bourgeoise war auf der Suche nach Abenteuer und Gefahr.

„Paki! Paki!" sangen zwei Dreijährige einem Rentner auf der Straße nach. Der alte Mann verzog keine Miene, er ging einfach weiter, als ob nichts wäre. Terry war beeindruckt, wie der Mann seinen Stolz und seine Würde behielt angesichts dieser rassistischen Attacke. Die Kinder konnte man nicht verurteilen, sie waren noch zu klein, um zu verstehen, was sie taten. Sie imitierten einfach die älteren Weißen, die vom Rassenhaß aufgefressen wurden. Der Vorfall machte Blake wieder einmal klar, wie krank etwa die Wixer von der *Anti-Fascist Probe* waren. Sie setzten Rassismus gleich mit Faschismus und gingen damit auf Stimmenfang. Obwohl Faschisten zweifelsohne verantwortlich waren für eine Anzahl brutaler rassistischer Attacken, so war doch die Mitgliederzahl dieser Rechtsaußengruppierungen minimal. Die meisten Rassisten im East End kamen aus der Arbeiterklasse und wählten Labour, aber niemals, auch in einer Million Jahre nicht, die National Front oder die British National Party. Sie wollten keine Miniatur-Diktatoren, die von einem neuen tausendjährigen Reich träumten. Für Terry war klar, daß der Faschismus rassistisch war, doch glaubte er auch fest daran, daß es in der linken Allianz keinen Fortschritt bezüglich dieses Problems gab, wenn nicht die unselige Gleichung Rassismus ist Faschismus zerbrochen werden konnte. Tatsächlich sah es so aus, als ob der Antifaschismus eine billige Masche aus jener Ecke war, die vom institutionalisierten Rassismus profitierte, weil er die Aufmerksamkeit von der höchsteigenen Heuchelei ablenkte.

Sarah rümpfte die Nase, als sie in den Lift traten. Es roch wie in einer Toilette. Terry drückte den Knopf zum dreiundzwanzigsten Stock und die Türen knallten zu. Als sie in seiner Wohnung waren, installierte Terry seine Videokamera.

„Hast du etwa vor, uns zu filmen, wenn wir Sex machen?" fragte Sarah höchst erstaunt.

„Klar!"

„Und was bringt dich dazu zu glauben, daß ich das zulasse?"

„Du kannst eine Mütze über den Kopf ziehen, wenn du willst!"

Sarah entschloß sich, die Aussicht, Porno-Star zu werden, als ziemlich aufregend zu empfinden. Sie schaute sich Blakes Plattensammlung an und stellte sehr schnell fest, daß es fast ausschließlich Werke von Skinheadbands waren.

„Hast du nichts Klassisches?"

„Nö!"

„Was soll ich auflegen?"

„Irgendein Cock Sparrer-Album!"

Sarah zog *True Grit* heraus und schmiß es mit der B-Seite oben auf Terrys Plattenspieler. Die Titel der Songs schienen typisch zu sein für das, was Blake an Musik hörte: „Runnin' Riot", dann „Chip On My Shoulder" – und so weiter.

„Bist du bereit, mit mir zu vögeln?" wollte Sarah wissen, als sie aus ihren Klamotten stieg.

„Sobald du mir einen geblasen hast", erwiderte Terry. „Knie dich hierher." Er manövrierte sie durch den Raum. Dann sauste er hinter die Kamera und stellte die Bildschärfe ein. Er zog sich aus und ließ dann den Camcorder laufen. Sarah nahm seinen Schwanz und rieb ihn. Als er hart geworden war, begann sie seine Eichel zu lecken. Dieses Prozedere aktivierte einen genetischen Code, der zutiefst im Zentrum von Blakes Gehirn begraben lag. Doch Terrys Streben war es, gegen die Diktatur der DNS anzukämpfen, und so wählte er diesmal eine Passage aus der Autobiographie von Richard Jeffries als Waffe.

„Ich war völlig allein mit der Sonne und der Erde. Ich lag im Gras und sprach zu meiner Seele, zur Erde, zur Sonne, zur Luft und zur fernen See jenseits meiner Sicht."

„Herrje", dachte Sarah, „mein Stück Grobian ist wunderlicher, als ich dachte. Er hat das richtige Werkzeug an der richtigen Stelle, aber einen Knall im Kopf."

„Ich dachte an die Beständigkeit des Bodens. Ich spürte, wie er mich trug; von der gräsernen Liegestatt kam es wie eine Macht, als die Große Erde zu mir sprach.“

Terry hatte die Isle of Dogs verlassen. So wie Sarah seinen Schwanz mit Hand und Mund bearbeitete, hatte sie ihn zurück zu seinem genetischen Ursprung geschafft. Seine Stimme dröhnte fort, und es war wie eine Tonaufnahme über Millionen Jahre sexueller Geschichte, die abgespielt wurde.

„Ich sprach zur See; obwohl so weit weg, sah ich sie in meinem Geiste, grün am Rande, wo sie die Erde berührt, und blau im tiefen Ozean.“

Blake war sich nicht bewußt, daß ihn die Rothaarige auf den Rücken geworfen hatte und nun sein pochendes Glied in die schwarze Höhlung ihrer Möse führte.

„Ich wünschte, ich hätte ihre Stärke, ihre Geheimnisse und ihre Pracht.“

Sarah arbeitete sich auf und ab an Terry Fickstab und hielt den Rhythmus, der garantierte, daß mehr und mehr von den uralten Worten aus des Skinheads Mund ertönten.

„Ich wandte mich zum blauen Himmel, tauchte in seine Tiefe, atmete seine köstliche Farbe und Süße.“

Die Rothaarige begann zu glauben, daß ihr Aufriß ein Android war. Seine Trance war wie eine Herausforderung an sie: Sie war entschlossen, diese voraufgezeichnete Rede zu beenden und Terrys genetische Erbschaft einzufordern.

„Bei all dem betete ich; ich verspürte eine Bewegung der Seele über alle Beschreibung hinaus; das Gebet ist nur ein schwächlich Ding im Vergleich dazu.“

„Ich will fühlen, wie deine Eier an mich klatschen!“ kreischte Sarah und brach den Rhythmus, um abzusteigen, sodaß Blake sich auf sie legen konnte. „Fick mich, um Himmelswillen, fick mich. Ich will fühlen, wie dein Saft in mich spritzt!“

Die Worte schnitten in Terrys Gehirn, und obwohl er ihren Sinn bewußt nicht begriff, tat er, wie ihm geheißen. Sein geiles Stück gehobenes Bürgertum kreischte in Ekstase, als sie die Eier des Skinheads gegen ihr Fleisch klatschen spürte.

„Beim blauen Himmel, bei der wandernden Sonne, die durch unbetretenen Raum birst, ein neuer Äther, jeden Tag entschleiert neu ...“

Ohne es zu wissen, drehte Terry die Lautstärke hoch, hoch

zum Orgasmus. Sarah bellte Obszönitäten und riß mit ihren Fingernägeln Blakes Rücken blutig.

„Dann ... dann ...“, stammelte Terry, „dann, als ich zurückkehrte ...“ Flüssige Gene spritzten aus seinem Schwanz und ein Feuer brannte in seinem Hirn.

„Du bist ein verdammtes Tier!“ zischte Sarah und erfuhr den Orgasmus als genetische Wiederholung der jahrhundertealten Tradition in ihrer Familie, Diener und Leibeigene sexuell auszubeuten.

Die beiden lagen einige Zeit keuchend übereinander auf dem Boden. Dann schob Sarah Terry weg. Sie stand auf und zog sich an. Der Camcorder filmte getreulich weiter, wie der Skinhead im Zustand der Erschöpfung lag, während das reiche Flittchen die Wohnung verließ. Die Rothaarige spürte, daß Terrys Erguß aus ihrer Möse tropfte, während sie auf den Lift wartete. Dies war Zeugnis des besten Ficks, den sie je gehabt hatte.

SECHS

„Was stimmt mit diesen Schweinehunden nicht?“ röhrte Inspektor Stephens. „Sind sie feige Ratten, zu feige, sich der geballten Macht des britischen Staates entgegenzustellen, wenn diese sich anschickt, sie zu zerschmettern?“

„Vielleicht hat Arthur eine Idee, wie wir weitermachen sollen?“ warf Brian Smith beflissen ein.

„Dieser Wixer hätte schon vor zehn Minuten hier sein müssen. Roberts und seine Kumpels von Sieben haben mir diese Idee verkauft und sie sollten jetzt besser eine plausible Erklärung dafür haben, wieso die Schwarzen keinen Krawall machen. Ich hab mich weit aus dem Fenster gelehnt bei dieser Sache und ich will Erfolge sehen.“

„Und ich?“ jammerte Smith. „Roberts hat meine politische Karriere ruiniert, weil ich behaupten mußte, daß Farbige mich überfallen haben.“

„Hör auf zu winseln, Schleimscheißer!“ schnappte Stephens voller Wut. „Nach den Wahlen von ’79 hast du alles in die Scheiße gesetzt. Du hast nichts mehr zu verlieren. Aber ich habe eine gute Stellung und die Linken, die den Stadtrat unterwandert haben, schreien nach meinem Blut. Wenn die Sache in die Hose geht, dann stehe ich bis über beide Ohren in der Jauche."

„Du bist ein verdammter Egoist!" blökte Smith. „Du hast keinerlei Vorstellung von den spirituellen Dimensionen unseres Kampfes für die rassische Reinheit."

„Schon wieder Krach, Jungs?" Arthur Roberts betrat den Raum.

„Du bist eine Viertelstunde zu spät", beklagte sich der Inspektor. „Und was ist das für eine Mieze, die du dabeihast?"

„Das ist Joyce Grant. Sie ist eine Kollegin von Sieben. Joyce, das ist Inspektor Stephens."

Joyce schüttelte die Hand des Bullen und dann die von Brian Smith. Nachdem sie das Hippiegirl von oben bis unten ausgiebig betrachtet hatten, kamen beide, der Inspektor ebenso wie der Drittpositionist, zum Entschluß, daß sie diese degenerierte kleine Schlampe gerne mal durchräumen würden.

„Joyce arbeitet undercover. Sie hat die Drogenszene in der Sandringham Road infiltriert und wird euch jetzt über die aktuelle Stimmung unter den Dealern informieren. Ihrer Meinung nach haben wir die Auswirkungen unserer Razzia letzte Nacht ziemlich falsch eingeschätzt."

„Sehen Sie, Gentlemen", schloß Joyce gleich an Roberts Aussage an, „das letzte, was die Soul Brothers von der Sandringham Road wollen, ist Unruhe. Ausbrüche von Gewalt und ungesetzliche Aktionen würden ihre Geschäfte empfindlich stören. Die meisten Weißen, die ihr Hasch bei ihnen kaufen, sind Jammerlappen aus der Mittelklasse, die eher hier eine Meile laufen, als in einem wirklich gefährlichen Teil der Stadt ihr Leben zu riskieren. Die Soul Brothers halten eine Politik der Härte gegenüber Straßenräubern und anderen asozialen Elementen aufrecht. Diese sensible Wahrung solider Handelsinteressen bedeutet, daß sie trotz des berechtigten Hasses auf rassistische Bullen so weit wie möglich Auseinandersetzungen mit der Polizei vermeiden."

„Das hört sich so an, als wären diese Farbigen verantwortungsbewußte Geschäftsleute, obwohl sie doch das Geschäft mit dem Tod betreiben", nölte der Inspektor. „Und außerdem: Was ist falsch daran, Rassist zu sein?"

„Jim, bei Sieben betrachten wir die Dinge längerfristig", beruhigte ihn Roberts. „Wir haben keinen Anlaß, mehr als leichte Drogen im Handel in der Sandringham Road zu vermuten. Joyce bewegt sich regelmäßig in Horrorszenarien, die diese Haschischdealer wie Kindergartenabsolventen aussehen lassen. Gerade ermittelt sie über einen Typen namens Terry Blake, ein in der Tat ekelhaftes Stück Mensch. Er produziert schändliche anarchistische Pornographie. Die Videos, die er vertreibt, drehen dir den Magen um. Wir haben jeden Grund zur Annahme, daß er die Profite aus diesen miesen Geschäften dazu benutzt, den britischen Staat zu unterwandern!"

„Vergiß, was ich gesagt habe", meinte Stephens großmütig. „An die Arbeit! Wir brauchen einen Plan, um diese Immigranten zum Aufstand zu treiben."

Der Gossenrassismus des Inspektors bestätigte Joyces kürzlich erst wieder gesunkene Meinung über Polizei und Nachrichtendienst. Sie war von Roberts für Sieben rekrutiert worden, der seinen guten leninistischen Ruf dazu benutzt hatte, sie davon zu überzeugen, daß diese Organisation koscher war. Während ihrer Probezeit hatte Joyce überrascht festgestellt, wie viele Linke beim Geheimdienst waren. Die Existenz der Abteilung Sieben war ein sorgsam gehütetes Geheimnis, und dies hatte deren Agenten vor der allgemeinen Doppelspionjagd bewahrt, die so großen Schaden an der Effizienz der Abteilungen Fünf und Sechs angerichtet hatte. Außer den Leitern der Sicherheitsabteilungen und ein paar uniformierten Polizeioffizieren war nur der Premierminister über die Aktivitäten dieser Elitesicherheitstruppe informiert. Bis jetzt war es Sieben gelungen, den Untersuchungen zu entgehen, die Parlamentsmitglieder forderten, welche Stimmenfang damit betrieben, indem sie verlangten, daß die Reihen des britischen Geheimdienstes von Roten gesäubert werden müßten. Porträts von Marx, Lenin und anderen radikalen Helden zierten die Gänge des Hauptquartiers von Sieben in St. John's Wood, denn die Organisation verfolgte erbarmungslos anarchistische und antiparlamentarische Abweichler. Diese fanatische Hingabe an das Ordnungskonzept der Demokratie war es, die Sieben zum zentralen Teil der britischen Anti-Subversionsstrategie machte. Gerade die Schlüsselrolle sogenannter Kommunisten dabei, den britischen Staat zu bewahren, ließ in Joyce einmal mehr die Frage nach der Glaubwürdigkeit des Leninismus als revolutionärem Bekenntnis aufkommen.

„Dieses Land wäre schon längst vor die Hunde gegangen,

wenn es Sieben nicht gäbe“, spie Roberts aus. „Wir sind das Gehirn, das die Lösungen für die Probleme produziert, wenn unsere uniformierten Kollegen längst den Boden unter den Füßen verloren haben.“

„Jawohl, Sir!“ stimmte Joyce bei.

„Schau her, Jim, wir müssen den Einsatz erhöhen. Wir müssen etwas unternehmen, das die Soul Brothers wirklich nervt. Das heißt etwas Brachialeres, als ein paar von diesen Bastarden wegen Drogenhandels einzulochen.“

„Und das wäre?“ fragte der Bulle Roberts.

„Gebt Joyce die Liste mit den Verhafteten!“

Der Inspektor nahm ein Blatt Papier aus der Schreibtischschublade und reichte es der Hippiefrau.

„Schau dir die Liste an, Joyce“, zischte der Spionagechef, „und kreuze die Namen von denen an, die momentan Drogen dealen.“

„Niemand von diesen Leuten auf der Liste handelt in der Sandringham Road“, seufzte Joyce, nachdem sie das Blatt gelesen hatte.

„Macht nichts!“ bollerte Stephens. „Wir haben allen vorsichtshalber Rauschgift untergeschoben.“

„Gut gemacht, Inspektor“, schnappte Roberts sarkastisch. „Joyce, gib Smith die Liste.“

Sie tat es und ihr Boß hieß den Drittpositionisten, willkürlich einen Namen herauszupicken. Smith kapierte nicht ganz, worum es ging, und tat so, als ob ihm eine ungeheuer verantwortungsvolle Aufgabe aufgebürdet worden war. Er studierte die Namensliste lange.

„Freddie Love“, las der Faschist schließlich ab.

„Wir werden den Typen, den du herausgesucht hast, umlegen“, informierte Roberts seine aufmerksame Zuhörerschaft. „Ein Toter in der Untersuchungshaft wird die Soul Brothers im Viereck springen lassen. Jim, möchtest du gerne die Exekution übernehmen?“

„Auf keinen Fall!“ wehrte der Bulle ab.

„Nun, dann Brian! Du bekommst endlich die Chance, einen Schuß für deine Rasse abzugeben!“ schnurrte der Anti-Faschist bösartig.

„Ich tu’s nicht!“ kreischte Smith. „Du hast mich gezwungen, meine politische Position zu kompromittieren. Wenn ich das jetzt mache, dann wirst du mir ständig damit drohen, daß der Tod von Freddie Love neu untersucht werden wird."

„Na gut, dann mach ich's selber!"

„Ich dachte, Sie seien Antifaschist!" schrie Joyce empört.

„Hör zu, Schnalle, ich habe mein Leben der antifaschistischen Sache gewidmet!" brüllte ihr Boß zurück. „Außerdem befindest du dich hier im Dienst! Um weiteren Insubordinationen vorzubeugen, erkläre ich dir die Notwendigkeit meiner Aktion. Manchmal müssen Opfer gebracht werden für die Bewegung. Ich habe den größten Teil meines Lebens im Kampf gegen Faschismus und Rassismus verbracht. Den *Anti-Fascist Probe* habe ich nicht als Fassade für den Geheimdienst lanciert, sondern gebe ihn aus einem bescheidenen privaten Einkommen selber heraus. Damals habe ich bei Sieben angefangen mitzuarbeiten. Und erst ein paar Jahre später bin ich wirklich in den noblen Dienst getreten. Wie ihr wißt, arbeiten hier Weiße, die davon überzeugt sind, daß die Rechte des Volkes verteidigt werden müssen durch eine kommunistische Allianz, die aus dem Inneren des britischen Staates heraus operiert. Nun ist die Zeit gekommen, daß die Schwarzen ein paar geringfügige Opfer bringen. Diese werden uns helfen, ihre Sache mit neuer Energie zu verteidigen. Dies alles werde ich Freddie Love erklären, bevor ich ihn unsterblich mache. Ich bin sicher, daß ich ihm verständlich machen kann, daß sein Tod eine kleine, aber sehr vitale Rolle im Krieg um den Fortschritt spielen wird."

„Ja, Sir!" erwiderte Grant tonlos. Sie war nun vollends davon überzeugt, daß ihr Chef irre war. Zum Glück hatte sie ein paar ausgesuchte Haschischdealer vor der drohenden Razzia gewarnt. Nun wußten diese, daß ihre Warnung nicht auf die leichte Schulter zu nehmen war. Aber sie mußte diese Soul Brothers jetzt so schnell wie möglich finden und sie über diese neueste Bedrohung ihrer Freiheit unterrichten. Für die sogenannte antifaschistische Bewegung flammte das Menetekel auf, denn diesmal war Roberts eindeutig zu weit gegangen. Wie immer in solchen Fällen würde sich die schwarze Jugend der veränderten Situation blitzartig anpassen und sich gegen die Wixer vom *Probe* organisieren. Die Schwarzen warteten nicht auf Scheißer wie Roberts, um sich von ihm sagen zu lassen, wie sie das Unterdrückersystem zerstören sollten. Der Kampf ihres Volkes hatte eine lange Tradition und wenn sie in ihrer ehrenvollen

Sache triumphierten, dann als Ergebnis eigener Anstrengungen und nicht durch gelegentliche Zugeständnisse einer Handvoll weißer Reformer, die zerfressen wurden durch liberales Schuldbewußtsein und zum Rassismus pervertierten Antirassismus.

„Gut!" Roberts wandte sich wieder den unmittelbar anstehenden Aufgaben zu. „Wenn ich Love morgen mittag erschieße, dann könnten wir die Schwarzen noch vor Einbruch der Dunkelheit bei der Randale haben. Brian, ich wünsche, daß deine Leute dann sofort gegen sie aufmarschieren!"

„Du vergißt, daß ich nunmehr eine Ideologie des Dritten Wegs verfolge", erwiderte der Faschist. „Meine Gefolgsleute sind keine weißen Hardcore-Übermenschen mehr, und gemäß unserer ideologischen Orientierung kann ich ihnen unmöglich befehlen, gegen Schwarze zu kämpfen."

„Hör zu, Sonnenschein!" bellte der Antifaschist. „Ich zahle deine Zeitschrift und ich lese sie auch. Ich weiß, daß du in einem Artikel die Todesstrafe für Drogenhändler gefordert hast. Ich verlange ja nicht, daß deine Jungs auf die Rasta Nation losgehen, sondern bloß ein paar Dealer aufmischen, die zufälligerweise schwarz sind."

„Ach so, ja dann ..."

„Ich schicke dir ein paar von meinen Männern, um deine Reihen quantitativ ein bißchen aufzupeppen", meinte Roberts großzügig.

„Meinst du Agenten aus dem Geheimdienst?"

„Du solltest keine Ahnung haben, daß Sieben überhaupt existiert."

„Ich will bloß wissen, ob diese Leute Geheimagenten sind oder nicht", beharrte der Drittpositionist.

„Ich kann dir keine Agenten zur Unterstützung senden. Du kriegst Kanonenfutter aus der antifaschistischen Bewegung."

„Meine Männer bestehen auf der größtmöglichen gemeinsamen Ebene ideologischer Kohärenz. Sie werden niemals zustimmen, mit Elementen aus einer leninistischen Organisation zu kämpfen", erwiderte der Faschist peinlich berührt.

„Ich habe deine Braunhemden-Bewegung von Tag Eins an finanziert, also sieh zu, daß deine Leute morgen abend auf der Straße sind!" brüllte der Antifaschist und hieb mit der Faust auf den Schreibtisch des Inspektors.

„Cockney Nation kämpft einen Kampf um die nationale

Befreiung. Sie ist eine unabhängige Kraft, die sich nicht von Leninisten kompromittieren läßt", schwallte Smith weiter.

„Ich werde eine Abteilung weißer Antifaschisten anweisen, Nazis zu spielen. Wenn deine Kader nicht mit diesen Männern kämpfen wollen, dann stehen sie auf der Seite der Schwarzen. Und falls deine Truppen überhaupt nicht zum Kampf erscheinen, dann stelle ich sofort die Zahlungen an deine Zeitschrift ein."

„Wir sind eine dritte Kraft, die kämpft, um zu siegen", erwiderte der Faschist mit einer großen Geste. „In diesen Zeiten stört es uns nicht, auf der Seite derjenigen zu kämpfen, die wir später in ihre Heimat zurückführen werden. Denn wenn die Herrschenden aus Westminster endlich vertrieben sind, dann wird niemand mehr dem Volke eine schwarze Immigration aufbürden."

„Das ist nicht Ihr Ernst!" rief Joyce.

„Denkst du, ich würde mein Leben der Dritten Position weihen, wenn ich nicht von der Gerechtigkeit der Sache der Cockneys überzeugt wäre?"

„Entweder seid ihr verrückt oder ihr verarscht micht!" höhnte die Hippiefrau.

„Er ist irre", schnappte Roberts, „und das ist einer der vielen Gründe, wieso ich mein Leben der antifaschistischen Sache gewidmet habe. Aber genug diskutiert, Joyce Grant. Da wir deine Informationen jetzt erhalten haben, bist du hiermit entlassen."

Tiefe Sorgenfalten verunstalteten Joyces Stirn, als sie die Polizeiwache verließ. Die Hippiefrau wollte nichts mehr zu tun haben mit Arthur Roberts und den völlig kranken Manipulationen in der antifaschistischen Bewegung. Sie fragte sich ernsthaft, ob ihr psychopathischer Chef ihr je erlauben würde, daß sie ihren Abschied aus seiner Organisation nahm.

„He, Joy, du siehst aus, als ob du die ganze Welt auf deinen Schultern tragen würdest."

Joyce drehte sich um und sah Winston Ingliss auf sich zukommen. Sie war, ohne es zu wollen, zur Sandringham Road gelaufen. Ingliss handelte mit Sinsemilla und war der Liebhaber von Joyce gewesen, bis seine Frau sie beide auf ihrem Ehebett erwischt hatte. Seit jenem schicksalhaften Nachmittag vor über einem Jahr hatte sie Winston oft auf der Straße getroffen, aber er schlug all ihre Einladungen aus, es in einem Hinterhof oder an einem anderen schäbigen Ort mit ihr zu treiben. Grant kannte ihren ehemaligen Liebhaber als Respektsperson in der Dealerszene von Hackney. Er war genau der Richtige, um die Botschaft zu verbreiten, daß es auf keinen Fall zu Krawallen kommen durfte.

„Oh, Gott, bin ich froh, dich zu sehen." Joyce umarmte Winston und streichelte ihn.

„Kopf hoch, Mädchen, so schlecht kann es nicht um dich bestellt sein ..."

Ingliss' Miene verdüsterte sich, als Joyce ihre Geschichte erzählte. Er wußte aus eigener bitterer Erfahrung um die Notwendigkeit der Organisierung gegenüber Rassisten und ideologischen Manipulatoren. Normalerweise bedeutete das, eine Posse aus Soul Brothers und weißen Genossen zusammenzustellen, um zu demonstrieren, daß man sich nicht einschüchtern ließ. Den Sandringham Mob davon zu überzeugen, daß er sich nicht gegen eine mörderische Provokation wehrte, war daher ein Ding der Unmöglichkeit. Doch da er nun wußte, daß Freddie Love von einem sogenannten Antifaschisten zum Tode verurteilt worden war, konnte Ingliss nicht einfach zusehen, wie das Unglück geschah. Schon legte er sich Pläne zurecht, um einen Stoßtrupp zusammenzustellen, der alle Genossen aus den Polizeizellen befreien würde. Dieser Schweinehund Roberts würde keinen Gefangenen umbringen können, wenn es keinen Gefangenen gab.

„Überlaß das mir, Joy. Ich erledige die Sache!"

Joyce sah von weitem, wie Ingliss seine Kumpel in hitzige Diskussionen verwickelte. Sie lächelte bei der Erinnerung daran, wie gerne sie seinen muskulösen Körper gestreichelt hatte. Irgendwann erwachte sie aus ihrem Tagtraum, erkundigte sich, wie spät es war, und geriet in Panik. Terry war eher der ungeduldige Typ. Er würde nicht lange in der Camden Station auf sie warten, wenn sie zu spät dran war. Grant warf einen Handkuß in Richtung Winston und rannte los, um einen Zug nach Nord-London zu erwischen.

Terry sah auf die Uhr und versuchte, das schreiende Baby zu ignorieren. Es war noch früh und er wollte einfach noch ein bißchen weiterschlafen. Janet Hobbs drehte sich um und umarmte Blake. Sie wollte die zehnmonatige Nachkommenschaft aus ihrer gescheiterten Ehe keinesfalls verwöhnen. Im Alter von drei

Jahren früh verwaist, hatte Janet schnell lernen müssen, auf eigenen Füßen zu stehen. Sie haßte ihr Kind wegen seiner Hilflosigkeit. Ronald würde solange eine Last für sie sein, bis er groß genug war, um Botengänge für sie zu machen. Sie hatte diesen Balg nur akzeptiert, weil er als ihr einziger Sohn verpflichtet war, sie zu unterstützen, sobald er ein reguläres Einkommen hatte. Janet war sich mittlerweile sicher, daß Blutsbande das einzige waren, was ein Leben lang hielt. Ihre Heirat mit Tom war eine klare Fehlkalkulation gewesen. Sie hatte sich vorgestellt, daß er ihr einen anständigen Lebensstandard garantieren würde. Aber schon wenige Wochen nach dem Tag, an dem sie das Band fürs Leben geknüpft hatten, erfuhr Janet, daß Tom seinen Verdienst zum großen Teil durch seine Gurgel jagte. Und er wagte sogar zu behaupten, daß er bloß in die Kneipe ging, um ihrem ständigen Genörgel zu entkommen.

Janet legte ihre Hand auf Terrys Liebesmuskel und massierte seine beginnende Erektion. Sie preßte ihre Lippen auf seinen Mund und versuchte gleichzeitig auszurechnen, wieviele ihrer Freundinnen von diesem Hengst schon genommen worden waren. Es war eine schwierige Schätzung – jede Frau im Wohnblock schien während der letzten fünf Jahre irgendwann mal Terrys Eier ausgepackt zu haben. Nachdem er sein Appartement im dreiundzwanzigsten Stock in Kakerlaken-City bezogen hatte, war Blake schnell berühmt geworden wegen seiner sexuellen Fähigkeiten und der Bereitwilligkeit, diese jeder einigermaßen passablen Biene vorzuführen.

Die alleinstehende Mutter führte Terry in den Ort ihres Mysteriums. Die beiden Rebellen ergötzten sich an ihrem Frühmorgenfick, während der zehnmonatige Ronald im Hintergrund schrie. Janet hörte das Kind nicht mehr. Sie hatte die Isle of Dogs verlassen und aalte sich in der Sonne Kaliforniens, nachdem sie von einem Hollywood-Top-Produzenten für den Film entdeckt worden war. Für Terry war die sexuelle Ekstase gleichbedeutend damit, daß er eigenhändig die gesamte Bevölkerung Großbritanniens auslöschte. Als er kam, empfand er seinen Orgasmus als umfassenden Nuklearangriff auf das, was hirntote Patrioten als sein Vaterland bezeichneten.

„Oh, Gott“, stöhnte die Frau, „ich fühl mich so gut, wenn du in mir kommst. Wenn du deinen Liebessaft in mich pumpst, dann ist es, als ob Terry und Janet die einzigen sind, die wirklich existieren. Los, großer Junge, fick mich noch ein bißchen!"

Der Skinhead war so freundlich. Er konnte steif bleiben durch die reine Kraft des Willens. Während andere Männer nach dem Abschuß ihrer Ladung üblicherweise erschlafften, war Blake sein eigenes Gesetz. Er hatte schon immer Miezen gemocht, die laut sagten oder sich sonstwie auszudrücken genötigt fühlten, daß er das tollste Ding seit der Erfindung der elektrischen Zahnbürste war. Er verfeinerte seine sexuellen Fähigkeiten ständig und war in der Lage, auch ruhige Bettgenossinnen dazu zu bringen, laut zu betteln, daß er ihnen den Arsch abvögelte. Mit Janet war es einfach, Blake brauchte sich nicht besonders anzustrengen.

„Fick mich, Baby, fick mich!" stöhnte sie. „Ich mag es, wenn du deinen großen Schwanz in mich schiebst. Ich kriech durch die Kanalisation zu dir, wenn das der einzige Weg zu einem Fick mit dir ist. Ich schlitz mir die Pulsadern auf und bettle um einen allerletzten Fick, wenn du sagst, daß du mich nicht mehr vögeln willst. Du kannst mich haben wie du willst, solange du bloß meine Möse ordentlich durchräumst."

Terry hielt den Druck. Er erhöhte allmählich das Tempo, mit dem er in und aus Janets Liebeshöhle fuhr. Dann stoppte er abrupt, zog sein Ding heraus und langte nach einer Tube KY.

„Dreh dich um!" bellte er.

Janet gehorchte und ihr Liebhaber rieb KY in ihren Arsch und dann auf seinen Schwanz. Terry warf die Tube mit dem Gleitmittel zu Boden und ging über Janet in Stellung.

„Das ist meine Möse", quietschte sie, als der Skinhead wieder in sie einfuhr.

„Ich weiß, daß es deine verdammte Möse ist", erwiderte Blake barsch und begann, die Lautstärke hochzudrehen.

„Ich dachte, daß du mich in den Arsch fickst!"

„Sei nicht so gierig. Ich komm da schon noch hin, aber zuerst will ich, daß du dich gut und entspannt fühlst, bevor ich dir die Kacke den Darm hochschiebe."

Der Skinhead hielt sein Wort. Er stieß seinen Ständer tiefer und tiefer in Janets feuchte Liebeshöhle, bis sie bettelte, daß er in sie käme. Dann verringerte Terry mählich das Tempo. Janet wand sich krampfhaft.

„Bitte, bitte!" wimmerte sie.

„Bettle, Schlampe, bettle!" zischte Blake und zog seinen

Schwanz aus Janets Möse, um ihn an ihren Ring des dunklen Vergnügens zu drücken.

„Marx, Christus und Satan!“ bellte Janet, als Terrys Schwanz in ihren Anus fuhr. Dann hustete sie einen Batzen Schleim, der auf dem Kissen landete.

Der Arsch von Janet war eng. Kein anderer Mann hatte diesen Teil ihres Körpers bis anhin erkundet. Terry zweifelte an der Fähigkeit, seinen Liebessaft weiterhin zurückzuhalten und entschloß sich, mit dem Strom zu fließen. Er kam und es war so, als brandeten die Zuschauermassen im Upton Park hoch, weil West Ham United ein Tor geschossen hatte. Janet hatte noch nie ein solch ekstatisches Vergnügen erlebt. Der Orgasmus, der durch ihre beiden Körper fegte, erreichte eine Geschwindigkeit nahe der des Lichts.

Trotz des Babygeschreis fielen Terry und Janet in tiefen Schlaf. Als sie wieder erwachten, nahm Terry schnell ein Bad und verließ die Wohnung.

Als der Skinhead zur Crossharbour Station ging, rannte ein kläffender Hund auf ihn zu. Blake trat mit der Stahlkappe seiner Doc Martens in den Kiefer der Kreatur. Das zufriedenstellende Geräusch splitternder Knochen ertönte und der Köter flog auf die Straße, vor die Räder der vorbeifahrenden Autos.

„He, du, wir haben dich beobachtet!“ Zwei Jugendliche rannten schreiend hinter Terry her. Er drehte sich um. Die Teenager waren erstaunt, daß ihr Opfer so reagierte und wußten plötzlich nicht mehr so genau, was sie tun sollten.

„Was wollt ihr?“ fragte Blake.

„Wir sind von Cockney Nation und unsere Führung hat uns erklärt, daß wir unsere eigene Polizei sein sollten. Ein Teil dieser Verantwortung beinhaltet, daß wir Grausamkeit gegenüber Tieren ahnden“, erklärte einer der Jugendlichen eher kleinlaut.

„Was?“ lachte sie Terry an.

„Hast du noch nie was von Cockney Nation gehört?“

„Nö!“

„Wir glauben, daß Hackney, Newham und Tower Hamlets ein uraltes Königreich bilden, das sich selber befreien muß von der Tyrannei derer in Westminster und Brüssel. Wir haben vor, den Union Jack herunterzureißen und an seiner Stelle den Schwarzen Aal der Cockney-Freiheit zu hissen. Dieses Banner wird an allen Orten zwischen Millwall, Stoke Newington,

Aldgate und Eastham flattern. Wir Nationalrevolutionäre glauben, daß unser Cockneyland einen rechtmäßigen Platz als autonomer Staat in der Britischen Familie der Nationen bekommt."

„Seid ihr Sympathisanten von Harold Denmark und der Dritten Position?"

„Seine Bande besteht nur aus rassistischen Reaktionären!" quäkte einer der Jugendlichen. „Cockney Nation wird sich niemals dadurch kompromittieren, daß es eine Verbindung mit einem konservativen Imperialisten eingeht!"

„Aber ihr seid Vertreter der Dritten Position", wiederholte Terry geduldig.

„Wir sind die einzig wahren Vertreter des Dritten Wegs in diesem Land", blähte sich der andere Jugendliche stolz.

„Dann versteht ihr ja sicher, daß es lächerlich ist zu erwarten, verschiedene Spezies würden sich vertragen, wenn nicht mal die menschlichen Rassen zusammenleben können. Tierbefreiung im Sinne der Dritten Position bedeutet die humane und finanziell abgesicherte Rückführung jeder Spezies in ein Homeland seiner Wahl. Da ich an kulturelle und andere Mannigfaltigkeit glaube, wehre ich mich als aufrechter Nordländer, wenn ich von einem Hund angegriffen werde."

„Himmel, daran haben wir nie gedacht", erwiderten die beiden Jugendlichen unisono.

„Kennt ihr euch aus in Blutgruppen?"

„Nö."

„Bei der arischen Rasse sind die herrschenden und niederen Klassen klar definiert durch zwei sich gegenseitig ausschließende Blutgruppen. Diejenigen mit Blut aus dem Komplex A B Null sind zum Führen und die anderen zum Folgen geboren. Wenn ihr fünfhundert Mäuse zusammenbringt, kann ich euch ein Blutgruppenbestimmungsgerät besorgen, das wissenschaftlich die Führungsqualitäten eurer Vorsitzenden testet."

„Dieses medizinische Wunder müssen wir sofort haben!" jubelten die zwei.

Die Jungs gaben dem Skinhead Name, Adresse und Telefonnummer. Als Terry zur Crossharbour Station weiterging, überlegte er, daß diese beiden Faschisten viel schlimmer als die Pro-Situs waren. Während die Debordisten alles auf eine Frage der Ökonomie reduzieren wollten, beruhte die gesamte Theorie dieser Drittpositionisten auf der Rasse. Keine der beiden Richtungen war fähig, die zentrale Rolle zu begreifen, die die Kultur in einer Welt spielte, die sie als leer und ohne Tiefe empfanden.

Terry traute seinen Augen nicht, als er in Crossharbour in den Zug stieg. Die Biene, die ihm gegenüber saß, hatte kein Höschen an. Sie öffnete ihre Beine, so daß Blake einen guten Blick auf ihre Möse hatte. Der Skinhead begann zu geifern und schluckte schwer. Als die Puppe in Limehouse ausstieg, schob sie Terry ein Stück Papier zu, auf dem ihr Name und ihre Telefonnummer standen. Blake stieg in Tower Gateway aus und ging die kurze Strecke vom Endbahnhof der Light Railway zur Tower Hill U-Bahnstation zu Fuß. Ein Zug nach Westen fuhr gerade ein, als Terry auf den Bahnsteig kam.

Gerald Fitz-Simons beäugte nervös den Skinhead. Er verabscheute das Eastend. Gerald lebte in Chelsea und hatte die relative Zivilisation West-Londons nur verlassen, weil es ihm sein Chef beim Really Radical-Verlag befohlen hatte. Simons war im Bow gewesen, wo er die europäischen Rechte an einem Roman eines trendigen kalifornischen Autors eingekauft hatte. Er konnte nicht verstehen, wieso sein amerikanischer Geschäftspartner bei seinen Freunden im rauhen Teil der Stadt blieb. Really Radical fühlte sich verpflichtet, diesen Roman herauszubringen, denn er spielte im London der Arbeiterklasse, während Gerald grundsätzlich nur Marketing für Romane machte, die in Boheme-Gebieten wie Brixton oder Notting Hill spielten. Doch heutzutage waren ja sogar schriftstellerische Ergüsse aus Hackney akzeptabel für Trendies. Nur noch Orte wie Tower Hamlets waren weiß auf der literarischen Landkarte, denn ehemalige Internatszöglinge wie Simons litten an pathologischen Angstzuständen, wenn sie mit der Arbeiterklasse konfrontiert wurden.

Gerald hatte sich schon immer ein bißchen als Rebell gefühlt. Schon in seiner Jugend legte er großen Wert darauf, gemein zu bescheidenen Ladengehilfen zu sein. Manchmal spuckte er auch auf Penner, die bewußtlos auf der Straße lagen. Simons verspürte große Lust auf eine Zigarette. Das Rauchverbot ignorierend, steckte er sich eine an. Terry war sein ganzes Leben lang begeisterter Nichtraucher gewesen und haßte die selbstsüchtigen Schweinehunde, die mit ihren miesen Gewohnheiten diesen ekelhaften Gestank verursachten. Als er sah, daß der Yuppie im fast leeren Wagen verschlagen an einer Kippe sog, beschloß Terry, daß es Zeit war, in Aktion zu treten.

„Oi, Schleimscheißer! Kannst du nicht lesen? Da steht ‘Rauchen verboten’!“ Terry schlenderte auf Simons zu.

„Kümmer dich um deinen eigenen Kram“, erwiderte Simons tapfer.

„Ich kümmer mich um meinen eigenen Kram. Ich will nicht mitrauchen bei deiner Zigarette!“

„Na ja, ich rauch die aber fertig“, kündigte Simons trotzig an.

„Ich warne dich, drück die Kippe aus, bevor ich echt sauer werde!“

„Wenn du je die Chance kriegst, auf mein Grab zu spucken, dann ergreif sie!“ Gerald gackerte über seinen eigenen Witz.

Terry wischte das Lächeln vom Gesicht des Bastards, indem er den Yuppie vom Sitz hochriß und gegen eine der automatischen Türen schmiß. Als der Oberklassedepp langsam zu Boden sank, schickte ihm Blake einen Tritt mit der Stahlkappe seiner Doc Martens nach. Es ertönte das zufriedenstellende Knirschen splitternder Knochen, als mehrere Zähne ausgebrochen wurden. Gerald gurgelte mit seinem eigenen Blut und wurde ohnmächtig. Da der Zug gerade in die Monument Station einfuhr, schnappte sich Terry die Brieftasche des Bastards und warf ihn aus dem Waggon.

„Verdammte Besoffene!“ fluchte der Bahnbeamte, als er Geralds Körper auf seinen Bahnsteig fallen sah.

Terry untersuchte die Brieftasche und fand mehr als zweihundert Pfund Bargeld. Er wollte keine Probleme kriegen wegen Betrügereien mit Kreditkarten, und so stopfte er die ganze Auswahl aus dem Portemonnaie des Yuppies in den Spalt zwischen den Sitzpolstern. Dann machte er sich an dessen Aktentasche. Sie enthielt die letzten Ausgaben des Playboy und von Penthouse, eine Straßenkarte von London, mehrere Geschäftsbriefe und das Manuskript eines unveröffentlichten Romans. Auf der ersten Seite stand von Geralds Hand geschrieben: ‘Johnny, das ist ein sehr witziger Roman über einen ehemaligen Börsenmakler, der ein Weltklasse-Modedesigner wird. Ich denke, wir sollten dem Autor die Veröffentlichung anbieten, wenn er den Titel *Schon wieder einen Scheck gekriegt mit einem siebenstelligen Betrag* in ein bißchen was Flotteres wie *Ich war ein Millionärs-Hooligan* ändert. Lies es durch und sag mir, was du davon hältst.’ Terry schlug das Manuskript auf und las eine zufällig ausgewählte Passage:

Der Richter hatte wirklich einen Narren an Simon gefressen. Das Benehmen des jungen Mannes gefiel ihm ebenso gut wie seine Art, sich zu kleiden. Wenn Britannien doch nur mehr Individuen dieser Qualität geschaffen hätte, dann würde sich das Empire nicht auf der unaufhaltsamen Spriale nach unten befinden. Neue Männer brauchte das Land, Männer, die führen konnten, Männer, die nicht von liberalen Schuldgefühlen befallen waren und sich von Mitgliedern niedrigerer Gesellschaftsschichten als ihresgleichen behandeln ließen. Indem er siebzehn Prostituierte sexuell mißbraucht und rituell ermordet hatte, zeigte Simon, daß er genau jene Qualitäten besaß, die Britannien einst wieder zu Großbritannien machen würden.

„Es gibt keinen Zweifel, daß Sie ein außergewöhnlicher junger Mann sind“, begann der Richter seine Rede zum Abschluß der Verhandlung. „Wenn Sie das Gesetz gebrochen haben, so war es lediglich im unschuldigen Schwange ihres feurigen Temperaments. Es wäre ein tragischer Verlust für die Nation, wenn ich Sie gerade jetzt ins Gefängnis bringen würde, da Sie den Gipfelpunkt ihrer professionellen Tätigkeit erreicht haben. Ich auferlege Ihnen also eine Buße von zehn Pfund für jeden der siebzehn Morde, die Sie gestanden haben. Und um zu zeigen, daß es sich hierbei um keine Klassenjustiz handelt, brumme ich Ihnen noch dreißig Mäuse Ordnungsstrafe auf, damit die gesamte Buße genau zweihundert Pfund ausmacht.“

„Kann ich mit American Express zahlen?“ fragte Simon.

Jubel brach aus unter der Crème de la Crème der Londoner Yuppies, die den Gerichtssaal während des gesamten Prozesses vollbesetzt gehalten hatten. Simon war doch wirklich ein liebenswerter Schelm.

Der Zug fuhr in die Embankment Station ein. Terry stieg aus und stopfte das Manuskript in einen Abfalleimer. Er ging die Villiers Street entlang und kam in die Strand. Den Rest des Morgens schlenderte er die Charing Cross Road entlang, ging in eine Unmenge von Buchläden und beging fast ebensoviele Diebstähle. Zur Essenszeit war Blake in der Oxford Street, links und rechts von ihm strömten die Hardcore-Konsumenten. Diese Individuen hatten die mythische Natur des Kapitalismus erahnt und jagten wie wahnsinnig jenen Produkten nach, auf die sie ihre geheimsten Wünsche projiziert hatten. Terry spazierte weiter zur Tottenham Court Road. Am Nordende der Straße schwenkte er rechts und ging in einen dieser Lawrence Corner-Armyshops. Dort erwarb er eine Auswahl von veraltetem medizinischem Gerät für sieben Pfund. Das war die *Blutprobenausrüstung*, die er den Drittpositionisten für fünfhundert Mäuse verkaufen würde.

Blake schlenderte zum U-Bahneingang in Euston. Er sprang in einen Zug nach Camden. Dort stellte er nach einem Blick auf die Uhr fest, daß er selber fünf Minuten zu spät, aber nirgendwo eine Spur von Joyce war. Er gab ihr noch zehn Minuten, und als sie dann noch nicht gekommen war, ging er zur Schallplatten- und Kassetten-Börse. Er wollte noch ein paar Schnäppchen machen, bevor er eine andere Puppe aufreißen würde.

Das Schneckentempo, mit dem der Nord-London-Verbindungszug Richtung Westen dahinkroch, trieb Joyce die Wände hoch. Als sie endlich in Camden einfuhren, war sie zwanzig Minuten zu spät dran. Sie raste zur U-Bahn runter. Kein Zeichen von ihrem Mann. Joyce beschloß, die Läden abzuklappern, in die Terry höchstwahrscheinlich gehen würde. Sie traf ihn endlich bei Rhythm Records, wo er einen Oi!-Sampler gekauft hatte. Zusammen gingen sie Pizza essen und dann ins Kino.

SIEBEN

Joyce wußte, daß sie Terry ihre Tätigkeit für den Geheimdienst früher oder später gestehen mußte. Aber sie wollte es auf keinen Fall tun, bevor sie dort den Dienst quittiert hatte. Es war sowieso problematisch, von Sieben wegzukommen. Joyce hatte Einblick gehabt in viele der am besten gehüteten Geheimnisse des Staates und ihr Abgang würde nicht einfach so akzeptiert werden. Es brauchte eine Menge Überredungskunst von ihrer Seite, um Blake dazu zu bringen, sie in dem Abbruchhaus gerade um die Ecke von der Hackney-Polizeiwache zu vögeln.

„Wenn du schon nicht in der Wohnung ficken willst, wieso dann nicht in einem Park oder auf einem Golfplatz?"

„Ich hab einfach Lust, es in leeren Häusern zu machen!" log Joyce mutig.

„Leere Häuser gibt's auch in Camden!"

„Aber in dem Haus dort hab ich schon die Vibrationen gecheckt und zur Probe gewixt“, blieb Joyce hartnäckig.

„Du bist wirklich eine verdrehte Schlampe! Du hast irgendwelchen hirnverbrannten Hippiescheiß mit deinen perversen Wünschen vermischt. Das ist doch krank, total krank!“

„Ach, komm, mach's mir zuliebe!“

„Also gut. Wir nehmen einen Zug ab Kentish Town West.“

Sämtliche Fenster des Hauses waren herausgebrochen. Joyce stützte sich auf dem Mauerwerk ab, das seinen Putz durch eben diesen Vandalismus verloren hatte. Sie starrte angestrengt in die Ferne, aber sie sah nichts. Terry griff ihren Arsch ab, dann schafften es seine Hände in ihre 501-Jeans.

„Nimm mich in dieser Stellung!“ instruierte ihn Joyce.

Terry öffnete ihre Jeans und zog sie ihr runter. Er kniete nieder und zog ihr den Turnschuh vom rechten Fuß. Joyce hob ihren Fuß so weit, daß Terry ihr das eine Hosenbein über den Fuß ziehen konnte. Das reichte schon aus, daß Joyce ihre Beine weit genug spreizen konnte, und Blake ließ die Jeans am linken Bein. Er schob seine Hand zwischen die Schenkel des Mädchens und suchte mit dem Mittelfinger ihre Klitoris.

Auch wenn Joyce ihn nicht sehen konnte, stand Winston nur ein paar hundert Meter weiter weg. Er war begleitet von einem speziell ausgesuchten Kommando von siebenundzwanzig harten Jungs von der Straße. Sechzehn waren Soul Brothers aus der Sandringham Road, der Rest war die gesamte Mitgliedschaft der Dalston Dropouts – einer multikulturellen Bande von Anarcho-Skins, die in ganz London einen besonders guten Ruf im Bullenhauen hatte. Die Jungs bekamen letzte Anweisungen, bevor sie eine frontale Attacke auf die Hackney Polizeiwache reiten würden. Jeder war mit einem Baseballschläger bewaffnet. Winston und drei andere vertrauenswürdige Militante waren zusätzlich mit Knarren ausgerüstet.

Terry arbeitete mit seinem Finger in der Liebeshöhle der Hippiemieze. Dann zog er seine Hand zurück und schob den Finger in seinen Mund. Er mochte den Geschmack. Mit der anderen Hand öffnete er seine Hose und holte seinen Schwanz heraus. Er rieb ihn ein bißchen, damit er ganz steif wurde.

„Ich will, daß du mich in der Mitte spaltest mit deinem großen dicken Schwanz!“ stöhnte Joyce.

Sie spreizte ihre Beine noch ein bißchen mehr, während ein

paar hundert Meter weiter weg Winstons Abteilung sich in zwei Teile spaltete. Die eine Hälfte sollte die Polizeiwache von vorne angreifen, die andere den Hintereingang nehmen. Nach einem Drei-Minuten-Countdown wurde das Gebäude gestürmt.

„Koste die Süße des Schicksals, rassistisches Schwein!" schrie ein weißer Skinhead, als er seinen Baseballschläger auf den Schädel eines Sergeants im Innendienst krachen ließ. Es ertönte das kranke Knirschen splitternder Knochen und der Bastard stolperte rückwärts, bevor er zu Boden plumpste. Der Boot-Boy trat mit der Stahlkappe seiner Doc Martens gegen den Kopf des Bullen, daß dieser zu einer unschönen Masse aus Blut und Haar wurde. Der Skinhead wollte ganz sicher sein, daß dieser Schleimscheißer gefechtsunfähig war.

„Ist das gut!" quiekte Joyce, als Terry seinen Fickstab in ihr Geschlecht verfügte. Sie zappelte auf dem Schaft wie ein harpunierter Fisch und erfuhr eine tödliche Ekstase, als die innersten Tiefen ihres Wesens durchbohrt wurden.

Winston führte die Abteilung an der Rückseite des Gebäudes. Er ließ ein paar Mann zurück, um den Widerstand im Erdgeschoß zu ersticken, und rannte die Treppe in den ersten Stock hoch. Er trat die erste Tür ein, die ihm in den Weg kam. Ein Polizist erhob sich hastig von einem Schreibtisch, als Winston den Raum stürmte. Ingliss ließ seinen Baseballschläger fallen, packte das Schwein am Kragen und schleuderte dieses aufgedunsene Beispiel von Anti-Gemeinschaftsgeist mit dem Kopf voran durch ein Fenster. Die Schwarte auf dem Schädel des Polizisten platzte, als er auf einem provisorisch betonierten Weg landete. Dummerweise spürte der Bulle nichts mehr, denn er war längst ohnmächtig.

Joyce war sich dunkel bewußt, daß sie splitterndes Glas und Schreie hörte, aber sie war zu weit draußen, um die Bedeutung dieser Geräusche erfassen zu können. Terry stieß den primitiven Rhythmus des Geschlechts und die Hippiefrau war in ihrer Ekstase verlorengegangen. Blake biß ihr in den Nacken, setzte seine Zeichen auf das, was er langsam als sein Eigentum zu betrachten begann.

Winston hob seinen Schläger auf und schickte ihn gegen den Schädel des einen der beiden Bullen, die in den Raum gestürmt waren. Ein rascher Tritt in die Eier ließ den anderen nach hinten taumeln, mit den Händen als nutzloser Schutz an der Scham. Der

Bastard wurde jäh wieder nach vorne geworfen, als ein Kollege in den Raum stürmte. Der fast Kastrierte fiel mit einem Jaulen zu Boden, während sein Kamerad verzweifelt versuchte, das Gleichgewicht wiederzufinden. Winston ließ die Fäuste fliegen und verbuchte einen Treffer am Kinn des Bullen. Das übliche befriedigende Knirschen brechender Knochen ertönte, das Schwein brach zusammen und spuckte einen Schwall Blut und angelegentlich Stücke abgebrochener Zähne.

Terry drehte die Lautstärke auf, als er Joyce zum Orgasmus hocharbeitete. Die Stöße des Boot-Boys waren so heftig, daß seine Eier gegen die Fotze der Hippiefrau schlugen. Blake hatte Hackney und dieses Tal der Tränen hinter sich gelassen. Er war mitten im Kampf mit einer Erfahrung nahen Todes.

Der Überraschungseffekt der Attacke brachte Winstons Kommando einen leichten Sieg. Während seine Genossen Akten in den Gängen verstreuten und die Kantine und die Toiletten verwüsteten, suchte Ingliss den Weg hinunter zu den Zellen. Er verschwendete keine Zeit damit, nach Schlüsseln zu suchen, sondern schoß die Schlösser mit seiner 45er auf. Er zielte gut und hielt die Knarre mit beiden Händen.

Terry spürte, daß er jeden Moment kommen würde. Der Liebessaft in seiner angeschwollenen Männlichkeit hatte den Siedepunkt erreicht. Er schlang seine Arme um Joyces Schultern, und als er mit dem Becken hochstieß, zog er sie zugleich herunter auf seinen Schwanz.

„Fick mich!“ bellte Joyce, als Winston das Schloß an der Zellentür wegschoß, hinter der Freddie Love und drei andere Soul Brothers saßen. Zu dieser Zeit opferte Blake eine große Menge seines genetischen Erbes. Der Orgasmus explodierte in seinem Kopf und fuhr als Querschläger durch den einen Körper, den er und das Mädchen nun bildeten. Terry hörte nicht auf zu stoßen und Ingliss schoß die Schlösser der Zellentüren weg und befreite alle politischen Gefangenen. Joyce schrie sich heiser, als ein multipler Orgasmus Welle um Welle ekstatischer Erfahrung durch ihren Körper sandte. Winston verschwand mit seinem Kommando und all den befreiten Gefangenen. Dank seiner Führungsqualitäten war alles nach Plan verlaufen.

Terry und Joyce lehnten an der verrotteten Wand und krächzten einander Obszönitäten zu. Nun, da sie ihre Lust befriedigt hatten, drang das überwältigende Aroma von hundert Jahren

Armut in ihre Geruchsorgane. Fett von Tausenden billiger Braten hatte sich in die Gipswände gefressen und nur die völlige Aushöhlung der Häuser würde diesen widerlichen Geruch je besiegen. Joyce fragte sich, wieviele Menschen wohl in diesem Haus gefickt hatten. Sie versuchte zu erraten, welcher Prozentsatz seiner Mieter zu trinken begonnen hatte beim vergeblichen Versuch, der quälenden Armut zu entkommen. Tief in ihr drin wußte sie, daß niemand aus diesen Häusern je eine Chance gehabt hatte, etwas aus seinem Leben zu machen. Schlecht bezahlte Arbeit und kapitalistische Ausbeutung hatten die sogenannten niederen Klassen schon von Geburt an für den Abfallhaufen bestimmt.

Für Terry war ein viktorianisches Reihenhaus wie das andere. Das Haus, in dem sich sein Appartement befand, schätzte er unendlich höher ein als diese Überbleibsel eines verlorenen Weltreichs. Wenn er je ein politisches Programm erstellen sollte, dann stand die sofortige Zerstörung der noch vorhandenen Strukturen des ehemaligen Empires an erster Stelle. Widerstrebend würde er das viktorianische Reihenhaus als architektonische Schale für Läden und Restaurants akzeptieren, aber die Verwendung als Wohngelegenheit stand außer Diskussion. Ein Volk, das unter solchen Umständen wohnen mußte, interessierte sich in keiner Weise mehr für sexuelle Ekstase und verlor sich an Melancholie und Nordischen Mystizismus.

London brauchte ein schnelles, effizientes und modernes öffentliches Verkehrsnetz. Dazu wünschte sich Terry Geschäfte, die vierundzwanzig Stunden am Tag geöffnet hatten, genug Arbeit für alle, wohlangesehene, aber dennoch eher geisttötende Beschäftigungen – und ein architektonisches Erneuerungsprogramm, das auf etwas anderem beruhte als jenem elenden traditionellen Design aus roten Ziegeln. Eine derartige Reform würde die Bevölkerung anfälliger machen für sexuelle Raserei und damit in Kürze die Neigung der Briten zur Hirnwixerei verschwinden lassen. Statt die nach innen gerichtete und unterdrückende Kultur zu reproduzieren, deren Pioniere Shakespeare, Wordsworth und Thomas Hardy waren, würden die britischen Inseln in die weltweite Ebbe und Flut eines kommunistischen Potlatchs integriert werden.

„Komm jetzt, dieses Haus macht mich krank“, sagte Terry und richtete seine Kleidung.

„Ich hab Hunger“, erwiderte Joyce, als sie mit ihrem rechten Bein in die Jeans schlüpfte.

„Ich muß noch was bei den Jungs von Mein Eines Fleisch abholen. Von dort könnten wir in die Backstube in der Ridley Road gehen.“

Nachdem Joyce ihren Turnschuh zugebunden hatte, verließen die zwei Polymorphen das Abbruchhaus. Als sie die Lower Clapton Road runtermarschierten, sah Joyce voller Freude, daß die dortige Polizeiwache ziemlich zertrümmert war. Zwei Bullen waren gerade in einem Panda von ihrer Patrouille zurück und wurden nun von den Sanitätern getröstet, die die verletzten Kollegen der Polizisten aus dem Gebäude trugen. Terry drückte seine tiefste Befriedigung über die Lage der Dinge aus, obwohl er nicht ahnte, was für eine tiefere Bedeutung hinter den rauhen Geschehnissen steckte.

„Alles klar, Kumpel?“ begrüßte er Raymond Nicolson, als dieser die Haustür öffnete.

„Es geht mir gut, vielen Dank. Komm doch bitte herein“, erwiderte der Ex-Gymnasiast.

„Ich fürchte, ich kann nicht allzu lange bleiben“, entschuldigte sich Terry. „Habt ihr die Kohle?“

„Ja. Ich gehe gleich und hole sie!“

Joyce fragte sich, was zur Hölle hier eigentlich vor sich ging, aber dann entschloß sie sich, die Frage nicht gerade jetzt zu stellen. Raymond kam mit einem vollgestopften Handkoffer wieder und überreichte ihn Terry. Der Pro-Situ war offensichtlich sehr nervös, was diese Übergabe betraf.

„Mach dir keine Sorgen, Kumpel, in einer Woche habt ihr euren Sprengkopf!“ meinte Blake leichthin und nahm den Koffer.

„Ich würde das nie machen, wenn nicht Rupert deine Behauptungen bestätigt hätte. Er hat gesagt, daß er Debords französisches Original nach den codierten Botschaften abgecheckt hat und daß sie tatsächlich vorhanden sind. Er war ein bißchen sauer, weil du die Geheimchiffren vor ihm entdeckt hast. Ich glaube, daß er da ein bißchen übertreibt. Schließlich ist das hier kein Problem für ihn. Er finanziert diese Aktion ja nicht. Auf alle Fälle hast du Rand weitgehend von deiner Sicht der Dinge überzeugt, er hat sogar gedroht, Mein Eines Fleisch zu verlassen, wenn wir dein Projekt nicht unterstützen.“

„Entspann dich“, lächelte Terry. „Die Nachwelt wird deinen

Namen mit großen Buchstaben ins Buch der revolutionären Helden schreiben!“

„Das sollte sie auch wirklich tun“, erwiderte der Pro-Situ eilig.

Die beiden Männer verabschiedeten sich und Nicolson zog sich ins Haus zurück. Joyce und Terry gingen ein paar hundert Meter, bis der Skinhead in ein irres Gelächter ausbrach. Er hätte nie geglaubt, daß ihm diese Oberklasse-Vollidioten vertrauten und daß er soviel Bargeld aus ihnen herausholen würde.

„Worüber lachst du so?“

„Ich habe diese Knallköpfe dazu überredet, mir hunderttausend Pfund zu geben, damit ich eine Atombombe kaufen kann!“ Blake explodierte in Gelächter.

„Und was machst du jetzt? Haust du mit dem Geld ab?“

„Ach was, die kriegen ihren Sprengkopf, paß nur auf!“

Joyce konnte Terrys Stimmung nicht abschätzen. Er war ja wirklich irre genug, ganz London in die Luft zu jagen. Andererseits hatte er natürlich tausenderlei Möglichkeiten, das Geld einfach auszugeben. Auf jeden Fall würde sie diese Bombendrohung nicht an Sieben weitergeben, das war klar. Sie wollte ein Kind von Blake und so würde sie, Pflichtverletzung hin oder her, ihm bis zum bitteren Ende beistehen.

Das Beste, was über die Backstube in der Ridley Road gesagt werden kann, ist die Tatsache, daß sie die ganze Nacht geöffnet hat. Blake bestellte Tee und zwei Streichkäsebrötchen. Die Brötchen waren nicht zu vergleichen mit denen, die es in der Brick Lane gab, aber sie erfüllten ihren Zweck und beruhigten den Magen. Terry und Joyce saßen auf dem Koffer und nahmen ihre magere Kost draußen auf der Straße zu sich.

„Scheiß drauf! Ich hab die Schnauze voll davon, immer beim Essen zu knausern. Komm, wir gehen zu einem Inder!“

„Wenn du zahlst!“

„Ich kann's mir leisten“, lachte der Skinhead und schlug auf den Koffer.

Terry ging ein paar Schritte in die Kingsland High Street und hielt ein Taxi an. Er rief Joyce und sagte dem Fahrer, daß sie in die Brick Lane, ins „Sheba“ wollten. An der Ecke zur Calvert Street schaffte es der Taxifahrer, einen Cortina zu rammen. Blake gab dem Mann einen Zehner und sagte ihm, daß er das Wechselgeld behalten sollte. Es ging schneller, wenn sie zu Fuß weitergingen, als zu warten, bis die Umstände des Unfalls geklärt waren.

Als sie durch den Arnold Circus strolchten, sah Terry einen Graffitimaler bei der harten Arbeit. In großen Buchstaben stand da: ZERSCHMETTERT DAS CHRISTENTUM! ZERSCHMETTERT DEN ISLAM! WEDER GOTT NOCH HERR! ANARCHIE IST FREIHEIT! WIR BEGRÜSSEN RUSHDIES BLASPHEMIE, ABER WIR FREUEN UNS AUF DEN TOD DIESES BOURGEOISEN WIXERS DURCH DIE HAND DES LUMPENPROLETARIATS! Darunter hatte er den vermutlich gleichen Text in asiatischen Schriftzeichen gesetzt. Terry klatschte in die Hände, als der Anarchist das letzte Schriftzeichen vollendete.

„Vorwärts, Genosse! Wir gehen ins Sheba, komm mit, wir laden dich ein!"

„Ich heiße Jackie Khan", sagte der Junge, als er zu ihnen hertrabte.

„Ich heiße Terry Blake und das ist Joyce Grant. Jackie ist doch nicht dein wirklicher Name?"

„Auf meiner Geburtsurkunde steht Mohammed, aber obwohl ich damit das Herz meiner Mutter breche, weigere ich mich, diesen Namen zu benutzen."

„Bist du von zuhause abgehauen?" fragte Joyce.

„Klar, meine Alten haben mich vor fünf Jahren rausgeschmissen."

„Du bist doch noch nicht so alt!" rief Joyce, nachdem sie sich den Typen genau angeschaut hatte.

Der grinste: „Ich bin zweiundzwanzig."

Sie redeten weiter, während sie zum Restaurant schlenderten und dort an einem Tisch Platz nahmen. Jackie erklärte, wie sauer es ihn machte, wenn er Weiße traf, die dachten, daß alle Asiaten muslimische Eiferer wären. Er selber hatte überhaupt keine Zeit für Religion und stand auf Sex, Atheismus und Anarchie. Joyce meinte, daß es keine Kultur auf dieser Welt gäbe, die nicht von den Fesseln des Aberglaubens befreit werden müßte. Terry warf ein, daß die indische Küche locker auf die englische runterpissen könnte ...

Nachdem sie das Lokal verlassen hatten, nahmen sie ein Taxi zu Joyces Wohnung im Bow Bridge Estate. Die Hippiefrau sah den beiden Männern zu, wie sie sich küßten und befummelten.

Jackie meinte, daß er sich nicht gern in den Arsch ficken ließ, so ging ihre Intimität nicht weiter als bis zu Petting. Nach einer Zeit zog sich auch Joyce aus und gesellte sich zu den beiden lockeren Typen, die auf ihrem Bett rummachten. Jackie lag auf dem Rücken und Joyce nahm sein Ding in ihren Mund. Sie streckte ihren Hintern in die Luft und Terry drängte sich mit seinem Kopf zwischen ihre Schenkel, damit er sie lecken konnte.

Nachdem Joyce richtig feucht war, setzte sie sich auf Jackies Schwanz. Während die beiden den primitiven Rhythmus des Geschlechts stießen, lag Blake neben ihnen und spielte an sich selber herum.

Nachdem Grant Khan zum Kommen gebracht hatte, rollte sie sich zu Terry und führte ihn zum Ort ihres Mysteriums. Nachdem auch er gekommen war, suchte sie weitere Annehmlichkeiten bei Jackie. Und so ging es weiter die ganze Nacht hindurch.

Inspektor Stephens besah sich bereits zum dritten Mal an diesem Morgen die Schäden in seiner Polizeiwache. Er hatte es satt, in der Fast Food-Kneipe herumzuhängen, die er in sein provisorisches Hauptquartier verwandelt hatte, und beschloß, seine alte Wirkungsstätte, in der noch die Putzkolonne und Handwerker zugange waren, wieder in Beschlag zu nehmen. Als er gerade das Wiederaufbaupersonal aus seinem Büro hinausscheuchen wollte, klingelte das Telefon.

„Hallo!“ bellte er.

„Inspektor Stephens?“ fragte eine weibliche Stimme.

„Ja.“

„Mein Name ist Carol Inns und ich bin vom *Daily Reporter*.“

„Hörn Sie mal zu“, erwiderte der Polizist bärbeißig, „die Jungs von Telecom haben gerade wieder die Leitung repariert und ich warte auf Verbindungen zu mehreren wichtigen Untersuchungen, ich fürchte also, daß ich momentan nicht mit Ihnen sprechen kann.“

„Stimmt es, daß Sie ein notorischer Rassist sind?“ blieb die Reporterin hartnäckig.

„Natürlich nicht“, antwortete der Inspektor etwas verwirrt. „Ein paar meiner besten Freunde sind Iren.“

„Ich wollte Sie eigentlich nicht nach Ihren Verbindungen zu paramilitärischen, pro-englischen Gruppierungen in Irland befragen, aber nachdem Sie selber dieses Thema angeschnitten haben ..."

„Ich habe Ihnen doch gesagt, daß ich keine Zeit habe, Fragen zu beantworten. Sie müssen wie alle anderen unsere Presseerklärung abwarten." Der Bulle hieb den Telefonhörer auf die Gabel, bevor die Journalistin Zeit hatte, etwas zu sagen.

Als das Telefon wieder klingelte, befahl der Inspektor einem Untergebenen, es abzunehmen und dem Anrufer klarzumachen, daß er, Stephens, keine Zeit für Telefonate hatte. Er fühlte sich zugleich traumatisiert und erniedrigt – mit irgendwelchen aggressiven, neugierigen Presseleuten wollte er nicht rummachen, solange er nicht wieder alles auf der Reihe hatte.

„Jim!" donnerte Arthur Roberts, als er eintrat. „Ich hab dich den ganzen Morgen versucht zu erreichen. Was zur Hölle ist hier eigentlich los?"

„Mach dich nicht lustig über mich! Du weißt so gut wie ich, daß letzte Nacht eine Bande von Typen aus den Kolonien meine Polizeiwache geplündert hat. Ihre Rachegefühle gegenüber den Weißen sind das Produkt von Eifersucht und genetischem Selbsthaß. Mit der Großartigkeit einer Zivilisation konfrontiert, gegenüber der ihr Untermenschentum wissenschaftlich meßbar ist, regredieren diese Affen zu dschungulöser Wildheit und anderen atavistischen Impulsen aus dem dunklen Zeitalter!"

„Aber ein paar von den Jungs waren doch Weiße, und ich vermute, daß alle anderen auch hier geboren wurden", protestierte Roberts.

„Liberaler Scheißer!" bellte Stephens. „Es waren keine Weiße in dieser Bande, nur Schwarze und ein paar Verräter an ihrer Rasse!"

„Ich hab dir schon früher gesagt, daß du deine diesbezügliche Meinung für dich behalten solltest", meinte der Antirassist kühl. „Wenn du damit in der Öffentlichkeit hausierst, dann bringst du damit deine Uniform in schlechten Ruf. Es gibt in unserer multikulturellen Gesellschaft keinen Platz für Mitglieder des öffentlichen Dienstes, die eine Rückkehr zu einer Politik wünschen, die mit dem Fall des Empires verschwunden ist."

„Ich rege mich bloß auf", verteidigte sich der Inspektor. „Letzte Nacht sind drei meiner Männer kaltblütig umgebracht worden und elf liegen immer noch im Krankenhaus!"

„Ich verstehe, daß du außer dir bist, aber als Polizist mußt du deine Gefühle einfach für dich behalten und die ganze Geschichte rein professionell angehen!"

„Du hast recht! Laß uns zur Sache kommen!"

„Es stimmt also, daß alle Gefangenen letzte Nacht geflohen sind?"

„Sie wurden herausgeholt!" korrigierte der Bulle.

„Nun gut, ich brauche einfach jemanden, den ich in einer Zelle exekutieren kann. Laß du einfach ausrücken und den ersten Schwarzen, der gefunden wird, verhaften. Ich mach dann den Rest."

Stephens protestierte: „Aber wir brauchen doch diesen Krawall gar nicht mehr. Dieser Angriff auf meine Polizeiwache ist doch Grund genug, die verschäfte Gesetzgebung in Gang zu setzen."

„Ich habe mehrere kommunistische Kader verpflichtet, während der Unruhen heute abend als faschistische Provokateure zu posieren. Ich kann sie doch nicht mehr alle erreichen und das Manöver absagen. Es muß heute abend einen Krawall geben!"

Roberts saß hinter dem Schreibtisch des Inspektors, während dieser sich nach einem farbigen Opfer umsah. Der Spionageabwehrchef schlug die letzte Nummer von *Highlight* auf, dem monatlichen Anti-Rassismus-Blatt. Er wollte wissen, was die Opposition meinte. Diese Schweinehunde wilderten seit Jahren auf seinem Territorium, aber mit ein bißchen Glück würde er sie bis heute abend aus dem Geschäft gedrängt haben.

„Ich hab jemanden in der Zelle!" Stephens kam strahlend zurück in sein Büro.

„Das ging aber schnell!"

„Sie ging gerade an der Wache vorbei, als ich rauskam – reines Glück!"

„Ich erledige die Sache alleine", sagte der Antifaschist zu seinem uniformierten Untergebenen.

„An der Zelle ist ein Vorhängeschloß angebracht", erklärte Stephens und übergab Roberts einen Schlüssel. „Es ist nur eine zeitlich begrenzte Maßnahme, bis die richtigen Schlösser wieder angebracht sind. Die sind alle letzte Nacht zu Scheiße geschossen worden!"

Der Antifaschist spürte die 45er in seinem Schulterhalfter. Von dem Moment an, als er politisch aktiv geworden war, hatte Roberts die Tatsache akzeptiert, daß ideologische Hingabe oftmals von häßlicher Pflichterfüllung begleitet war. Das war nicht die erste unangenehme Aufgabe, die er in Verfolgung seiner noblen Ziele erledigen mußte. Es war einfach eine bedauernswerte Notwendigkeit, daß er eine der schwarzen Schwestern erschießen mußte, überlegte er, als er die Zellentür aufschloß.

„Arthur!" schrie die Gefangene auf, sprang hoch und umarmte ihn. „Ich hab dich nicht mehr gesehen, seitdem wir mit der Uni fertig sind."

Roberts sah sich in erhebliche Verwirrung gestürzt, als ihn Dorothy Butler leidenschaftlich küßte. Der Idiot Stephens hatte eine Frau hereingenommen, mit der der Antifaschist an der Universität eine heiße Liebesaffäre gehabt hatte. Sein Vater hatte ihm sogar gedroht, ihn zu enterben, wenn er sich nach seinem Abschluß immer noch mit Dorothy rumtrieb. Bis zu seinem Tod war Roberts senior davon überzeugt gewesen, daß diese Affäre in Arthur jenes unnatürliche Interesse an der Farbigenfrage geweckt hatte. Arthurs Mutter war etwas differenzierter und hatte Dolly als temporäres Anhängsel eingeschätzt, mit dem ihr Sohn seine jugendliche Rebellion und seine exotischen Vorlieben manifestieren wollte. Mutter Roberts, die über die Jahre verbittert war, wie sie den Geschäftsfreunden ihres Ehemanns präsentiert worden war, bekam jedesmal Magenschmerzen, wenn ihr Ältester damit herumprahlte, was für eine wunderschöne schwarze Freundin er hätte.

Die Jahre waren unfreundlich zu Dorothy gewesen. Nachdem ihr Ehemann mit ihrer besten Freundin abgehauen und ein halbes Jahr später ihr einziges Kind bei einem Verkehrsunfall mit anschließender Fahrerflucht umgekommen war, hatte sie zu trinken begonnen. Dorothy Butler war dreimal so dick wie damals, als sie Arthur das letzte Mal gesehen hatte. Ihre Kleidung war schäbig und sie brauchte dringend ein Bad. Der Antifaschist konnte nur schwerlich glauben, daß er sich einst zu dieser Frau sexuell hingezogen gefühlt hatte. Nichtsdestotrotz konnte er sie nicht einfach kaltblütig erschießen.

„Ich mache eine wissenschaftliche Untersuchung über den institutionalisierten Rassismus bei der Polizei", log er Dorothy an.

„Ich habe deine Karriere verfolgt und ich war immer stolz darauf, daß ich dich einmal gekannt habe", erwiderte seine alte Flamme. „Du bist so kompromißlos geblieben, hast immer den Armen und Unterdrückten geholfen, obwohl du mit den Verbindungen deiner Familie einen Haufen Geld hättest verdienen können."

Roberts hätte am liebsten geheult. Der Glaube dieser Frau an ihn war absolut erniedrigend. Sie hatte seine Karriere verfolgt – was für eine Karriere? Arthurs Antirassismus war das Produkt seiner edelmütigen Rebellion als Teenager und jetzt nichts anderes mehr als reine Routine. Das Geschick, das ihn nach so vielen Jahren Dorothy hatte begegnen lassen, zwang ihn nunmehr zuzugeben, daß er ganz einfach zum Schwindler geworden war. Er mußte diese Frau so schnell wie möglich wieder aus seinem Leben verschwinden lassen, bevor sie ihn völlig ruinierte.

„Komm mit, ich bring dich nach Hause!"

Dolly dirigierte Roberts in die Sandringham Road. Er wollte sie nur schnell rauslassen und gleich weiterfahren. Aber Dorothy bestand darauf, daß ihr ehemaliger Freund seinen Wagen parkte und auf eine Tasse Tee mit hochkam. Als die zweite Kanne Tee zog, gestand Dolly ihrem Schatz aus Teenagerzeiten, daß sie mit ihm Liebe machen wollte, einfach der alten Zeiten wegen. Der Antifaschist war einfach nicht mehr in der Lage, diesen Wunsch abzulehnen, obwohl nur schon die Idee an Sex mit Dorothy Übelkeit in ihm erregte. Er wußte, daß er nachher krankhaft besessen sein würde vom dreckigen Verband um die rechte Wade der alten Hexe. Er hoffte nur, daß diese heftige Reaktion nichts zu tun hatte damit, wie Dorothy schon in ihrer Lebensmitte fett, plump und bar jeder Grazie geworden war. Denn jenseits der körperlichen Erscheinung fühlte er sich spirituell minderwertig gegenüber dieser gebrochenen Alkoholikerin. Er brauchte so selbstsüchtige Schnallen wie Joyce Grant, diese kleine Schlampe, die moralisch eindeutig minderwertig war.

Als er versuchte, Dolly zu penetrieren, kämpfte sich Roberst seinen Weg durch unendliche Fettschichten. Endlich am Ziel, stieß er ein paarmal und schoß eine Ladung flüssiger Gene ab. Ein unvoreingenommener Betrachter hätte den Orgasmus des Antifaschisten als nichts anderes denn einen vorzeitigen Erguß bezeichnet. Roberts küßte Dolly und kroch dann zur Toilette, um sich zu übergeben.

„Armes Baby!" heulte Dorothy, als sie bemerkte, daß Arthur krank war. Sie führte ihn zurück in ihr Schlafzimmer und bettete ihn sorgsam in ihre Kissen. Dann gab sie ihm eine Flasche Whisky und der Antifaschist schluckte mehrere Mundvoll dieser

Medizin. Er hatte Fieber und versuchte unter Schmerzen einzuschlafen. Seine alte Flamme legte ihre Hand auf seine Stirn und redete beruhigend auf ihn ein. Als er seine Augen schloß, konnte sich der Antifaschist tatsächlich vorstellen, daß sich Dorothy nicht geändert hatte, seit sie sein Teenager-Schatz gewesen war. In den frühen sechziger Jahren hatte es für Roberts eine ganze Welt zu gewinnen gegeben.

Er warf und wälzte sich den ganzen langen Nachmittag in Dollys Bett. Dann und wann schlief er unruhig, und jedesmal, wenn er seine Augen öffnete, sandte das Licht einen sengenden Schmerz in die tiefsten Tiefen seiner Großhirnrinde. Schließlich war die Dämmerung gekommen und der Schmerz in seine Knochen gewandert. Der Antifaschist hörte Lärm von der Straße, aber er konnte ihn nicht identifizieren, obwohl er wußte, daß er etwas mit ihm zu tun hatte.

„Kameraden! Die Stimmen der toten Bataillone
Derer, die fielen
Daß Britannien Groß sein möge
Stimmet ein in unser Lied
Denn sie marschieren im Geiste mit uns und sie drängen uns
Den Volksstaat aufzubauen."

Die kommunistischen Elitekader, die Roberts persönlich ausgesucht hatte, um die Rolle als faschistische Provokateure zu spielen, marschierten die Sandringham Road hinunter und sangen das „Englische Horst Wessel-Lied" mit. Sie waren einigermaßen verblüfft durch die Tatsache, daß alle Drogenhändler aus der vordersten Linie Hackneys verschwunden waren. Ihr Gesang schien also keinen zu stören, aber in ihrer lemmingartigen Hingabe an leninistische Ideale meinten die Antifaschisten, es wäre vielleicht besser, ihre Befehle buchstabengetreu auszuführen.

„Blut von ihrem Blut und Mut von ihrem Mut;
Entsprungen dem Boden
Für den sie ihr Blut vergossen
Gegen Juda, Rotfront und tollwüt'ge Hunde der Reaktion
Wird der Kampf geführt
Für Freiheit und für Brot."

Als die Hundertschaft der Kommunisten das Ende der Sandringham Road erreicht hatte und umdrehte, kamen die sieben Mitglieder der Cockney Nation, um die Reihen zu verstärken. Nachdem die Drittpositionisten aus hundert Kehlen das alte Braunhemden-Marschlied gehört hatten, waren sie geil auf ein bißchen Aktion.

„Die Straßen sind still, die letzte Schlacht ist geschlagen
Vom Kampfe erregt
Begrüßen wir stolz die Dämmerung
Sieh, wie über allen Straßen der Union Jack weht
Triumphierende Standarte
Einer wiedergeborener Rasse.“

Arthur Roberts schlief in Dollys Wohnung, aber der Lärm von der Straße wob sich in seine Träume. Neben einem brennenden Kreuz stand eine düstere Figur, den Kopf verhüllt von einer weißen Kapuze und gekleidet mit der Robe eines Obersten Zauberers des Ku-Klux-Klans. Der Rassist drehte sich um und floh, als Hunderte von Kommunisten auf ihn zumarschierten.

Die Kader, die Roberts ausgewählt hatte, faschistische Provokateure zu spielen, waren aufgrund ihrer absoluten Loyalität zur leninistischen Sache selektioniert worden. Um die richtige Schar Fanatiker zu finden, hatte der Antifaschist aus allen Gruppen und Sektionen in und um London einzelne herausgepickt. Dies führte zu einem fatal schwachen Zusammenhalt der Truppe. Wenn es denn zu einem Kampf kommen sollte, so konnte die Mehrheit der Genossen den Freund vom Feind nicht unterscheiden ...

Als die Hymne fertig war, blafften die Angehörigen der Cockney Nation die erste Strophe noch einmal. Etwa die Hälfte des Zugs fiel wieder ein, aber mehrere Leninisten, die am Ende marschierten, drehten sich um und beschuldigten die Drittpositionisten, Nazis zu sein.

„Wir sind linke Faschisten“, verteidigten sich diese. „Wir stehen für die Doktrin der Strasser-Brüder und haben nichts als Verachtung für die Bourgeoisie und ihren Hitlerismus. Wir sind weiße, nationalistische Revolutionäre.“

Noch während der Drittpositionist seine Verteidigungsrede hielt, machte ein Leninist einen Schritt nach vorne und hieb seine Faust ins Gesicht des Faschisten. Das zufriedenstellende Geräusch splitternder Knochen war zu hören, der Bastard taumelte rückwärts und spuckte einen Schwall Blut und angelegentlich Stücke abgebrochener Zähne. Dieser Zwischenfall war die Initialzündung für eine Schlägerei größeren Stils allüberall in den Reihen des Stoßtrupps. Während die Faschisten am Ende des Zugs ordentlich verprügelt wurden, schlugen sich männiglich Genossen mit Genossen, da jeder vom anderen dachte, er sei Nazi-Abschaum.

Zu diesem Zeitpunkt tauchten Alan Anger und Pete Wild in der Sandringham Road auf. Sie hatten eigentlich nur ein bißchen Hasch kaufen wollen. Als sie jedoch sahen, wie Massen von Faschisten sich gegenseitig die Scheiße aus dem Schädel schlugen, hüpften sie vor Freude. Sobald sie Verstärkung geholt hatten, würden sie zurückkommen und den Rest der Nazis niedermachen. Die beiden Teenager hatten anarchistische Eltern und das Vermöbeln von Heuchlern war seit ihrer frühesten Kindheit Familientradition.

Raymond öffnete, als die beiden Jungs an der Tür des Hauptquartiers von Mein Eines Fleisch in der Graham Road klopften. Der Pro-Situ lud die beiden ins Wohnzimmer, wo Rupert Dawson-Rand eine politische Diskussion leitete.

„Los, kommt schon, wir kriegen die Nazis am Arsch!" schrien die beiden Teenager.

Arnold schlüpfte sofort in seinen Mantel und meinte, er würde alle an die vorderste Linie der Front fahren. Es waren zwar nur wenige Minuten zu Fuß, aber im Auto war man immer schneller. Rodney, Raymond und Sebastian waren nicht ganz so enthusiastisch, aber sie stimmten immerhin zu mitzukommen.

„Oh, oh, ich glaube, daß der Kaviar, den ich zum Lunch hatte, nicht mehr ganz frisch war", wimmerte Rupert, sprang auf und rannte zur Toilette.

Natürlich war es nicht der Kaviar, der den Pro-Situ in die Hosen scheißen ließ, aber niemand war in der Lage, das Gegenteil zu beweisen. Bis der Rest der Crew zur Sandringham Road unterwegs war, hatte das Kampfgeschehen dort merklich nachgelassen. Die leninistischen Schwindler und die Mitglieder von Cockney Nation lagen auf der Straße. Längst hatten schnell schaltende Soul Brothers sie um ihre Brieftaschen erleichtert. Die Pro-Situs fuhren mit ihrem Auto über ein paar dieser faschistischen Wixer und drehten dann wieder um, Richtung nach Hause.

Roberts träumte immer noch in Dollys Wohnung. Seine treuen leninistischen Kader hatten endlich den weißverhüllten Rassisten gestellt. Als sie dem Scheißkerl die Kapuze wegrissen, sah Arthur entsetzt sein eigenes Gesicht. Trotzdem spuckte er verächtlich auf seine Gefolgsleute, als sie ihn beschuldigten, ein Verräter zu sein.

ACHT

Als die Stadtplaner sich die Crisp Street zusammenträumten, jubelten sie wohl innerlich von Vision und Utopie, wie die Briten in der Zukunft einkaufen würden. Es war die erste als Einkaufsparadies konstruierte Fußgängerzone des Landes gewesen, aber vierzig Jahre nach der Einweihung erschien sie den Leuten aus Poplar eher als Hölle auf Erden denn als Paradies, das die Architekten versprochen hatten.

Joyce und Jackie standen gegenüber des Stehausschanks, als Terry eintraf. Sie tranken Tee und kauten auf Käsesandwiches herum. Blake holte sich einen Kaffee und gesellte sich zu ihnen. Nach einer kurzen Diskussion beschlossen sie, nach Canning Town zu gehen, statt auf einen Bus zu warten. Als sie aus der Marktstraße schlenderten, bemerkte Jackie an der Ecke Crisp und Willis Street mehrere faschistische Graffiti. OST-LONDON EINE NATION hieß es da. Khan holte eine Spraydose aus seiner Umhängetasche, strich OST-LONDON durch und setzte stattdessen FRAGE: TEVIOT hin. An den Schluß des Satzes sprayte er ein Fragezeichen. Darunter lieferte er gleich die Lösung des Rätsels. ANTWORT: DIE ARBEITERKLASSE HAT KEIN HEIMATLAND.

Terry lachte. Diese politischen Botschaften an der Wand waren immer so daneben. Die Gang aus Teviot und ihre Erzfeinde von der Isle of Dogs hatten sich jahrelang befehdet. Die rivalisierenden Banden hatten ihre Graffiti an Tausende von Wänden gesprayt und die Welt über ihren gegenseitigen Haß informiert. Da gab es Hunderte von Slogans wie I.O.D. TÖTET TEVIOT und umgekehrt sowie ein paar wirkliche Wandparolen-Klassiker. Blakes Favorit war der sehr alte und zum Teil schon unleserliche Hinweis: WARNUNG: SIE BETRETEN JETZT TEVIOT! Diese Warnung jedoch hatte ihren guten Ruf nur irrtümlicherweise. Ost-Londons berühmtestes Graffiti hatte eigentlich gar nichts mit Gangrivalitäten und Bandenkämpfen zu tun. Es war auf eine Wand gemalt worden, die die Bulldozer stehen gelassen hatten, als diese sehr handfest die Entwicklung der Docklands in Angriff genommen hatten. Unter dem Willkommensgruß standen weitere Instruktionen: PLÜNDERT ASDA, ZÜNDET BARRATS AN. Trotz George Lansbury und der Revolte von dreißig Mitgliedern des Stadtrats von Poplar in den zwanziger Jahren waren politische Graffiti eine seltene Erscheinung im Roten Poplar. Deswegen lachte Terry so über Jackies Ergänzungen.

Von der East India Dock Road nach Canning Town zu spazieren, pausenlos von brüllendem Verkehr umgeben, ist kein besonderes Nachmittagsvergnügen. Zum Glück sind die Distanzen in Poplar nicht allzu groß. Die Drittpositionisten wohnten am westlichen Ende der Barking Road. Gegenüber ihrer Wohnung gab es noch mehr faschistische Graffiti. ULSTER EINE NATION wurde verkündet, daneben stand dasselbe, was Jackie schon in der Crisp Street umfunktioniert hatte.

„Alles klar, Kumpel?“ fragte Terry den ziemlich verprügelt aussehenden Faschisten, der die Tür öffnete. „Ich hab die medizinische Ausrüstung hier, mit der ihr die Bluttests machen könnt.“

„Stolz auf die eigene Rasse, Respekt für die anderen“, sagte Jackie zu dem Braunhemd, als er hinter Blake in die Wohnung kam.

„Hi“, meinte Joyce, die als letzte eintrat.

Blake wurde fast übel von dem Schmutz, der sich in dieser Wohung breitgemacht hatte. Die Drittpositionisten lebten wie die Schweine, die sie zweifelsohne auch waren. Schleimscheißer, die nicht mal bei sich zuhause für Ordnung sorgen konnten. Verschiedene Fahnen der sogenannten Britischen Familie von Nationen hingen als Dekor an der Wand, neben Poster von Skrewdriver und Skullhead. Terry mochte die Musik dieser beiden Skinheadbands und ob ihrer Texte wälzte er sich regelmäßig am Boden vor Lachen. Sein absolutes Lieblingsstück war „Blame The Bosses“, in dem der Sänger Kev Turner behauptete, daß „die Schwarzen“ eine „Schöpfung des Kapitalismus“ waren. Bei seinem dringlichen Versuch, sich an den Dritten Weg ranzuschmeißen, mixte Turner seine heuchlerischen Ansichten mit ein bißchen unverdautem Marxismus, und das Resultat war etwas vom Besten an unfreiwilligem Humor, seit William MacGonagal zuletzt durch die Straßen von Dundee marschiert war.

„Tom, Keith, das ist Joyce, und das ist Jackie.“ Terry übernahm die Vorstellung.

„Hallo“, grüßten die Heuchler unisono.

„Was ist denn mit euch passiert? Ihr schaut beide aus, als ob ihr von einem Bus überrollt worden seid.“

„Wir hatten eine Schlägerei mit einer Bande von Kommunistenabschaum“, erklärte Tom. „Sie waren uns zahlenmäßig überlegen, aber wir haben den Feiglingen Saures gegeben. Keith und ich haben Glück gehabt, drei unserer Kameraden mußten in die Intensivstation, nachdem irgendein roter Bastard sie mit dem Auto überfahren hat.“

„Wo seid ihr eigentlich her?“ fragte Joyce, die in der Sprache ihres Vorredners den unverkennbaren Ton des Nordens festgestellt hatte.

„Wir sind aus Leeds“, erklärte Keith. „Aber wir sind beide vor gut einem Jahr nach London gezogen, nachdem wir unsere Familienstammbäume studiert hatten. Meine Vorfahren gingen im sechsten Jahrhundert aus Poplar in den Norden, die von Tom verließen Aldgate 1822.“

„Aber im sechsten Jahrhundert hat es Poplar überhaupt nicht gegeben“, protestierte Terry.

„Doch, hat es gegeben! Du glaubst auch der Verschwörung. Cockney Nation existiert seit einer Million Jahren. Die Juden haben diese Tatsache verleugnet, nachdem sie die gesamte Weltgeschichte nach 1945 gefälscht haben.“

„Woher wißt ihr, daß es eine Verschwörung gibt?“ wollte Jackie wissen.

„Das ist doch offensichtlich. Es gibt gar keine andere Möglichkeit, um zu erklären, wieso die Geschichte auf einen möglichen Kollaps der weißen Zivilisation hinausläuft. Aber wir nehmen nicht nur den Niedergang der Cockney-Kultur zur Kenntnis, auch deine indische Kultur wird zerstört ...“

„Ich bin in London geboren!“ protestierte Jackie Khan.

„Darum geht es nicht. Wenn es die Zionisten nicht gäbe, dann wärst du in eine einzigartige indische Kultur hineingeboren worden statt in diesen multirassischen Alptraum“, erklärte Tom geduldig.

„Schaut her“, fuhr Keith fort, „die Juden laden jeder Rasse diesen Multikulturalismus auf, während sie als Volk der Assimilation störrisch widerstehen. Wenn ihr mir nicht glaubt, dann seht euch doch die Menge von Semiten an, die in der sozialistischen Bewegung die Rassenvermischung gefördert haben, und dann studiert die Voraussagen ihrer Rabbis zu den Rassenfragen.“

„Halt mal“, protestierte Jackie. „Ihr verwechselt zwei verschiedene Arten von Juden. Fortschrittliche wie Marx und Trotzki waren Atheisten, deren Sozialismus darauf beruhte, alle Trennungen der Rasse zu überwinden, um die Massen zu einer internationalen Klasse zusammenzuschweißen. Sie haben dabei völlig gebrochen mit den Rabbis und anderen Reaktionären. Es gibt absolut keinen Zusammenhang zwischen den Sozialisten, die den Internationalismus der Arbeiterklasse verkündeten, und den alten religiösen Heuchlern.“

„Gibt es doch“, erwiderte Tom störrisch. „Es sind alles Juden!“

„Mit euch kann man nicht diskutieren!“ schnaubte Jackie.

„Siehst du, wir behalten in jeder Diskussion das letzte Wort, weil Cockney Nation auf der absoluten Höhe der politischen Ideologie ist. Wir lassen uns nicht übers Ohr hauen von marxistischem Gewäsch!“

„Was zum Teufel meint ihr mit Ulster Nation?“ fragte Joyce, die hoffte, damit der Diskussion eine etwas andere Richtung zu geben.

„Daß Nordirland geschichtlich ein unabhängiges Territorium ist in der Britischen Familie der Nationen!“

„Also meint ihr mit Ulster die sechs Provinzen von Nordirland?“

„Logisch, es gibt nur sechs Provinzen in Nordirland!“

„Schon“, fuhr Joyce fort, „aber das historische Königreich Ulster besteht aus neun Provinzen, und drei davon sind im Freistaat Irland.“

„Hä? Davon haben wir nie etwas gehört!“ erwiderten Tom und Keith unisono.

„Weil ihr so verdammt dämlich seid, daß ihr nicht mal merkt, wenn ihr bei einer Diskussion unterlegen seid!" zischte Joyce.

„Quatsch!" kreischte Keith, „dieser Unsinn mit den neun Provinzen unterliegt dem unseligen Fluch der Verschwörung – es kann nicht anders sein, sonst wüßten wir davon ..."

Terry griff ein: „Wieso hören wir nicht mit dieser fruchtlosen politischen Debatte auf? Immerhin bin ich extra hierhergekommen, um euch für eine bescheidene Aufwandsentschädigung eine Bluttestausrüstung zu überlassen!"

„Mach du deine Geschäfte, wir gehen in die Küche und machen Tee", moserte Joyce.

„Gute Idee, das ist eine von den paar wenigen Sachen, für die Frauen gut sind: Tee machen!" meinte Tom.

Jackie Khan folgte der Hippiefrau in die Küche. Er sah zu, als Joyce Wasser zum Kochen brachte und die Teekanne vorwärmte. Als sie ein paar Löffel Tee in das Gefäß gab, fügte sie noch etwas aus einem dieser selbstschließenden Plastiksäckchen zu, in denen die Spaceheads ihr Dope verstaut hielten.

„Pulverisierte Zauberpilze!" flüsterte Joyce. „Wollen mal sehen, wie diese Faschisten mit ein bißchen kosmischer Ekstase umgehen können!"

Während Jackie und Joyce ihren Tee machten, bekam Terry seine fünfhundert Mäuse. Als es darum ging, die genaue Funktionsweise dieses Blutterstgeräts zu erklären, rettete sich Blake aus der Scheiße, indem er Tom zwanzig fotokopierte Seiten als genaue Anleitung in die Hand drückte.

„Wer will Tee?" Schon kam Joyce wieder herein.

„Nö, ich mach mir lieber einen Kaffee", meinte Blake und ging in die Küche.

Terry war entsetzt, als er nur Nescafé im Haushalt der Braunhemden fand. Keith und Tom hatten über Jahre ihre Geschmacksnerven mit Nikotin zerstört. Sie merkten gar nicht, daß der Tee, den ihnen Joyce servierte, ein bißchen seltsam schmeckte. Beide Heuchler tranken noch eine zweite Tasse.

Keith bölkte herum: „Wir müssen dafür sorgen, daß die Gerichte wieder Urteile fällen, die die Kriminellen auch wirklich abschrecken. Deshalb wird unsere zweifelsohne bald herrschende nationalsozialistische Regierung die Todesstrafe wieder einführen. Die Rückführung der Farbigen wird schon einen Menge gewalttätiger Verbrechen verschwinden lassen, aber unter den jungen Weißen grassiert immer noch das schreckliche Drogenproblem. Die Drogenhändler jedoch werden es sich in Zukunft zweimal überlegen, ob sie ihren schmutzigen Handel weiterführen wollen, wenn sie wissen, daß sie wegen ihrer antisozialen Aktivitäten an den Galgen kommen können."

„Hast du selber schon mal Drogen probiert?" fragte Joyce.

„Natürlich nicht!" schnaubte Keith.

„Tja, nun ist es soweit, ich hab dir was in deinen Tee getan."

„Was hast du gemacht?" Der Faschist wollte sich schreiend auf Joyce stürzen.

„Ich würde sie nicht anfassen, wenn ich du wäre!" Jackie stieß das Braunhermd zurück in den Sessel. „Wenn du noch nie einen Trip geworfen hast, dann brauchst du Joyce, daß sie dich durch deine Halluzinationen begleitet."

„Da krabbeln riesige Spinnen die Wand hoch!" brüllte Tom wie ein Verrückter.

„Mach dich nicht lächerlich. Die Pilze wirken noch gar nicht. Es dauert mindestens dreißig Minuten, bis sich die psychoaktiven Agenten die Blutbahnen hoch ins Hirn gearbeitet haben", dozierte Joyce.

„Spinnen, Spinnen!" Dem Faschisten stand der Schaum vor dem Mund.

„Du bist übergeschnappt", meinte Terry kühl, „da ist nichts an der Wand!"

Tom sprang von seinem Sitz auf und rannte aus der Wohnung. Eine Minute später hörte man Hupen und das Kreischen bremsender Reifen. Keith, Joyce, Jackie und Terry beeilten sich, zum Fenster zu kommen. Draußen sahen sie die sterblichen Überreste des Braunhemdes über die Barking Street verteilt. Keith erstarrte und nur mit großer Anstrengung konnten ihn die anderen in einen Stuhl manövrieren, wo er sofort in eine katatonische Trance verfiel. Erst als heulende Sirenen das Kommen der Polizei und der Ambulanz ankündigten, konnte der Drittpositionist seinen Gefühlen Ausdruck geben, er begann unkontrolliert zu schluchzen.

„Du bleibst hier, ich und Joyce nehmen diesen Wixer mit auf einen Spaziergang", meinte Blake zu Khan.

Die Hippiefrau schaute Terry ein bißchen komisch an, wagte aber keine Fragen zu stellen. Die heiligen Pilze begannen zu wirken und die Hippiefrau war zeitweilig außerstande, sich als bürgerliches Subjekt mit starken Führungsqualitäten zu konstituieren. Als sie dann aber auf der Straße standen, bestand Joyce Grant darauf, daß sie zuerst in einen Tabakladen gingen.

„Päckchen Papier bitte!“ Joyce hatte das Gefühl, als wäre das Wort ZAUBERPILZE in fetten Lettern in ihre Stirn gestanzt. „Oha, ich meine natürlich Rizlas!“

In der Wohnung der Faschisten halluzinierte Khan mittlerweile, daß er Zeuge eines geheimen Reunion-Konzerts der Doors wurde. Jim Morrison hatte seinen Tod damals nur vorgetäuscht und sich in Afrika verborgen gehalten. Aber in der Stunde, da die Welt ihn brauchte, hatte der Rockstar seine Band reformiert, um vor einer ausgewählten Schar von Militanten live zu spielen. Als sich die Konzerthalle leerte, wechselte Jackie plötzlich sein Geschlecht – er war jetzt eine Frau. Nebel umwallte ihn, als er durch die Konzerthalle schritt. Ein Telefon klingelte, die Schallwellen rollten durch den Raum und erdrückten den jungen Anarchisten. Er dachte daran, sterben zu müssen, aber glücklicherweise gab der Anrufer auf und ersparte Jackie weitere Pein.

„Schau her, hier in der Zukunft gibt es kein Problem mehr mit Rassisten, denn die Generationen vor uns haben sich über alle Welt so miteinander vermischt und vermehrt, daß man nicht mehr unterscheiden kann, wer welches Volk ist.“ Terry redete auf Keith ein. „Wir haben alle eine kaffeefarbene Haut. Ich sage zwar alle, aber es gibt noch eine Handvoll nordischer Typen, die die Vermischung verweigerten und sich ins schottische Hochland zurückzogen. Hundert Jahre lang wurden sie nicht mehr gesehen, und in dieser Zeit haben sie durch Inzucht ihre genetischen Anlagen total vergiftet. Ihre Nachkommenschaft, eine Bande von Untermenschen, ist letzthin aus den Hügeln gekrochen gekommen und hat darum gebeten, mit Essen und Unterkunft versorgt zu werden. Diese degenerierten Gestalten sind ein Irrtum der Evolution, sie können nicht einmal für den eigenen Unterhalt sorgen. Wir haben hier in London ein Heim für sie gebaut, und ich hab dich hierher geführt, um dir die letzten Weißen zu zeigen, die es noch gibt.“

In Wirklichkeit hatte Blake Keith und Joyce in eine Anstalt für geistesgestörte Jugendliche geführt. Der Drittpositionist war auf jeden Fall noch so weit draußen, daß er es nicht merkte und in tödlichem Schrecken auf die, wie er dachte, letzten Exemplare der einst mächtigen weißen Rasse starrte. Terrys Lügengeschichte verklickerte dem faschistischen Heuchler ganz genau, wie es wäre, wenn seine rassistischen Theorien je in die Wirklichkeit umgesetzt würden. Die Weigerung, neues Blut in eine Gemeinschaft zu bringen, führt sehr schnell zur Degenerierung und letztendlich zur Idiotie. Der Faschist spürte die schwere Wolke der Depression, die sich auf ihn senkte. All die Jahre seines politischen Aktivismus im Dienste einer Sache, die nicht gewinnen konnte! Und wenn die Rassenmischer nicht die Oberhand gewannen, dann würden sich die rassistischen Heuchler selber besiegen.

Dunkelheit hatte sich in der Wohnung der Drittpositionisten über Jackie Khan gebreitet. Irgendwie war er auf die Körpergröße von einem Zentimeter zusammengeschrumpft und in seinem eigenen Bewußtsein gefangen. Er steckte im Vakuum. Er konnte weder sehen, hören, schmecken, noch fühlen. Es war eine Form von sensorischem Verlust, mehr als ihm je experimentelle Psychologie zufügen konnte, und der junge Anarchist verlor jeglichen Sinn für die Zeitabläufe. Plötzlich hörte er Joyce, Keith und Terry die Treppe hochstürmen und in die Wohnung kommen.

„He, was ist los, Jackie?" Terry schüttelte das, was Jackie Khans Körper noch war.

Jackie versuchte zu antworten, aber Blake konnte ihn nicht hören. Für Jackie war es wie das Erwachen aus einem Alptraum, um gleich darauf herauszufinden, daß die Wirklichkeit noch viel schlimmer war. Jackie war sich allen Geschehens völlig bewußt, aber er konnte nicht mit seinen Genossen kommunizieren. Er hörte, wie Joyce nach einem Krankenwagen telefonierte, aber alle Anstrengungen, seinen Mund zu öffnen und zu schreien, daß sie es nicht tun sollte, waren nutzlos. Er erwartete jeden Moment, auf eine Bahre geschnallt und in ein Sanatorium gebracht zu werden – ohne daß er je die Möglichkeit hatte zu sagen, er sei in seinem eigenen Bewußtsein eingekerkert. Jackie wußte nicht mehr, wie lange er schon in einem öffentlichen Hospitalbett lag, aber die Autoritäten hatten es geschafft, seine Mutter aus Southall herzuschleppen.

„Ich hätte nie gedacht, daß er so dumm ist", jammerte die Frau den Doktor voll. „Er hat mir immer Probleme gemacht, aber ich kann es einfach nicht glauben, daß er jetzt Drogen nimmt."

Wegen Keith machte sich Terry keine Sorgen, der schien soweit wieder runtergekommen zu sein, daß er selbst auf sich aufpassen konnte. Der Faschist fummelte mit seinen Schlüsseln an der Tür zu seiner Wohnung. Joyce war die erste, die Jackie als lebenden Müllhaufen im Flur liegen sah.

„Geht's dir gut?" fragte sie und rollte Khan auf den Rücken.

„Himmel, war das ein mieser Trip!" meinte der, als er die Augen aufschlug.

Terry brühte Kaffee auf. Nachdem sie sich mit einer Tasse des schwarzen Getränks ernüchtert hatten, verließen die Genossen die Wohnung, in der Keith immer noch vor sich hinbrütete. Die drei gingen in die Wohnung der Hippiefrau im Bow Bridge Estate, wo Winston Ingliss auf sie wartete. Diese auserwählte Viererbande von Militanten beendete nunmehr ihre Arbeit an einem Schlachtplan, dessen Ziel es war, noch diese Woche einen richtigen Aufstand gegen alle staatlichen Autoritäten auszulösen. In etwas mehr als achtundvierzig Stunden würde Westminster in einer Orgie vorsätzlicher Gewalttaten versinken. Unterdessen hatte der Drittpositionist einen äußerst unwillkommenen Anruf erhalten.

„Hallo, Keith, ich bin's, Brian. Ich hab gerade Wind davon bekommen, daß die United Britons Party was plant. In zwei Tagen wollen sie die Sandringham Road runtermarschieren. Du weißt ja, daß diese reaktionären Heuchler immer in unserem Territorium wildern wollten. Cockney Nation muß sich gegen diese Wixer stellen und deswegen habe ich eine Gegendemonstration organisiert. Die Schwarzen Separatisten aus Brixton haben mir zugesagt, daß sie zu unserer Unterstützung kommen. Dummerweise habe ich ein paar schlechte Nachrichten von der Front. John, Tony und Derek sind alle drei letzte Nacht im Homertown Hospital gestorben. Du kannst dir jetzt sicher vorstellen, daß wir mit diesen Verlusten keine Mitgliederzahl mehr haben, die groß genug wäre, um Cockney Nation als lebensfähige politische Organisation zu erhalten. Deswegen hatte ich keine andere Wahl, als mit Harold Denmarks Bande Vereinigungsgespräche zu führen ...

Keith, Keith? Bist du noch dran, Keith? Komm, daß ist doch nicht so schlimm, wie's im ersten Moment aussieht. Ich gebe keinen Forderungen ihrerseits nach, wenn sie Cockney Nation nicht als autonomen Staat in der zukünftigen Britischen Föderation behandeln. Keith, sag etwas ...“

Brian Smith konnte aus dem Hörer das Geräusch splitternden Glases hören. Keith war durch die geschlossenen Vorderfenster seiner Wohnung in Newham gesprungen. Das übelkeitserregende Geräusch brechender Knochen ertönte, als der Durchgedrehte mit dem Kopf voran auf dem Asphalt landete. Das Braunhemd hatte nach Brians Meinung das einzig richtige getan. Nationalisten, die unfähig waren, sich den anspruchsvollen Forderungen der spirituellen Revolution zu stellen, waren dazu verpflichtet, ehrenvoll den Freitod zu wählen. Keiner konnte in Ehre weiterleben, wenn er in seinen Pflichten als Patriot wankend geworden war.

Brian hing seiner natürlichen Neigung zu erhabenen Gedanken noch ein Weilchen nach, bis er sich den auf der Hand liegenden Angelegenheiten seiner Organisation widmete: Der *Führer* von Cockney Nation machte eine realistische Einschätzung der Situation und kam zu dem Entschluß, daß seine Bewegung am Ende war. Das wagemutigste Experiment nationalistischer Politik war frühzeitig gescheitert durch das unselige Wirken Arthur J. Roberts, dem Mann, der berühmt dafür war, es jederzeit gegen Extremisten aller Richtungen aufzunehmen. Der Saubermann der staatlichen Antisubversion hatte Smith angerufen und ihn über die Toten im Homertown-Krankenhaus informiert, bevor er ihm befohlen hatte, deswegen sofort Verhandlungen mit Harold Denmarks Drittpositionisten einzuleiten. Unbarmherzig wies der Mann von Sieben darauf hin, daß eine Zahl von vier Mitgliedern Cockney Nation als Organisation lebensunfähig machen würde. Brian, eifrig darauf bedacht, weiter seine staatliche Unterstützung zu erhalten, hatte den Vorschlägen seines Kontrolleurs widerwillig zugestimmt, was die bevorstehende Neuausrichtung der extremen Rechten betraf. Sofort hatte er seinen alten Rivalen Denmark angerufen und ihm die offene Hand des Friedensschlusses angeboten. Nach einer intensiven Diskussion und Brians Angebot finanzieller Mittel hatten sie abgemacht, sich im The Lamb zu treffen und über die Art der Zusammenarbeit zu diskutieren.

Nazi Pat und Plaistow Tim reagierten mit Abscheu und Ablehnung auf den Vorschlag, daß Cockney Nation mit Denmarks Drittpositionisten gehen sollte. Eine halbe Stunde nachdem sie dies erfahren hatten, riefen sie Smith an und verkündeten ihm, falls er die Absicht habe, ihrer brandneuen Organisation Newham Forever beitreten zu wollen, so würde er auf keinen Fall aufgenommen. Schlimmer noch, diese undankbaren Verräter deuteten an, daß er, Smith, der Handlanger einer Verschwörung war, die versprach, Newham von der Herrschaft Westminsters zu befreien, um dann die Seelen der Leute von einer fremden Bürokratie zermalmen zu lassen, die Hackney ihren Treueeid geschworen hatte. Cockney Nation, behaupteten sie, sei der Traum von einer imperialistischen Macht. Sie würden nicht untätig zusehen, wie ihr geliebtes Newham von fremden Eindringlingen zertrampelt wurde. Sie würden die Macht der politischen Bosse zerschmettern, die in ihrer Gier nach Profit Tausende von Nationalitäten zerstört hatten. Newham Forever hatte das Lügengebäude durchschaut, das Figuren wie Smith und Denmark errichtet hatten. Solche Reaktionäre waren der übelste kapitalistische Abschaum, obwohl sie sich in die Flaggen der Nationalen Befreiung hüllten. Angesichts dieser Bedrohung würde Newham Forever schnell zu einer Massenbewegung anwachsen, deren Initialen an alle Wände Ost-Londons gesprayt würden. Die Partisanen von NF würden Smith und Denmark liquidieren, zusammen mit den anderen Blutegeln, die sich vom Lebenssaft ihres Volks ernähren wollten.

„Ich werde dafür sorgen, daß ihr aus der extremen Rechten ausgeschlossen werdet!" zischte Brian ins Telefon.

„Verräter!" krächzte Pat. „Newham Forever sucht einen dritten Weg jenseits von Kapitalismus und Kommunismus. Wir scheißen auf die extreme Rechte. Du und deine heuchlerischen Kameraden seid keinen Deut besser als die Roten. Die, welche du glaubst richten zu müssen, werden dich eines Tages selber richten! Wir werden an jeder Straßenecke auf dich warten!"

„Ihr werdet mich nie besiegen. Ihr habt ja nicht mal den theoretischen Zugriff zur Anwendung der Hammerschlagtaktik des Putsches, geschweige denn die Fähigkeiten, diese tödliche Taktik praktisch anzuwenden. Ich schließe euch beide aus Cockney Nation aus. Und seid gewarnt, denn an dem Tag, an dem ich die glorreichen Kräfte des Nationalismus zum Sieg führe, werdet ihr am nächsten Laternenpfahl hängen. Ihr seid bloß zwei Bekloppte. Eine Unabhängigkeitsbewegung zu gründen, um

Newham zu befreien – das macht euch zum Lacherfolg unter echten Patrioten!“

„Verfick dich!“ brüllte Pat und hieb den Hörer auf die Gabel.

Brian war frohen Herzens aus diesem Willenskampf hervorgegangen. Er war richtig stolz auf die Leichtigkeit, mit der er seine Opposition niedergemacht hatte. Die raffinierte Entfaltung seiner rhetorischen Künste war eine seiner Stärken, welche nicht einmal seine schlimmsten Feinde in Abrede stellen konnten. Diese Auseinandersetzung gerade hatte deutlich seine intellektuellen Fähigkeiten gezeigt und bewiesen, daß er eine natürliche Begabung zum Führertum hatte.

Smith sah auf die Uhr. Er hatte noch eine gute Stunde Zeit. Die öffentlichen Verkehrsmittel Londons würden ihn später in weniger als einer Dreiviertelstunde nach Holborn bringen. Vorher wollte sich der Drittpositionist noch ein bißchen entspannen – bevor er zu seinem Rendezvous mit Harold Denmark aufbrach. Hinter seiner Sammlung von Wagner- und Walton-Schallplatten war ein Boney M-Sampler versteckt. Der Faschist klatschte die Popscherbe schwungvoll auf den Plattenteller. Nachdem er sich die Kopfhörer übergestülpt hatte, gab er sich dem Beat hin. Dieser waschechte Patriot wagte es nicht, so eine Platte über die Lautsprecher zu hören. Das Risiko war groß, daß er damit seine politische Karriere die Toilette hinunterspülte. Bevor er sich der Dritten Postion angenähert hatte, war Smith bekannt dafür, daß er regelmäßig den üblen Einfluß degenerierter Negerrhythmen auf die populäre europäische Musik seit dem Ersten Weltkrieg beschwor. Auch wenn Brian jetzt nicht mehr öffentlich den Schaum vor dem Mund hatte, wenn er von der arischen Überlegenheit lallte, war es doch besser, daß ihn niemand dabei erwischte, wie er selber diesem Bastard-Abkömmling musikalischer Rassenmischung zuhörte.

Der Faschist schloß die Augen, lehnte sich in seinen Sessel zurück und fuhr mit der Hand über seine Scham. Der sich gleichmäßig wiederholende Beat ließ ihn in Trance versinken. Er zog den Reißverschluß seiner Hose auf, nahm seinen Schwanz heraus und begann den Liebesmuskel zu massieren. Smith fantasierte, wie er statt in Hackney in einem erstklassigen Westend-Hotel war und an einer geheimen Zusammenkunft von Militanten der Dritten Position seine Rede hielt:

„Nachdem wir nun unseren *modus agendi* erlassen haben,

werden wir uns in den Einzelheiten mit den Interessengemeinschaften beschäftigen, bis wir die Revolution der Staatsmaschine in jene Richtung beenden, die ich bereits erläutert habe. Mit diesen Interessen meine ich die Pressefreiheit, das Versammlungsrecht, die Gewissensfreiheit, das Wahlrecht und vieles andere, das für immer aus dem Gedächtnis unseres Volkes verschwinden oder eine radikale Veränderung am Tag nach der Bekanntgabe unserer Verfassung des Dritten Wegs erfahren wird."

Die Nadel sprang über zum zweiten Stück des Albums, das mit einer höheren Anzahl von Beats per Minute als das erste durchschraddelte. Die Geschwindigkeit, mit der Smith sein Gemächt bearbeitete, stieg proportional an.

„Es ist jetzt der Moment, in dem wir alle unsere Anordnungen verkünden, denn später wird jede wahrnehmbare Veränderung kontraproduktiv sein. Wenn das neue Reich mit schroffer Strenge eingeführt und durch böse Ahnungen eine Atmosphäre der Resignation hervorgerufen wird, bedeutet diese generelle Hoffnungslosigkeit gleichzeitig die Achtung unserer neuen Ordnung."

Der Faschist atmete schwer. Er massierte seinen Liebesmuskel im monotonen Pulsschlag. Das war der Beat der Konsumgesellschaft, der Rhythmus der Fabrik, der, im Proletariat reproduziert, zu einem köstlichen sexuellen Stupor führte. Es war ein Schlafmittel, das simultan Gefühle der Sicherheit und ekstatischen Verlust des Selbst in einer Orgie sinnlicher Befriedigung auslöste. Was reaktionäre Wixer wie Smith nicht kapierten, war, daß diese Gefühle schlußendlich die Ordnung der Produktion umstürzen würden, indem sie eine direkte Herausforderung an die Hegemonie der bürgerlichen Kultur darstellten. Und Smith unterstützte in Wirklichkeit diese Kultur in allem außer dem Namen nach.

„Nichts darf dem Prestige der neuen Ordnung schaden. Ich wünsche, daß von dem Moment an, da sie die Macht übernimmt, während der multirassische Schmelztiegel noch betäubt liegt von der Nationalen Revolution, in einem Zustand des Schreckens und der Ungewißheit, daß die Massen ein für allemal erkennen, wie stark ich bin, daß ich keinen Anlaß habe, ihre Wünsche zu berücksichtigen. In der Tat, weit entfernt davon, der Meinung der Massen Aufmerksamkeit zu schenken, bin ich gewillt und fähig, mit unwiderstehlicher Kraft jene verräterischen Elemente zu zerschmettern, die sich gegen mich erheben möchten."

Der Drittpositionist spürte seinen genetischen Reichtum den Penis hochkochen, während eine Gischt von Endorphinen sein Gehirn überflutete. Sicherlich würde niemand bestreiten können, daß es eine sexuelle Revolution war, durch die die Elite ihre kämpferische Geistes-Diktatur erreichen würde.

„Nach der Errichtung einer nationalsozialistischen Regierung verspreche ich den Massen, daß sie all ihre Freiheiten zurückbekommen werden, die ihnen genommen wurden, als ich die Feinde des Friedens bezwang und die Parteien zähmte. Ich weigere mich jedoch strikt zu diskutieren, wie lange die Massen auf ihre Rechte als freie Bürger warten müssen!"

Nachdem er seine Rede beendet hatte, spritzte Smith eine Ladung quer durch den Raum ab und der Erguß platschte gegen das Bild eines barbusigen Models, das öfters die dritte Seite eines wohlbekannten Boulevardblatts zierte. Der Drittpositionist sank noch tiefer in seinen Sessel, die Musik von Boney M. lullte ihn ein in einen tiefen und erholsamen Schlaf.

Smith döste zwanzig Minuten, erhob sich dann und fuhr nach Holborn· Denmark versteckte sich hinter der gläsernen Abschirmung, die die Eigentümer der Kneipe in den sechziger Jahren um die Bar installiert hatten. Nachdem sich Smith und sein alter Rivale ihr Bier geholt hatten, zogen sie sich in eine ruhige Ecke des Ladens zurück.

„Wieso willst du einen Zusammenschluß?" fragte der Führer der Dritten Position.

„Du hast die Mitglieder, ich hab das Geld! Wie du weißt, sind die meisten meiner Kader aus Newham. Das war eine Bande Unzufriedener, die etwas dagegen hatten, daß ihr Führer in Hackney lebte. Ich hab die ganze Blase einfach rausgeschmissen!"

„Willst du damit sagen, daß nur du und nicht deine Kader der Dritten Position beitreten wollen?"

„Wenn dieser Unsinn mit Newham Forever erstmal vorbei ist, dann bin ich sicher, daß die meisten Mitglieder mir wieder folgen und in deine Reihen eintreten werden. In der Zwischenzeit bin ich die gesamte Mitgliedschaft von Cockney Nation. Alle anderen sind ausgeschlossen worden."

„Naja, das bringt dich nicht gerade in eine starke Verhandlungsposition."

„Ich hab dir einen Haufen anzubieten", zischte Smith indigniert. „Genug Geld, um eine monatliche theoretische Zeitschrift und Flugschriften zum Verteilen zu finanzieren."

„Wir publizieren solche Sachen schon längst ohne Hilfe von außen", gab Denmark zur Antwort.

„Ja, drei sehr dünne Ausgaben des *Nationalist Monthly* im letzten Jahr, und *Third Position News* erscheint lange nicht so oft auf den Straßen, wie es eigentlich sollte."

„Gut, gut, wir könnten das Geld gebrauchen. Um wieviel handelt es sich und woher stammt es?"

„Zwölftausend pro Jahr, in fixen monatlichen Raten, mit der Bedingung, daß jeder Penny für Publikationen gebraucht wird."

Denmark überlegte, wie weit er Smith demütigen und doch die Kohle des alten Scheißers behändigen konnte.

„Das sind meine Bedingungen: wir kriegen das Geld als nicht zurückforderbare Barzahlung. Nachem wir die erste Rate erhalten haben, kannst du neben der Dritten Position wirken. Wenn du über ein halbes Jahr genügend Einsatz und Hingabe zeigst, dann wirst du zum Freund der Bewegung. Wenn du das bist, dann kannst du dich auf dem üblichen Weg zum Kader bewerben."

„Heißt das, daß ich ein Jahr warten und dann eine Prüfung machen muß, in der mein Verständnis eure politischen Ideologie getestet wird?" jammerte Smith.

„Mach es oder laß es sein!" schnappte der Jüngere.

„Also gut." Smith streckte seine Hand aus.

„Noch etwas! Woher ist das Geld?"

„Bankraub!" erwiderte Smith mit völlig ausdruckslosem Gesicht.

Roberts *Anti-Fascist Probe* veröffentlichte regelmäßig Berichte, nach denen Cockney Nation sich aus bewaffneten Überfällen finanzierte. Denmark hatte dieses Gewäsch immer als kommunistische oder Staatssicherheits-Lügen abgetan. Allerdings war er nicht in der Lage, die Information, die ihm der ehemalige Anführer von Cockney Nation nun gab, in Zweifel zu ziehen. Denmark war geil auf das Geld, das Smith ihm angeboten hatte, und es war ihm schlicht egal, ob es aus kriminellen oder anderen zweifelhaften Aktivitäten stammte. Er hätte von jedem Geld angenommen, sogar von Arthur Roberts oder irgendeinem anderen Agenten der britischen Staatssicherheit.

NEUN

„Hallo, erinnerst du dich an mich, gestern abend ..?“ Das Mädchen rüttelte Terry wach. „Ich muß gleich gehen, aber für eine Zehn-Minuten-Session reicht es noch. Ich stelle mal den Wecker. Ich hab eine wichtige Verabredung heute morgen!“

Blake durchpflügte sein Hirn nach einem Erinnerungsfetzen, wo er gestern diese dufte Puppe getroffen hatte. Weder das noch der Name der Braunhaarigen fielen ihm ein. Aber Einzelheiten interessierten ihn nicht – in den Armen einer Fremden aufzuwachen, war längst eine alltägliche Gewohnheit im Leben des sexy Skinheads.

„Zehn“, keuchte die Puppe, als Blake genau neun Minuten und fünfzig Sekunden lang den Rhythmus des Sumpfs gestoßen hatte. „Acht, sieben ...“

Terry konnte die flüssigen Gene in seinem Sack kochen spüren. So wie die Brünette ihren Countdown rausschrie, bestand für ihren Partner kein Zweifel daran, daß sie sich rasch dem Orgasmus näherte, was wiederum Blakes Entzücken erhöhte. Der Kreislauf geschlechtlicher Energie, der diese weiblichen und männlichen Pole auflud, würde sich demnächst kurzschließen zu einer endorphingesättigten Explosion fleischlicher Lust.

„Drei, zwei, EINS!“ bellte das Mädchen.

Eine orgiastische Flutwelle rauschte durch die beiden Körper, die sich auf dem Bett abarbeiteten. In diesem Augenblick begann auch der Wecker mit seinem ekelhaften Biep, Biep. Der Lärm schnitt in Terrys Gehirn wie das Messer des Metzgers ins Fleisch. Er hieb mit der Handfläche auf den Wecker. Die Brünette gönnte sich drei Minuten zur Erholung, dann stieß sie Terry von sich, stand auf, wusch sich und zog sich an. Sie küßte den Boot-Boy zum Abschied und war auch schon fort.

Blake schlummerte noch gut fünfzig Minuten, bevor er aufstand. Er verschlang zwei Scheiben Toast, trank einen sehr starken Kaffee, griff nach seinem Walkman und schritt zielbewußt zur Crossharbour Station. Der Boot-Boy brauchte heute einen Tag gepflegten Shoppings, um die Wolke der Depression, die über ihm dräute, zu verscheuchen. Er war beunruhigt über das Ausmaß, wie stark er sich auf Joyce eingelassen hatte. Ungeachtet all des flüchtigen Sex, war Terry seit seiner Trennung von

Heather vor zehn Jahren ein einsamer Wolf. Er konnte es sich einfach nicht vorstellen, noch einmal all diesen Liebesschmerz durchzustehen.

Der erste Zug von der Isle of Dogs weg fuhr nach Stratford. Eine Rothaarige, die neben Terry auf dem Bahnsteig gestanden hatte, drückte ihm ein Stück Papier in die Hand, bevor sie in diesen Zug stieg: *Ich will dir das Hirn rausvögeln! Anne, 081 488 5212.* Blake lächelte, faltete das Blatt und steckte es in die Gesäßtasche seiner Sta-pres. Ein Zug nach Tower Gateways fuhr ein. Der Skinhead stieg ein. Eine Frau in der Sitzreihe gegenüber lächelte ihm zu. Blake lächelte zurück und drehte zugleich seinen Walkman voll auf. Er zog sich eine Bootleg-Kassette von den Decca-Demos der Ants rein und wollte bei diesem Vergnügen nicht gestört werden.

Die Frau, die Terry zugelächelt hatte, schob ihm ein Kärtchen hin, bevor sie am West India Quay ausstieg. Blake las diesmal gar nicht, was drauf stand, sondern schob das Papier gleich in seine Gesäßtasche. Das Anhören von Ant-Klassikern wie „Fat Fun", „Hampstead" und „Il Duce" hatte den Skinhead in seine Teenagerjahre zurückversetzt. Als die siebziger Jahre zu Ende gingen, war Terry mindestens viermal in der Woche in ein Rockkonzert gegangen. Wenn er nicht zu den Bands groovte, die das Boot-Boy-Revival anführten, dann suchte er sein Vergnügen meistens beim musikalischen Sturmlauf eines Ants-Konzerts. Damals war Adams Bande ebensogut darin, den Trendies auf den Wecker zu gehen, wie Sham 69, Slaughter and the Dogs oder Menace.

Als der Zug aus Westferry rausfuhr, befand sich Terry wieder im Marquee Club, als der noch in der Wardour Street war und die Ants in diesem berühmten Rockclub quasi beheimatet waren. Der bohrende Lärm glich dem Rhythmus der Schwerindustrie und schickte die Teenager in sexuelle Raserei. Es dauerte immer nur ein paar Nummern, bis die Rockschreiberlinge zum Ausgang flitzten. Sie gingen heim, schrieben Konzertberichte, die die Band als „schäbiges Nachspiel zum Punkrock" abtaten, und stöhnten darüber, daß Adam „die üblichen Phrasen drosch über Herrschaft und Unterordnung". Wie immer hatten diese Trendies jeden Bezug zur Realität verloren. Nachdem die Ants dann blitzschnell Rockstars wurden, fielen die ganzen Vorwürfe des „Rockismus", „Sexismus" und „Faschismus" auf Bands wie The

4 Skins und The Last Resort zurück, deren Kardinalfehler es war, sich an ein Arbeiterklassenpublikum zu wenden.

„B-Side Baby“ ertönte, als der Zug Tower Gateway erreichte. Zu den Klängen von „Bathroom Function“ ging Terry zum Tower Hill U-Bahnhof und erinnerte sich an die Zeit, als er Adam auf der Zerox Tour durch das ganze Land nachgereist war. Meistens war es kein Problem für die Hardcorefans der Ants, in einem besetzten Haus Unterkunft zu kriegen. Und so schliefen sie zu zehnt in einem Zimmer, in einem Loch voller Flöhe, wo Scheiße an die Wand geschmiert war. Aber das war immer noch besser als der seltene Fall, daß die ganze Bande ihre Köpfe auf harte Parkbänke betten mußte. „Rubber People“ pulsierte voller Vergnügen durch Terrys Gehirn, als er in einen Richmond Zug stieg und sich neben der Abteiltür hinstellte. Eine Frau kam hinter ihm herein und versuchte, sich auf den Platz, den Terry einnahm, zu drängen. Da der Wagen ansonsten ziemlich leer war, handelte es sich hier eindeutig um willentlichen Körperkontakt. Als eine Handvoll Passagiere westwärts sauste, gelang es der Blonden, ihre Scham an Terrys Oberschenkel zu reiben. Der Skinhead lächelte, aber er sagte nichts. Er war zu beschäftigt, zu Adams einzigartiger Marke des Körpergeruch-Boogies zu grooven.

In Monument stieg Blake aus und lief durch den Bahnhof zur Drain genannten Waterloo und City Line. Eine Aufnahme von „It Doesn't Matter“ von der ersten John Peel Session erzählte ihm die traurige Geschichte eines Mädchens, das sich nicht unter den Armen wusch. Außerhalb der Stoßzeiten wird diese Linie praktisch nicht benutzt. Der Wagen, in den Terry stieg, war leer, bis die Blondine aus dem Richmond Zug hereinkam und sich auf den Nebensitz pflanzte.

Sobald die automatischen Türen zugekracht waren, grabschte die flotte Biene an Blakes Scham und öffnete seinen Hosenstall. Zur gleichen Zeit gesellte sich Jordan, die den SEX-Laden geschmissen hatte, zu den Ants, um mit ihnen die berühmte Aufnahme der Trash-Hymne „Lou“ zu machen. Die Blondine pickte Terrys Schwanz aus seiner Union Jack-Unterhose und kniete sich hin, um den pochenden Liebesmuskel in den Mund zu nehmen. Jordan kreischte irgendwelche Texte, ohne auf die Schäden Rücksicht zu nehmen, die sie ihren Stimmbändern damit zweifellos zufügte. Die Mieze sog an Blakes Schwanz und entlockte dem Boot-Boy ein lautes Stöhnen der Lust.

Die Blonde kontrahierte ihre Schlundmuskulatur und Terry schloß die Augen. Der Boot-Boy stellte sich vor, was für Reaktionen es geben würde, wenn ihn die Biene so während der Stoßzeiten bedienen würde. Trotz ihrer hübschen Manieren und Kleider und ihrem rigiden Moralismus würden die meisten der im Zug versammelten Geschäftsdamen und -herren diese Szene erregend finden, da war sich Blake sicher. Er wollte das Lächeln von diesen blasierten Gesichtern wischen. Als ihn die flotte Biene zum Orgasmus pumpte, fantasierte Terry darüber, wie er mit Nervengas bewaffnet zur Stoßzeit in diesen Zug kam. Hunderte von diesem reichen Gewürm würden ihre Arme über dem Bauch verkrampfen, bevor sie nach vorne sanken und starben. Terry stellte sich vor, wie er dieses Schauspiel durch die Schutzgläser seiner Gasmaske sehen würde, während Jordan die letzte Silbe ihres Textes sang und er eine Ladung flüssiger Gene abschoß.

Blake sank in seinen Sitz zurück, als die Blonde seinen Erguß schluckte. Sie nahm den Schwanz des Boot-Boys aus ihrem Mund und ordnete seine Kleidung. Sobald der Zug in Waterloo einfuhr, zog die Frau Terry vom Sitz hoch, trieb ihn in die Bahnhofsbar und bestellte zwei Kaffee. Die Puppe trank schnell leer, dann schrieb sie ihren Namen und ihre Telefonnummer auf ein Stück Papier, das sie Blake überreichte: „Ruf mich bald mal an!“ meinte sie, als sie ging.

Terry schob ihre näheren Angaben in die Gesäßtasche seiner Sta-pres, dann fiel sein Kopf nach vorne und er schlief auf dem Tisch ein. Später weckte ihn die Kellnerin: „Bist du okay?“

„Hast du eine Telefonnummer?“ krächzte Terry.

„Sicher“, erwiderte das Mädchen und schrieb ihre näheren Angaben auf ihren Bestellblock.

Blake ergriff die Trophäe und taumelte aus dem Bahnhof hinaus auf die Lower Marsh Street. Sobald er beim Flohmarkt angekommen war, ging es ihm besser. Er fühlte sich in seinem Element und vergaß all die Probleme um seine emotionalen Verstrickungen mit Joyce.

Als hartgesottener Materialist kannte der Skinhead die gängigen Preise und wußte, daß Werte im wesentlichen Schwindel waren. Als er noch in Elephant and Castle wohnte, war Blake ein regelmäßiger Besucher des dortigen traditionellen Süd-

Londoner Straßenmarkts gewesen. In einem nahegelegenen Laden hatte er einen Gelegenheitskauf gemacht: Spielkarten aus den fünfziger Jahren, auf denen nackte Frauen abgebildet waren. Er hatte sie einzeln weiterverkauft und über tausend Prozent Gewinn gemacht! Terry suchte die Gegend ab nach Schnäppchen, aber er fand nichts allzu Interessantes. Er kaufte bloß ein Taschenbuch mit der Geschichte der SAS und Band achtzehn von Jerry Aherns *The Survivalist.*

Dann trat er in einen Laden voll bizarrer und völlig verschiedener Produkte. Der Inhaber des Geschäfts verkaufte ihm einen verstellbaren Schraubenschlüssel und ein Furzkissen, und Terry kriegte erst noch etwas raus auf sein Pfund. Der Skinhead brauchte den Schraubenschlüssel eigentlich gar nicht, aber achtzig Pence waren ein zu günstiger Preis. Solche Tiefpreise hoben Terrys Laune merklich. Er liebte das Gefühl, wenn Geld die Hand wechselte. Der flüchtige Kontakt mit den Fingern eines Händlers war wie Balsam auf seine geschundene Seele. Das Vergnügen bei Gelegenheitskäufen war ganz anders gelagert als das bei Ladendiebstahl oder zügellosem Sex. Die Erregung blieb subtil und half, seine Stimmung zu stabilisieren. Diebstahl und Vögeln wurden durch ein heftiges Anwachsen des Adrenalinspiegels im Körper begleitet. Da im Körper des Skinheads ein gewisser Streß abgebaut werden mußte, hätte keine der beiden anderen Aktivitäten ihm gut getan.

Als nächstes checkte Terry die Tenison-Läden ab. Da waren die Vibratoren so billig wie sonst nirgends in der Stadt, ein Zehntel von dem, was du in einem Sexshop bezahlen mußtest. Blake hatte schon ein ganzes Lager davon, das er mit einem hübschen Profit verkaufte. Der Boot-Boy kaufte ein bißchen Klebeband und sah sich dann beim Kinderspielzeug um, aber da gab es nichts, womit er etwas anfangen konnte. Die Schreibwarenhandlung war ziemlich mies, nicht mal Blake konnte den Kalendern vom letzten Jahr etwas abgewinnen. Und er würde auch nichts von den Keksen und dem Büchsenfood anfassen, obwohl die Geschäftsinhaber schworen, daß alles extra für den menschlichen Konsum gemacht worden sei. Aber als sich Terry über das Display mit den Softpornos beugte, da begannen seine Fingerkuppen zu klingeln, ein unter Hardcore-Konsumenten wohlbekanntes Symptom. Versteckt unter lauter Mist fand er sieben Kassetten mit Doris Wishmans *Tödliche Waffen*, zu drei Pfund das Stück. Blake kaufte den gesamten Vorrat. Er kannte mindestens ein Dutzend Trendies, die Re/Search lasen und locker fünfzehn Mäuse springen ließen für ein Video mit Chesty Morgan.

Terry wußte nicht, daß der Volkswagen, der breit auf dem Bürgersteig vor dem Laden stand, Harold Denmark gehörte. Der Skinhead sah einfach rot bei dieser offensichtlichen Verletzung der Rechte der Fußgänger durch den Autofahrer. Dem rücksichtlosen Bastard mußte eine Lektion erteilt werden. Er benutzte seinen gerade erstandenen Schraubenschlüssel dazu, alle offen zugänglichen Muttern des VWs zu lösen, dann machte er sich auf den Weg Richtung Norden. Er überquerte die Themse und schlenderte die Villiers Street hoch.

Wenn Terry kein Nihilist gewesen wäre, dann hätte er den Abbruch der Brückenbögen neben der Charing Cross Station als nationalen Skandal betrachtet. Neben Hunderten von Pennern waren unter den Bögen einer der besten Fish und Chips-Läden Londons und ein stadtbekannter Lieferant für Überlebensprodukte namens Soldier of Fortune beheimatet gewesen. Von solchen Erinnerungen getrieben, fand Blake zum Book Inn, wo er die letzte Ausgabe einer monatlichen Survival-Zeitschrift kaufte, die den selben Namen trug wie der ehemalige Laden.

Der Skinhead durchpflügte die wimmelnden Menschenmassen, die aus der Leicester Square einen Ort machten, an dem Ebbe und Flut des Verlangens auch für die fühlbar waren, die sonst kein Gespür für Psychogeographie hatten. Deswegen stand hier wohl auch die Jesus Armee so oft, um für ihre fundamentalistische Botschaft zu werben, im Zentrum dessen, was reaktionäre Wixer als menschliche Flutwelle, losgerissen von allen moralischen Fesseln einer repressiven Gesellschaft, bezeichnen würden. Terry war empfänglich für die Sensationen, die jedes sensible Lebewesen verspüren mußte, wenn es sich in diese elektrisch aufgeladene Atmosphäre wagte.

Trotz seines smarten, aber harten Auftretens war Blake nicht unangenehm berührt von der Weichheit dieser Masse. Tatsächlich war es die Kraftlosigkeit der Masse, die Terry erlaubte, seine Männlichkeit auszuleben. Der Boot-Boy war sich vollauf bewußt, daß er Befriedigung daraus zog, sich seinen Weg durch diesen sozialen Körper zu erzwingen. In seiner Jugend hatte Terry die weibliche Seite seines Egos erforscht, indem er sich in den Bewegungen der Millionen verlor, die aus London ein Weltzentrum der sexuellen Energie machten. Um seine januskópfige Perversion völlig zu ergründen, gab sich der Boot-Boy nun hin, die gesichtslosen Horden zu vergewaltigen, die aus den Därmen der Stadt krochen.

Die Herde war außer Kontrolle, ob sich nun Terry ihrer Orgie verschiedenster Vergnügungen hingab oder nicht. Morbider Humor trieb ihn dazu, diese menschliche Flut als ansteckende Krankheit zu betrachten. Der Unterschied zwischen dieser Sichtweise und der faschistischen Ideologie war der Unterschied zwischen Ordnung und Chaos. Blake war Nihilist und wollte alles zerstören, sogar sich selbst, während die Heuchler der extremen Rechten Leiche auf Leiche stapeln wollten als sichtbaren Beweis, daß sie alles veräußerlichten, was in ihnen selber verdorben war.

Terry schätzte Subversion, Unordnung, Gewalt und Negation um ihrer selbst willen. Sein Abzeichen war die schwarze Fahne der Anarchie. Der Skinhead wußte nur zu gut, daß er bald bei lebendigem Leibe von den Gewalten verschlungen würde, die er gegen diese Welt der Illusion arrangierte. Sein ganzes Leben schien darauf ausgerichtet, den Prozeß der Selbstzerstörung zu beschleunigen. Deswegen war seine politische Position den Kulturpessimisten diametral entgegen gesetzt, die das aufhalten oder gar umkehren wollten, was sie närrischerweise als Spirale des Niedergangs betrachteten. Verbissen in ihrem falschen Bewußtsein mußten diese Wixer erst realisieren, daß der Tod ein Produkt der bürgerlichen Ideologie war.

Die meisten Nazis waren blind gegenüber der Tatsache, daß ihr Einfluß eine Million mal schädlicher war als der der proletarischen Gemeinschaften, denen diese Nazis die Schuld gaben für der Welt natürlichen Zustand der Unordnung. Als kommunistischer Militanter war sich Blake seines Wunsches sehr bewußt, die Zerstörungskraft der herrschenden Klasse zu übertreffen, und reagierte systematisch auf all jene Impulse, die ihn hin zur Gewalttätigkeit trieben.

Terry führte sein Zerstörungswerk fort in der Wardour Street und dann quer über die Shaftesbury Avenue. Er haßte Müßiggänger und fühlte keine Gewissensbisse, wenn er sie aus dem Weg stieß. Die Geschwindigkeit, mit der sich der Boot-Boy fortbewegte, versorgte eine Familie von Landeiern mit mehreren hundert Stunden Gesprächsstoff. Terry war sicherlich eine der Attraktionen, die sie auf ihrem Einmal-im-Leben-Trip in den Moloch London bestaunten. Es kam ihnen gar nicht in den Sinn, daß sie es bloß deswegen schafften, auf ihrer Farm in Shropshire herumzukriechen, weil es dort niemanden gab, der Faulpelze anbrüllte, die den freien Fluß des Fußgängerverkehrs störten. Deswegen hatten solche Heuköpfe auch keine Ahnung davon, wie der Gebrauchswert der begrenzten Stunden freien Shoppings pro Tag maximiert wurde. Hinsichtlich der Konsumption steckten sie noch tief im dunklen Zeitalter und mußten erst noch lernen, einen sinnvollen Beitrag an die wachsende postindustrielle Ökonomie der Welt zu leisten.

Blake bog rechts in die Old Compton Street ab und ein paar Sekunden später saß er im Café España. Als gesellschaftlicher Raum waren die Prämissen hier hauptsächlich weiblich und Terry wandelte seine gesamte Seinsweise um, um sich dem Diktat dieses warmen Interieurs anzupassen. Dieses Etablissement schenkte richtigen Kaffee aus, nicht das Instant-Gesöff, das in den meisten britischen Kneipen serviert wurde. Die Bedienung war schleppend und die Preise waren vernünftig, was hieß, daß der Boot-Boy richtigen Sitzenbleib-Wert für sein Geld bekam. Er blätterte sein Exemplar von *Soldier of Fortune* durch und las einen Bericht über zwei Truppentransporter und einen bewaffneten Landrover, die nach Namibia gesandt worden waren mit dem Ziel, die Swapo-Freiheitskämpfer aus dem umliegenden Busch zu locken. Obwohl Terry keineswegs einverstanden war mit der extremen Rechtsideologie der meisten Survivalisten und Söldner, war er doch fasziniert vom Machismus dieser selbsternannten Elite. Der Skinhead nahm sich Zeit für den Artikel und war mit seinem Kaffee längst fertig, als er immer noch über die Aktion in Südwestafrika las. Das war eines der Dinge, weswegen Blake das Café España mochte: man wurde nicht zum Konsum gedrängt. Und allein dafür verdiente dieses Café, allen Freunden in den höchsten Tönen weiterempfohlen zu werden.

„Gewalt ist böse“, flüsterte ein weggetretener Hippie und trat Terry in den Weg, bevor dieser weiter die Old Compton Street nach Osten schlendern konnte.

„Was ist los?“

„Du hast mich schon verstanden“, nuschelte der schmutzige Barbar. „Skinheads gehören in Arbeitslager mit all den anderen

Rassisten und Faschisten. Dann könnten wir Frieden auf der ganzen Welt haben. Jeder könnte sich seine Haare wachsen lassen und den Nächsten lieben."

„Ich bin weder Faschist noch Rassist", antwortete Terry stolz. „Die Wurzeln dessen, was mir etwas bedeutet, kommen aus der Schwarzen Kultur. Ohne Blues gäbe es keine Rockmusik und ohne Rude Boys gäbe es keine Skins."

„Ich seh doch, daß du ein gewalttätiger Bastard bist", zischte der Neandertaler.

„Verfick dich!" spie Blake aus.

„Willst du eine Schlägerei?"

„Laß mich einfach in Ruhe und hau ab nach Stonehenge oder wo du sonst herkommst", meinte der Boot-Boy ungehalten.

„Warum schlägst du mich nicht? Ich seh doch, daß es das ist, was du am liebsten tust! Los, schlag mich!" blökte der Peace-Freak, während er seine Faust ballte und versuchte, Terry damit am Kinn zu treffen.

Blake wich nach rechts aus und die Faust strich harmlos über seine Schulter. Als sein Gegner von der Wucht des Schlages nach vorne gerissen stolperte, schickte ihm Terry die Stahlkappe seiner Doc Martens in den Unterleib und dem Bastard ging die Luft aus wie einem Blasebalg, der in eine Akupunktur geraten war. Der Boot-Boy stieg mit seinem Absatz im Gesicht des Hippies herum und machte aus der Nase des Bastards einen blutigen Klumpen, bevor er seinen Weg fortsetzte. Zehn Sekunden später hatte er die Dean Street erreicht.

Als Terry an St. Anne's Court vorbeiging, hörte er, wie zwei Luden sich um eine Prostituierte zankten. Das ließ ihn sofort an Joseph Goebbels und Hanns Heinz Ewers denken, die den Mythos von Horst Wessel fabriziert hatten. Wessel war von einem Zuhälterkollegen erledigt worden, der sich dafür rächte, daß Wessel ihm eine seiner Huren abgeworben hatte. Die Nazipropaganda verwandelte diesen kleinen Gauner in einen Braunhemden-Helden mythischen Ausmaßes und überzeugte ihre Gefolgschaft erfolgreich davon, daß Wessel von roten Meuchelmördern umgebracht worden war. Ein altes deutsches Volkslied wurde mit einem neuen, geschichtsklitternden Text versehen und war bald das populärste Kampflied der Nazis. Heute noch, lange nachdem der Mythos um den Zuhälter Wessel entlarvt worden ist, kennt man das Stück immer noch als Horst Wessel-Lied.

Terry durchquerte die Carlisle Street und fand einen freien Platz auf einer Bank im Soho Square. Der Streit zwischen den beiden Zuhältern hatte in ihm eine ganze Kette von Assoziationen ausgelöst. Er versuchte sich an den Namen der Kneipe zu erinnern, wo er gewöhnlicherweise in den späten Siebzigern hingegangen war, wenn er Zeit hatte und sich in Soho befand. Der Name Court Café tauchte aus den tiefsten Tiefen seiner Großhirnrinde auf. Es mußte gut zehn Jahre her sein, daß er zuletzt dort gewesen war. Anfang der achtziger Jahre war er zu Battistas in der Charing Cross Road gewechselt. Er war dieser West End-Kneipe lange, lange treu, bis wirklich zuviele Touristen dorthin gingen, und wurde dann Kunde im G&M-Café in der Museum Street. Das Café España war einfach das letzte in einer langen Reihe ausgezeichneter Kneipen.

Terry erlebte in Gedanken erneut seine prägenden Jahre als Skinhead-Teenager. Oft wenn im Marquee, im Hundred Club oder in der Notre Dame Hall ein Gig war, fuhr er noch vor dem Abendessen ins West End. Er hatte viele glückliche Stunden im Soho Market verbracht. Himmel, es mußte schon über zehn Jahre her sein, daß die Stadtentwickler einen Laden- und Bürokomplex an dieser Stelle erbaut hatten! War es Blake im Rock On-Plattenladen langweilig geworden, dann schlenderte er die Gerrard Street entlang oder checkte die Boutiquen am nördlichen Rand von Soho. Das war Äonen, bevor dort die Virgin-Megastores zuschlugen – der Laden der Plattenfirma befand sich damals noch in der New Oxford Street. Bevor es dann dunkel wurde, beeilte sich Blake immer noch zum St. Anne's Court, weil er gerne die Bücher und Comics in einem Laden mit dem Namen Dark They Were And Golden Eyed anschaute. Dort kaufte er mit sechzehn zwei Romane von Aleister Crowley und John Symonds Crowley-Biographie *The Great Beast.* Unglücklicherweise war auch der Science Fiction-Laden schon vor Jahren geschlossen worden. Er hatte praktisch zu Terrys Jugend gehört, denn er erinnerte sich ganz genau daran, daß er das erste Mal 1974 dort war.

Terry rechnete nach und kam darauf, daß er 1977 damit begonnen hatte, ins Court Café zu gehen. Damals machten die meisten Plattenläden schon um sechs zu, worauf Blake eine Stunde damit verbrachte, Kaffee zu trinken, bevor er in einen Rock Club ging. Mehrere Huren schafften auf dem Plätzchen gegenüber dem Café an, und am frühen Abend hatten sie immer viele

Kunden. Die Zeit zwischen dem Ende der Arbeit und dem Heimkommen zur Familie nutzten viele Angestellte für ein sexuelles Intermezzo. Manche der Freier waren so aufgedreht, daß sie sich zuerst im Café ihre Nerven stabilisieren mußten, bevor sie sich auf den Weg heim in die Vororte machen konnten. So wie ihre Hände zitterten, war das Ganze natürlich höchst auffällig für einen Teenager mit einem gesunden Interesse an Sex.

Terry hatte nie etwas mit einer Prostituierten gehabt. Am nächsten kam er dem, als er mit einer Oben-ohne-Go-Go-Tänzerin ging. Heather, die Frau, die Terrys Herz gebrochen hatte, erzählte ihm, daß sie mit einer Hure gehen würde, wenn sie ein Typ wäre. Als sie Blake vor die Türe setzte, riet sie ihm, möglichst jede sexuelle Erfahrung zu machen, zu der er die Möglichkeit hatte.

„Du bist doch noch ein Baby", hatte sie gesagt, „du mußt noch ein bißchen mehr in fremden Betten schlafen, bevor du mit einer schönen älteren Frau wie mir eine feste Beziehung haben kannst."

„Entschuldigen Sie!" Die Hartnäckigkeit in der Stimme des Mannes unterbrach Terrys Gedankenfluß. „Ich sehe, daß Sie *Soldier of Fortune* lesen."

„Mach ich", erwiderte der Skinhead und sah hinunter auf die Zeitschrift, die offen vor ihm lag.

„Sind Sie etwa an Schußwaffen oder Landminen interessiert?"

„Könnte möglich sein!"

„Falls ja, habe ich einen Freund, den Sie treffen müssen!"

„Ich bleibe hier. Bringen Sie Ihren Freund mit der Ware hierher!"

„Du bist cool", trällerte der Mann. „Wenn das eine Bullenfalle wäre, dann hätte ich dich an einen Platz geführt, wo alles aufgenommen worden wäre. Du bist ein smarter Junge. Ich bin in fünf Minuten zurück."

Blake maß diesem Lob keine größere Bedeutung zu. Schmeichelei war eine Verkaufstechnik, die er selber oft benutzte. Sein Herz schlug heftig. War das ein echtes Angebot, dann waren die Verkäufer verzweifelt daran interessiert, ihre Ware loszuwerden. Das bedeutete, daß die Waffen heiß waren und möglicherweise bei einem Mord benutzt worden waren. Der Skinhead dachte über eine wirksame Handelsstrategie nach. Er würde den Händler auf das Dach eines Hauses am oberen Ende der Dean Street führen und dort das Geschäft abschließen. Da dieses Problem gelöst war, wanderten Blakes Gedanken wieder zurück in die Vergangenheit.

Er dachte an Jim Cross, einen Punk, der aus Stevenage stammte. Er war ein absoluter UK Subs-Fan gewesen. Blake hatte sich nie viel aus Charlie Harpers Bande gemacht, obwohl er sie wirklich mehr als genug gesehen hatte. Einmal hatten er und Jim die Subs an irgendeiner Universität in der weiteren Umgebung Londons gesehen. Sie hatten zwei Bienen aufgerissen und waren nicht über Gebühr beunruhigt, daß sie den letzten Zug zurück nach London verpaßt hatten. Erst später mußten sie feststellen, daß ihre beiden Puppen noch bei den Eltern wohnten und diese einen Nervenzusammenbruch bekommen würden, wenn ihre Töchter fremde Jungs anschleppen würden. Terry und Jim schoben mit den Girls eine schnelle Nummer im Park der Universität und blieben dann sich selbst überlassen.

Irgendwie gelangten sie in ein Studentenwohnheim und schlossen sich in einem Etagenbad ein. Blake legte sich in die Badewanne und Jim streckte sich auf dem Boden aus. Um fünf Uhr morgens versuchte ein Student hineinzukommen, weil er auf den Lokus wollte. Er hämmerte an die Tür und als er keine Antwort erhielt, hatte er nicht den Takt und die Intelligenz, auf ein anderes Klo zu gehen. Stattdessen brach der Wixer die Tür auf. Als sie aufschwang, kriegte Jim einen ordentlichen Schlag auf den Kopf und der Nichtgraduierte den Schock seines Lebens. Der Student floh voller Schrecken, als er einen Punk und einen Skinhead regungslos daliegen sah.

„Entschuldigen Sie“, sprach eine Mieze mit ausgeprägtem fremden Akzent Terry an und unterbrach seinen Gedankenfluß, „wissen Sie, wo ich finden kann Mann als Freund?“

„Da drüben“, antwortete Terry und deutete auf eine Gruppe männlicher Jugendlicher.

„Magst du meinen Körper nicht?“ fragte das Mädchen und schob ihre Brüste in Richtung Terry.

„Sehr hübsch“, antwortete der, „aber ich warte auf jemanden. Warum schreibst du mir nicht deinen Namen und deine Telefonnummer auf, dann ruf ich dich an, sobald ich ein bißchen Zeit habe.“

„Okay“, sagte das Girl affektiert und notierte ihre näheren Angaben.

Terry brauchte nicht lange auf den Waffenhändler und seinen Kumpel zu warten. Der Boot-Boy merkte gleich, daß es Armeeangehörige waren, die ihre Ware aus dem Waffenlager ihrer Kompanie hatten. Diese Männer waren alles andere als harte Profis. Blake stellte sich vor, wie er ihre Ware spottbillig kaufen und sie dabei glauben lassen würde, daß er Höchstpreise zahlte. Also führte er die beiden in die Dean Street. Mit Hilfe der Klingel für Kunden kamen sie in ein Gebäude, daß aus lauter viel zu teuren Büros bestand. Terry ging voran aufs Dach. Die beiden Armeetypen folgten ihm über Vordächer und Mauern, bis sie an eine Stelle kamen, von wo die Oxford Street und die Tottenham Court Road einzusehen waren.

Terry merkte mit Vergnügen, daß die Soldaten von seiner Taktik schon schwer entnervt waren. Er würde die beiden dazu bringen, zu wünschen, diese Waffen niemals geklaut zu haben. Er wollte ihnen eine solche Angst einjagen, daß sie Vibrationen aussandten, die die Moral ihrer gesamten Truppe senken würde. Der Boot-Boy nahm den Seesack, den sie ihm hinstreckten. Darin waren sechs Landminen, zwei M 1921 Thompson Mehrladegewehre und eine Handvoll Munition. Blake nahm eines der Gewehre und lud es durch. Die Armeetypen schwitzten übermäßig. Sie waren davon überzeugt, daß ihr potentieller Kunde ein beglaubigter Irrer war.

Inspektor James Stephen war verdammt in Sorge um sich, als er aus der Polizeiwache in der Tottenham Court Road trat und Richtung Süden ging. Die verrückten Linken im Hackneyer Gemeinderat waren auf seine Haut aus. Er war als faschistischer Bulle gebrandmarkt worden, der unfähig war, eine höhere Stellung einzunehmen. Stephens hatte alle seine Kumpel im Sicherheitsdienst des Westends angerufen und um Unterstützung gebeten, damit er diesen Sturm überstehen konnte. Hätte er nur nicht die Worte „Nutten“ und „Farbige“ gebraucht in seiner letzten Rede auf einer Wohltätigkeitsveranstaltung! Selbstverständlich benutzten seine Kollegen diese Worte oft und gern, aber doch nicht in der Öffentlichkeit.

Terry hatte keine Ahnung, daß Inspektor Stephens Gefahr lief, seinen Job zu verlieren. Soweit es den Skinhead anging, galt: Ein Bulle ist ein Bulle ist ein Bulle. Das Einzige, was diesen

Polizeioffizier von allen anderen unterschied, war, daß er gerade vor Terrys Flinte lief. Der Boot-Boy lächelte, als er den Abzug drückte und den Bullen zusammenbrechen sah. Der Bastard war sofort tot, eine Kugel war in sein Gehirn eingedrungen. Blake war versucht, sich umzudrehen und die beiden Armeetypen auch umzulegen, aber er widerstand dem Drang.

„Zweihundert", sagte er.

„Das Material ist zehnmal soviel wert, außerdem müßtest du schon Miete für die Knarre zahlen, weil du sie zum Schießen benutzt hast!" moserte einer der Soldaten herum.

„Ich hab bloß einen Bullen abgeknallt. Wie steht's mit vierhundert?"

„Nein, wir ..."

Der zweite Armeetyp brachte seinen Kollegen zum Schweigen: „Nimm es, Neil, verdammt nochmal, nimm die Kohle. Laß uns abhauen!"

Terry machte sich einen perversen Spaß daraus, möglichst langsam das Geld abzuzählen. Die Soldaten standen unter so furchtbarem Streß, daß sie ihre Bewegungen nicht mehr richtig koordinieren konnten. Blake blieb cool, bis die beiden Trottel verschwunden waren. Dann erst begann er zu zittern. Er hatte noch nie zuvor jemanden umgebracht! Nachdem er sich ausgekotzt hatte, erwachte sein Selbsterhaltungstrieb wieder. Er sammelte seine Sachen zusammen und sah zu, daß er verschwand.

ZEHN

George Johnson drehte seinen Kopf und musterte sorgfältig die aufmarschierten Truppen seiner United Britons Party. Als seine Parteigänger im Parademarsch in die Sandringham Road einbogen, boten sie ihrem Führer einen alles andere als einschüchternden Anblick. Trotz der fünfunddreißig Jahre, die Johnson hingegeben hatte, um eine nationalistische Bewegung zu gründen, hatte dieser Aufmarsch weniger als fünfzig Hardliner der extremen Rechten zu versammeln vermocht. Schlimmer noch, die Mehrheit waren Skinheads, die lediglich die Bullen haßten und keine Ahnung davon hatten, wie Britannien einst wieder zu einer organischen Gemeinschaft werden konnte. Johnson konnte seine Verachtung nur schwer gegenüber Dummköpfen verbergen, denen jeder Sinn für weiße Solidarität abging und die stattdessen in einem irrationalen Stolz auf ihre Herkunft aus der Arbeiterklasse beharrten.

Mehrere Geschäfte waren in Erwartung von Unruhen mit Brettern vernagelt worden, aber bis jetzt war kein Zeichen einer linken Gegendemonstration sichtbar gegen diese Knallköpfe und Verrückten, deren infantile Fantasien sie dazu brachten, an die Existenz einer Herrenrasse zu glauben. Johnson hatte gemischte Gefühle ob dieser Situation. Einerseits bedeutete sie, daß die UBP die Antifaschisten als ängstliche Feiglinge geoutet hatte, die die massierten Reihen der Nationalsozialisten im offenen Kampf nicht anzugreifen wagten; andererseits war der Miniatur-Diktator besorgt über das Fehlen eines offenen Feindes, das machte seine Truppen unruhig und verärgerte sie. Er brauchte gewaltsame Zusammenstöße auf der Straße, um Wischiwaschi-Patrioten in nationalistische Hardliner zu verwandeln! Und die begrenzte Unterstützung durch die Skinheads würde die UBP ebenfalls verlieren, wenn sie den Boot-Boys keine Randale bieten konnte. Dieser Aufmarsch und die ganze Kampagne waren gestartet worden für eine härtere Law-and-Order-Gesetzsprechung. Johnson befürchtete, daß er als Lacherfolg enden würde, wenn es dieser politischen Provokation nicht gelang, die Roten dazu zu bringen, sein Recht auf freie Meinungsäußerung gewaltsam zu unterdrücken. Es war schwierig, für eine Verstärkung der Polizeikräfte zu demonstrieren, wenn nicht zugleich weite Teile der Bevölkerung zu Gewalttaten aufgehetzt werden konnten.

Tausende von Polizisten eskortierten die siebenundvierzig UBP-Anhänger zum östlichen Ende der Sandringham Road, wo eilig eine Rednertribüne aufgebaut worden war. James Morose, der Leutnant von Johnson, war der erste, der schwallen und faseln durfte. Als achtunddreißig Skinheads *Sieg Heil!* zu brüllen begannen, unterbrach Morose seine Hetzrede und zankte seine Zuhörer aus.

„Nicht das, das andere", zischte er und schrie dann laut: „WHITE POWER, WHITE POWER!"

Spin Harris war schon durch den bisherigen Ablauf des Aufmarschs gelangweilt und das hier brachte das Faß zum Überlaufen. Politik kümmerte ihn einen Scheißdreck, er machte nur mit bei UBP-Aufmärschen, um die Mitteklasse-Trendies das Fürchten zu lehren. Sogar in seinen Ohren klang der Slogan „White Power“ nur lächerlich, denn die Oberklasse, die das Land regierte, war arisch bis zum letzten Mann. Die United Britons hatten es nicht einmal geschafft, den versprochenen Krawall zu liefern, und jetzt hatten sie auch noch die Stirn, ihm vorzuschreiben, welche Parolen er brüllen sollte.

George Johnson hatte nichts dagegen, daß seine Anhänger Anleihen beim deutschen Sprachgebrauch machten. Was ihm jedoch zusetzte, waren die linken Arme, die die Hälfte der Glatzköpfe hob, während sie den arischen Schlachtruf ausstießen. Diese Skinheads waren fixiert darauf, sich ein antisoziales Image zu geben, und hatten kein Gefühl für die lebendige Flamme des Nazitums, für dessen Bewahrung Führer Johnson sein Leben lang gekämpft hatte. Wäre ihm bloß größerer politischer Einfluß vergönnt gewesen, dann hätte er sofort jeden Dummkopf streng bestraft, der sich nicht der simplen Tatsache erinnerte, daß loyale faschistische Kader den Römischen Gruß nur mit der rechten Hand machten.

Johnson hatte noch Schaum vor dem Mund, als er auf die Tribüne stieg, um seine Truppen aufzurütteln, die auf Moroses Anstrengungen nur lauwarm begeistert reagiert hatten. Zuerst sprach der Führer nur zögernd. Seine Rede kreiste um die üblichen paar überstrapazierten und uninspirierten Themen wie die Banken, die Juden, die Weltverschwörung und Führerschaft. Dann, ohne Vorwarnung, schaltete Johnson einen Gang höher: „Arbeit! Ehre! Die Fahne!“ brüllte er und schlug sich dazu auf die Brust.

„Was für einen verdammten Scheiß erzählst du uns da?“ ertönte Terry Blakes laute Stimme aus der Menge.

„Arbeit, Ehre und die Fahne“, wiederholte Johnson lahm.

„Und was ist damit los?“

„Als Nationalisten ist es unsere Pflicht, uns diesen Dingen zu opfern“, mümmelte der Führer.

„Hab verdammich noch nich gemerkt, daß du irgendwelche beschissenen Opfer bringst“, rief Spin Harris. „Du bist genau so mies wie die verdammten Liberalen, die die Arbeiterklasse ausbeuten.“

Mit diesen Worten sprang Spin auf die Tribüne, mehrere seiner Kumpel taten es ihm augenblicklich gleich und zusammen besorgten sie Johnson eine ordentliche Tracht Prügel. Führer George kreischte in Todesangst, als es Stiefeltritte gegen seinen hingestreckten Körper regnete. Er schaffte es, sein Gesicht mit den Armen zu schützen, aber die Stahlkappen forderten immer noch einen schrecklichen Blutzoll, als sie in seine Knochen krachten. Doch dann, in seiner Agonie, fand sich Johnson wieder, wie er auf seine Peiniger heruntersah, als sie wörtlich genommen die Scheiße aus seiner sterblichen Hülle herausprügelten. Gitter aus weißem Licht zertrennten seinen Körper. Als der Faschist an seinem eigenen Blut würgte, verbargen dunkle Dämpfe die silberne Schnur, die seinen Geist noch mit seinem Körper verband. Das Blut quoll aus Johnsons Mund und die letzten Fäden, die ihn an diese Welt gebunden hatten, zerrissen.

Morose und der Rest der UBP-Führung versuchten unauffällig zu verschwinden, wurden aber durch die Bullen daran gehindert. Eine Faust, auf deren Knöchel die Buchstaben HASS tätowiert waren, donnerte an den Kiefer des Leutnants, und er taumelte zurück, spie einen Schwall Blut und die angelegentlichen Stücke abgebrochener Zähne. Als Morose zu Boden sank, kamen schon die ersten Tritte, die er so reichlich verdiente. In seiner Nähe duckten sich schreckensbleich weitere Mitglieder der alten Garde der UBP. Die Bullen waren der Meinung, daß Johnson und seine Kumpane die Attacke auf die Polizeiwache in Hackney für ihre Zwecke ausnutzen wollten, und hatten nichts dagegen, wenn sie nun Prügel bezogen. Ihr Befehl lautete lediglich, die UBP vor den Roten zu schützen, und sie hätten nichts gegen die Gelegenheit gehabt, ein paar antifaschistische Köpfe einzuschlagen. Da jedoch Führer George die Roten nicht gegen sich hatte mobilisieren können, begannen die Bullen langsam abzurücken, nachdem sie zugeschaut hatten, wie Johnson von seinen eigenen Anhängern zu einem blutigen Brei geschlagen worden war.

Terry Blake sah sich die Verwüstung genau an und schwelgte in gehobener Stimmung. Trotz aller Anstrengungen der Mittelklasse-Linken hatten die meisten Boot-Boys einen hochentwickelten Sinn für Klassenbewußtsein. Diesen Wixern, die eine faschistische Bedrohung konstruierten, die ihren eigenen Zielen in die Hände spielen würde, war es nicht gelungen, die Skinhead-Bewegung in einer moderne Version der Hitlerjugend umzulügen. Der *Anti-Fascist Probe* und seinesgleichen verbanden auf immer und ewig Millimeterschnitt mit Nazigewalt, aber die

Tatsache blieb, daß der Stolz, mit dem die Skinheads auf ihrer Herkunft aus der Arbeiterklasse bestanden, sie immun gegen das Denken der extremen Rechten machte.

Während Terry noch grübelnd dastand, wurde er von Spin Harris gepackt und auf die Rednertribüne geschoben. Die Jungs wollten eine Rede von ihm. Blake begann langsam. Doch als sein Selbstvertrauen wuchs, strömten die Worte nur so aus ihm heraus. Ein Licht schien über ihm zu leuchten und Hochrufe erschollen aus der Menge, als er verkündete, daß die Arbeiterklasse kein Heimatland hatte.

Anarchie! Kreative Faulheit! Polymorphe Perversionen! Für Spin Harris war es sehr schwierig, eine rationale Einschätzung dessen zu treffen, was er da zu hören bekam. Konnte solch ein Programm die Jugendlichen einen, deren Geist durch die bürgerliche Ideologie getrübt war?

Ein Feuer begann in den Herzen der versammelten Boot-Boys zu brennen. Ihre grauen Gesichter hellten sich auf in Hoffnung. Ein Skinhead hob die Faust zum Gruß der proletarischen Revolution. Ein anderer riß sich das Ben Sherman-Hemd vom Leib und wischte sich mit dem strapazierfähigen Oxford-Gewebe die feuchten Augen. Zur gleichen Zeit legten mehrere Skins Feuer an zu Boden geworfene Union Jacks. Heiße und kalte Schauer rannen durch Spin Harris' Körper. Zum ersten Mal in seinem Leben spürte er die mächtigen Möglichkeiten der Arbeitersolidarität. Er sah erstaunt, wie zwei seiner Kumpel hochhüpften und „Hurra!" schrien.

Terry sprach und riß Schleier um Schleier der Illusion weg, entlarvte Faschismus und Demokratie als den Januskopf des Kapitals. Statt ein kommunistisches Utopia zu schaffen, hatten die beiden Ideologien die Welt zu einer rauchenden Ruine gemacht. Über Jahre hinweg hatte ein Sinn für den antibolschewistischen Kommunismus im Bewußtsein von Spin Harris geruht. Unter Terrys Einfluß nahm er Gestalt an und wurde ein greifbar Ding.

Revolution! Revolution!

Über den Ruinen stand Blake tollkühn und hißte die schwarze Flagge des Nihilismus. Ein Soul Brother, der zufällig in die Sandringham Road einbog, wurde auf Skinhead-Schultern gehoben.

„Genosse!" schrien die Boot-Boys spontan.

„Wir sind alles Genossen“, erwiderte der Soul Brother. „Wir müssen vereint und Seite an Seite stehen!“

Spin Harris wurde von Emotionen überwältigt. Gefühle, die er seit Jahren unterdrückt hatte, kamen aus den tiefsten Tiefen seines Inneren. Eine übermächtige Kraft trieb ihn auf die Rednerbühne. Er stand da und blickte in Terrys Gesicht. Blake war nicht einer dieser üblichen Phrasendrescher, er war das Sprachrohr des Chaos selbst! Seine Augen waren bodenlose Abgründe und auf seiner Stirn stand der Schweiß. Er stach mit seinen Fäusten in den Himmel. Wort um Wort, Satz um Satz dröhnte von seinen Lippen, wie wenn ein Vierzigtonner die East India Dock Road entlangdonnerte. Harris wußte nicht länger, was er tat, er gab sich gänzlich den Empfindungen der Lust hin, die sein Inneres überschwemmten.

„Hurra“, schrie er, „die Arbeiterklasse verlangt das Recht, auf alle Fahnen aller Konsulate zu scheißen!“

Blake sah auf den Boot-Boy hinunter, die schwarzen Löcher seiner Augen saugten Harris ein wie eine geile Fotze. In diesem kurzen Moment der Vereinigung wurde Spin wiedergeboren. All der Unrat, der ihm den Geist verstellt hatte, wurde in einer Sintflut von Körperflüssigkeiten hinweggeschwemmt. Mit den narkotisierenden Endorphinen als Sturmtruppen hatte die allmächtige DNS die Kontrolle über Spin Harris' Gesamtheit übernommen. Zumindest wußte Harris, daß seine Zukunft jenseits des Tores lag, das sich ihm in die Wildnis geöffnet hatte. Er brauchte nicht den Sinn der Worte zu verstehen, die er hörte, er war berauscht durch das Versprechen der Freiheit.

„Genossen! Anarchie! Kreative Faulheit! Polymorphe Perversionen!“ schrie er triumphierend.

Und indem Harris diese Worte brüllte, wurde ihm vollends bewußt, wie seine eigene Macht aus dem Fühlen der gegenseitigen Interessen entstand und zur Arbeitersolidarität wurde. Er verstand endlich, daß seine eigene Autonomie nur durch eine proletarische Revolte verwirklicht werden konnte. Gebt uns ein paar Monate und es werden Arbeiterräteversammlungen im Victoria Park stattfinden! Spin wußte, daß der einzige Weg vorwärts der bewaffnete Kampf gegen den Staat war. Das war das einzige Mittel, mit dem die Massen ihren kommunistischen Sieg sichern konnten.

„Wir müssen so schnell wie möglich Westminster einnehmen!“ brüllte Terry.

Die Skinheads marschierten wie ein Körper mit hundertsechsundfünfzig exakt gerichteten Extremitäten. Die achtundsiebzig Beine, die sich in wohlkoordinierter Grazie hoben und senkten, waren mehr untereinander verbunden als mit den Körpern, zu denen sie gehörten. Diese Boot-Boys waren in der Schule männlicher Sklaverei gedrillt worden und hatten ihre Sexualität durch das Funktionieren der Maschine ersetzt. Die Zukunft von Fick und Orgasmus hatte mehr mit der schonungslosen Geschwindigkeit postindustrieller Produktion zu tun als mit altmodischer Penetration. Die Phalanx der Boot-Boys bewegte sich hin zur Mare Street, wo sie einen Bus der Linie 106 übernahmen.

Die Skinhead-Sturmtruppen waren auf ihrem Weg nach Westminster viel schneller als die Polizeiverstärkungen, die aus dem East End geholt worden waren, um den Aufstand im Herzen Londons zu ersticken. Der Bus donnerte Whitehall hinunter und mehrere Bullen fanden sich auf der Straße verteilt wieder, nachdem der 106er in vollem Tempo ihre Reihen durchbrochen hatte. Die Skinheads fügten sich in die Masse aus Anarchisten und Soul Brothers ein, die gerade wegputzten, was noch an Polizei da war und sie hindern wollte, in den Trafalgar Square zu stürmen, von wo der Aufstand sich ausbreitete in die Charing Cross Road, die Mall und die Strand.

Terry stürzte in die entgegengesetzte Richtung, zum Fluß. Er wollte Joyce finden und sie in den Armen halten, während sie zusahen, wie das Parlament in Grund und Boden brannte. Es würde Stunden dauern, bis die Bullen die Gegend wieder unter Kontrolle hatten. Ein großer Teil der Londoner Polizeigewalt befand sich immer noch in Hackney, um den UBP-Marsch zu schützen. Deswegen hatten Jackie und Winston den Westminster-Aufruhr zur gleichen Zeit geplant wie diese faschistische Provokation. Statt zuzusehen, wie gewöhnlicher Menschen Heim und Herd bei Straßenschlachten zwischen faschistischen und antifaschistischen Demonstrationen in Schutt und Asche gelegt wurden, hatten die beiden Männer beschlossen, daß der Klassenkrieg am wahrhaftigen Sitz der bürgerlichen Macht stattfinden sollte. Terry hatte Kahn ausgesandt, um ein Auge auf die UBP-Kundgebung zu haben und jede Gelegenheit dazu zu benutzen, die Handvoll Rassisten, die der Skinhead-Bewegung einen Bärendienst erwiesen, aufzurütteln und auf ihre Klasseninteressen hinzuweisen. Blake hatte einen größeren Erfolg gehabt, als vernünftigerweise zu erwarten war!

Der Parliament Square war ein Aufruhr aus Farben und Aktion. Flammen schlugen aus dem Big Ben und der Westminster Abbey. Die Kämpfe hatten sich die Millbank hinuntergezogen und diejenigen, die noch im Zentrum des Aufstands tätig waren, erfuhren nun, daß die Tate Gallery brannte. Die Nachricht, daß Werte von Milliarden an moderner Kunst in Rauch aufgingen, ließ die Menge laut jauchzen. Als von der Straße gehärtete Proletarier verstanden sie die unterdrückende Funktion der bürgerlichen Kultur. Sie würden eine neue Welt aufbauen ohne Kunst oder sonst irgendeinen elitären Dreck, der der noch herrschenden Gesellschaft so teuer war. Es muß nicht extra erwähnt werden, daß fixe Jungs unter den Militanten Einrichtungen wie der National Gallery, dem Institute of Contemporary Arts und zahlreichen anderen Palästen und fremden Botschaften dasselbe Schicksal völliger Zerstörung auferlegt hatten wie die Aufständischen in den bereits befreiten Gebieten.

Terry fand Joyce mitten auf dem Parliament Square. Sie lag in seinen Armen, als Big Ben in sich zusammenkrachte und seine Trümmer in die Themse klatschten. Die Genossen lachten wie verrückt, als dieses Symbol imperialistischer Unterdrückung endlich vom Gesicht Londons verschwand. Um ihrer Freiheit willen mußten sie ausradieren, demolieren, liquidieren, zerstören – jene Architektur, die sich eine Bourgeoisie gegeben hatte, um die Herrschaft ihrer Klasse für immer zu zementieren. Diese Stadt mußte brennen, brennen, brennen, bevor zerstörerische Wut zu orgiastischer Erlösung fand. Die Parlamentsgebäude als rauchende Ruinen machten Terry und Joyce auf jeden Fall geil wie zehntausend Kosaken.

Das allmächtige Beben, das den Einsturz des Daches der Westminster Abbey begleitete, vervielfachte die Dringlichkeit ihrer Lust. Seit dem siebten Jahrhundert hatte hier eine Kirche gestanden. Im elften Jahrhundert hatte Edward der Bekenner den Grundstein gelegt für die bis vor kurzem noch bestehenden Gebäude. Henry der Dritte begann 1245 eine großzügige Umgestaltung: die Gründung einer Abtei, die nun durch die flinken Hände eines proletarischen Mobs zerstört worden war. Klösterliche Einrichtungen und Gebäude für die Mönche kamen im vierzehnten Jahrhundert dazu, das Haupt- und das Nebenschiff wurden renoviert. Im sechzehnten Jahrhundert ließ Henry der Siebte die östliche Kapelle bauen, die nach ihm benannt wurde. Mit Ausnahme von Edward dem Fünften und Edward dem Achten war jeder englische Monarch seit Wilhelm dem Eroberer in der staubig-düsteren Aura dieser architektonischen Mißgeburt gekrönt worden. Unzählige Mitglieder der Aristokratie waren innerhalb dieser Mauern begraben, und es war gut zu wissen, daß jetzt wenigstens ihre Knochen geröstet wurden. Die Zerstörung dieses Denkmals bedeutete nichts weniger als das Scheitern des christlichen Experiments in Britannien und die Rückkehr zu den traditionellen heidnischen Werten der polymorphen Perversion. Und wenn die königliche Familie es mit der Religion, die sie den unwilligen niederen Klassen aufgehalst hatte, weitertreiben wollte, dann konnte die gesamte Familie Windsor nach Rom reisen und den Papst ficken – die Massen hatten keine Verwendung mehr für überbezahlte Schmarotzer, deren genetischer Pool über die Jahrhunderte hinweg durch Inzucht völlig vergiftet war.

Hand in Hand rannten Terry und Joyce durch die Victoria Tower Gardens. Als sie das Themseufer erreicht hatten, lehnten sie sich über die Steinbrüstung und unter sich sahen sie das, was sie zu finden gehofft hatten. Joyce sprang in das Ruderboot hinunter, dann streckte sie ihre Arme aus, wie um Terry aufzufangen, der langsam herunterkletterte, um sich dann Joyces Umarmung hinzugeben.

Als Terrys Lippen die von Joyce trafen, dachte das Mädchen von Sieben, so würde sie wohl niemals mehr lieben! Sie wollte gerne wissen, ob der Boot-Boy ihr die Seele aus dem Körper saugte. Stück um Stück hob sie den Mantel des Zynismus, der Blake umhüllte, und die heftige Liebe, die sie dafür erhielt, entschädigte sie für alle Anstrengungen, Blake wieder zu einer ganzen Person zu machen. Joyce glaubte daran, daß Terry zuerst die frustrierten Wünsche seiner Jugend verarbeiten mußte, bevor sie beide sich niederlassen und eine Familie gründen konnten. Selber hatte sie nie der anarchistischen Ideologie von der Zerstörung des Staates angehangen – aber wenn es das war, was ihren Mann glücklich machte, dann war Joyce mehr als bereit, sämtliche Teile Londons auszuradieren, die in irgendeiner Form der Regierungsmaschine dienten. Aus diesem Grund hatte sie

Jackie und Winston geholfen, den Westminster-Aufstand auszulösen, und Terry zur Unterwanderung der faschistischen Jugend ausgesandt. So wie der Boot-Boy seine Hand in den Bund ihrer Levis schob, wurde Joyce in ihrer Arbeit bestätigt, die darin bestand, jene Spannungen zu lösen, die sich während der unlösbaren psychischen Konflikte in Terrys Jugendjahren aufgebaut hatten.

Als der Skinhead an ihrem Liebesknopf herumfingerte, legte Joyce ab und ließ das Boot von der Flut ostwärts tragen. Terry hatte zwei Finger in ihrer Möse, als die Nußschale in die Mitte der mächtigen Themse getrieben wurde.

„Nein! Ich will dir einen abkauen", krächzte Joyce, als Terry an ihrem Körper hinunterglitt und ihre Höhle zu lecken begann.

Die Hippiefrau zog ihn wieder hoch und kniete sich ihrerseits hin. Als sie elegant den Schwanz des Boot-Boys aus der Hose geholt hatte und er in ihrer Handfläche hart geworden war, zogen Sturmwolken über London auf. Joyce nahm den vorderen Teil von Blakes großem Werkzeug in den Mund, während sie gleichzeitig mit der Hand an der Wurzel arbeitete. Sie wußte, daß bei Terry die Sprache die Funktion einer Körperpanzerung übernommen hatte, und war daher nicht überrascht, als er Abiezer Coppes „Fiery Flying Roll" zu zitieren begann.

„Also sprach der Herr", heulte Blake und die Worte kamen direkt aus seinen Eingeweiden: „Ich sage Euch, daß ich werde umstürzen, umstürzen, umstürzen."

Als Blake den anarchistischen Klassiker deklamierte, fielen schwere Regentropfen auf seinen rasierten Schädel. Ein kalter Wind nahm die Wärme des Sommerabends mit sich und wühlte das Wasser der Themse auf. Aber Terry stand aufrecht, auch als das Boot zu schaukeln begann und Joyce seinen Schwanz mit ihrer Zunge bearbeitete.

„Sehet! Ich, der ewige Gott, der Herr der Heerscharen, komme mit einer Absicht und komme mit einem Zeugnis, anzugleichen die Hügel den Tälern und die Berge niederzulegen."

Fernes Donnergrollen ertönte und der Sturm begann zu wüten. Der Regen schlug gegen Blake, als er seine trotzige Botschaft zu den Sternen sandte. Das Ruderboot wurde vom Wellengang hin- und hergeworfen und die beiden Insassen drohten in das tiefe Wasser zu stürzen, das sie umtoste. Joyce erhöhte die Dringlichkeit und Terry gab sich unerhörtem Vergnügen hin.

„Denn der Tag wird kommen, da der Herr der Heerscharen jeden niederdrücken wird, der stolz ist und hochmütig, und jeder, der sich selbst erhöht, wird erniedrigt werden."

Ein Augenblick lang erleuchtete ein Blitz den Boot-Boy, der seinen Kopf zurückgeworfen und seine Arme zum Himmel gestreckt hatte. Die Polizisten auf der Westminster Bridge, die eine nur dünne blaue Frontlinie bildeten, um Süd-London vor den Verwüstungen durch proletarische Aufständische zu schützen, grinsten gottlos, als sie für einen Moment das Mädchen sahen, das den Liebesmuskel des Skinheads mit Zunge und Zähnen bearbeitete.

„In jenen Tagen soll ein Mann seine Götter aus Silber und seine Götter aus Gold fortwerfen, zu den Fledermäusen und den Maulwürfen. Denn der Herr ERHEBT sich, um die Erde in Schrecken erzittern zu lassen."

Die ungewöhnlichen atmosphärischen Verhältnisse ließen Terrys Stimme über London wegdonnern und Tausende von Menschen hörten die Botschaft. Viele Frauen und Männer erzitterten, denn sie dachten, daß unversehens die Letzten Tage angebrochen waren.

„Erinnert Euch des Vorgängers, der die Mächtigen erniedrigte und die Niedrigen erhöhte."

Joyce bearbeitete Terrys Schwanz wütend mit der Hand.

„Ich will, daß du jetzt kommst", schluchzte sie, bevor sie das Glied wieder in den Mund nahm. Es war, als ob Blakes Libido versteinert wäre. Die Worte aus Feuer und Stahl, die aus ihm sprühten, hatten die flüssigen Gene ersetzt, die sonst bei sexueller Stimulation seinem Körper entsprangen.

„Minister, fette Pfaffen, Bischöfe, Prediger und Monarchen sind die Hauptinstrumente all jenes greulichen Abscheus gewesen, der da nach Rache schreit."

Terrys Rücken wurde steif, als Joyce seinen Schwanz fast verschluckte, und die brüllenden Wassermassen trieben sie unter die Blackfriars Bridge. Der Regen trommelte auf die beiden Gestalten wie Maschinengewehrsalven in eine feindliche Phalanx. Der Rachen der Hölle hatte sich vor ihnen geöffnet und spuckte Chaos aus. Blake war bis auf die Haut durchnäßt und die Feuchtigkeit drohte, in das Innere seines Seins zu sickern. Nur indem er alle seine Energien auf die Worte konzentrierte, die er zitierte, rettete sich der Skinhead vor dem Brechreiz, der seine Hände zittern ließ. Er würde den flüssigen Genen, die in seinen Hoden tobten, nicht erlauben, durch seinen pochenden Liebesmuskel zu kochen. Solch eine Sintflut würde die Grenzen niederreißen, die er so sorgfältig um die muskuläre Struktur seines körperlichen Seins errichtet hatte.

„Wir sollten trunken sein an jedem Tag der Woche und mit Huren liegen auf dem Marktplatz und dies als die besseren Taten rühmen, denn des armen, versklavten, mißbrauchten Ackersmannes Geld zu rauben."

Die Strömung toste um das kleine Boot und es schoß unter der Southwark Bridge hindurch wie ein Geschoß, daß das Gehirn eines SA-Mannes zerfetzte. Joyce bearbeitete weiterhin Terrys Schwanz: unten mit der Hand, oben mit dem Mund. Blakes Augen strahlten in hellem Blau, während die flüssige DNS in seinem Unterleib kochte, aber mit der reinen Kraft seines Willens hielt er sie davon ab, in diese Welt der Illusion hinauszuspritzen.

„Seid nicht länger so schrecklich, höllisch, unverschämt, anmaßend, verrucht, zu urteilen, was Sünde sei und was nicht, was böse sei und was nicht, was Gotteslästerung und was nicht. Denn Ihr und all Eure ehrwürdigen Gottesdiener, so genannt, denn Diener für Fron, Dienst und Geld, und dem Herrn Jesus Christus dienen für die eigenen Bäuche – Ihr wißt nichts von solchen Dingen.

Jammert, Ihr Reichen, denn das Elend wird über Euch kommen, der Rost Eures Silbers lodert auf als Urteil über Euch und verbrennt Euer Fleisch mit Feuer."

Joyce machte sich in zunehmender Raserei an Terrys Schwanz zu schaffen, während das Boot durch das aufgewühlte Wasser um die London Bridge sauste. Blake wußte, daß er seine flüssigen Gene nicht mehr lange zurückhalten konnte. Seine Stimme war rauh und er schrie Coppes Traktat hinaus, als hinge sein Leben davon ab, es bis zum Ende rezitieren zu können.

„Der schreckliche Tag des Gerichts wird über Euch kommen, innerhalb dieser wenigen Stunden."

Als Terry dies deklamierte, kam er in den Mund von Joyce. Ein Orgasmus brandete durch ihren doppelten Körper und das Boot wurde von dem wütenden Wasser der Themse unter die London Bridge gerissen.

„Und weil Ihr mich gerichtet habt, werde ich Euch richten mit einem Zeugnis, das in Bälde zu erwarten ihr besser tut."

Der Boot-Boy spürte, wie ihn die Dunkelheit umfing. Er hatte keine Kraft mehr, sich gegen die schwarze Wolke der Bewußtlosigkeit zu wehren. Es gab keine klaren Grenzen mehr, die seine Persönlichkeit beschränkten. Joyce fing Terry auf, als er zusammenbrach.

Das Boot lief an der Nordbank von Greenwich Reach auf Grund. Das Mädchen von Sieben warf Blake über ihre Schulter und trug ihn zu seiner Wohnung im Samuda. Sie zog ihm die zerrissenen Fetzen aus und rieb ihn trocken, dann steckte sie den immer noch bewußtlosen Boot-Boy ins Bett.

ELF

Die Geräusche von Joyce, die in der Wohnung rumfuhrwerkte, weckten Terry aus tiefem Schlaf. Ein dumpfer Schmerz machte seinen Körper gänzlich gefühllos. Jedesmal wenn er die Augen aufschlug, schoß ein stechender Schmerz durch seinen Kopf. Er rollte sich zusammen wie ein Fötus und schlief wieder ein.

Er schnarchte noch, als Joyce das Tablett mit dem Frühstück neben das Bett stellte und zurück in die Federn kroch. Sie umarmte Terry und schüttelte ihn sanft.

„Wie spät ist es?" fragte er schläfrig, als er das zweite Mal an diesem Morgen erwachte.

„Zehn nach acht."

„Zeit für einen Fick!" meinte der Skinhead resolut und versuchte, sich auf Sex umzustellen. Er war fest davon überzeugt, daß Selbstdisziplin der sicherste Weg war, den eigenen Körper von Schmerzen frei zu machen.

„Wir frühstücken nur zusammen, ich habe geschäftlich zu tun und muß bald gehen", erwiderte die Hippiefrau. „Außerdem solltest du dich ein bißchen erholen, wir hatten eine wilde Zeit letzte Nacht."

Normalerweise war Blakes Glaube an den Wert körperlicher Ertüchtigung unerschütterlich, aber die Exzesse der letzten vierundzwanzig Stunden ließen ihn nun anders denken. Auch wenn er sonst Miezen mit Heldentaten seiner physischen Ausdauer schwer beeindruckte, so war er für dies eine Mal froh, daß er nicht ran mußte. Joyce ihrerseits war natürlich nie abgeneigt, die spezielle Art und Weise, wie der Boot-Boy Liebe machte, zu genießen, aber sie sah seine momentane schwächliche Konstitution als ideale Gelegenheit an, ihm klarzumachen, daß ihre Beziehung auf Tieferem und Dauerhafterem basierte als bloßer körperlicher Anziehung.

„Ich habe einen verdammt seltsamen Traum gehabt", erzählte Terry, als ihm Joyce eine Tasse Tee reichte. „Die Königin ist an Aids gestorben. Dann hat irgendein Reporter herausgefunden, daß Prinz Philip impotent war und Lizzie also auf der Straße Hurengänger aufgelesen hat. Die Zeitungen hatten ihren großen Tag und das britische Volk, das realisierte, daß es einer Lüge nachgelebt hatte, wandelte das Land umgehend in einen revolutionären Arbeiterstaat um."

„Hört sich nicht schlecht an", meinte Joyce, trank gierig ihren Tee und verschlang einen Toast.

„Ja, aber ich würde lieber die Scheiße aus London raushauen, als das Land friedlich zu übernehmen", lachte Blake. „Die Revolution muß eine ständige Überanstrengung sein. Das Proletariat muß seinen Blutdurst stillen können. Unsere Befreiung muß mit einer Orgie der Zerstörung einhergehen."

„Ich muß auch gehen", sagte die Hippiefrau, warf die Decke zurück und hüpfte aus dem Bett.

Terry spielte mit sich selbst, als er Joyce beim Anziehen zusah. Als polymorph Perverser kehrte er gerne gewöhnliche sexuelle Präferenzen wie Voyeurismus in ihr Gegenteil um. Wo schmutzige alte Männer viel Geld zahlten, um zu sehen, wie sich dufte Bienen auszogen, tendierte Blakes verderbter Geschmack dazu, raffiniertes Vergnügen darin zu finden, wenn sich seine sexuellen Eroberungen mit dem Putz der postindustriellen Gesellschaft bedeckten. Es tat etwas Gutes für seine Seele, so wie Joyce in ihre 501er schlüpfte und sie perfekt ausfüllte. Als sie ihn zum Abschied küßte, stellte sie erfreut fest, daß er die Ausbuchtung an der richtigen Stelle hatte.

Blake fantasierte über die eben mannbar gewordene Popsängerin Sinitta. Er erhöhte den Druck und stellte sich vor, daß dieses tolle Weib ihm eine private Vorstellung ihres an erster Stelle der Hitparaden stehenden Songs „So Macho" geben würde – bevor sie beide ein bißchen Hardcore-Sex trieben. Als Terry kam, merkte er, daß dieser Wix ein schrecklicher Fehler gewesen war. Sein Erguß war begleitet von einem alarmierenden

Druckabfall in seinem Schädel. Er spürte, wie all die Flüssigkeit, die zum reibungslosen Funtkionieren seines Gehirns notwendig war, durch die Wirbelsäule abgesaugt wurde und aus seinem Schwanz spritzte. Mit jedem DNS-Erguß stieg die Agonie, die das Innere seines Schädels ruinierte.

Terry taumelte aus dem Bett und kroch in sein Wohnzimmer. Eine laute Dosis Hardrock war das Einzige, was ihn retten konnte. Schwere Rhythmen halfen ihm meistens, morgens in die Gänge zu kommen. Er schmiß ein Album von Death In June auf den Plattenspieler, und sobald der militärische Beat von „Knives“ aus den Lautsprechern bullerte, kehrte auch geistige Gesundheit in sein benebeltes Gehirn zurück. Dieses Live-Album war im Mai 1982 eingespielt worden, und obwohl keine weiteren Informationen über den Ort auf der Plattenhülle angegeben waren, vermutete Blake, daß das Ding im King's College im Strand aufgenommen worden war, wo Death In June als Vorgruppe von This Heat gespielt hatten. Er hatte keine Erinnerung an irgendein anderes Konzert der Band zu dieser Zeit, und alles an minimaler Information auf der Plattenhülle bestärkte ihn in seinem Glauben.

Mit Ausnahme der unglaublich machtvollen Instrumentalnummer „Nation“ schätzte Blake die Qualität der Stücke auf diesem Live-Album bedeutend höher ein als die eh schon exzellenten Studioversionen der frühen Songs von Death In June. Möglicherweise war Terrys Urteil von den Erinnerungen an jenes Konzert und an jene Nacht beeinflußt, aber wie immer man es auch betrachtete, DIJ waren eine Band, mit der man rechnen konnte. Sie hatten sich wie Phönix aus der Asche von Crisis, einer der besten frühen Hardcore-Punkbands erhoben. Crisis war 1977 in einem Londoner Vorort entstanden und hatte in seiner dreijährigen Geschichte pausenlos wechselndes Personal – nur das Songschreiber-Team Doug Pearce und Tony Wakeford blieb konstant. Diese zwei, Mitglieder der International Marxist Group und der Socialist Workers Party, betrieben leninistische Propaganda in der Punkgesellschaft.

Blake hatte Crisis an diversen Rock Against Racism- und Right To Work-Konzerten gesehen. Die Vibrationen waren immer ziemlich heftig und Kämpfe unter den Fans der Gruppe oder mit Faschisten des British Movements waren an der Tagesordnung. Obwohl sie eine große und loyale Fangemeinde aufgebaut hatten, zerfiel die Band über Diskussionen um die Wirksamkeit ihrer trotzkistischen Militanz. Die Mittelklasse-Wixer, die die leninistischen Sekten und ihre Kampforganisationen kontrollierten, neigten dazu, echte Jungs aus der Arbeiterklasse zu behandeln, als wären sie Aussätzige. Natürlich endete dies damit, daß Pearce und Wakeford die trotzkistische Sache in Frage stellten. Die Auflösung ihrer politischen Überzeugung ist dokumentiert auf dem ausgezeichneten Bootleg *Red Riot Fails*, einem Mitschnitt des letzten Crisis-Konzertes am Cup-Final-Tag 1980 in der Universität von Surrey.

Doug und Tony warfen dann die anderen Crisis-Mitglieder raus und holten sich den Schlagzeuger Pat Leagas, der vorher bei den Runners From 84 die Stöcke geschwungen hatte. Anderthalb Jahre später präsentierten sie sich der ahnungslosen Welt als Death In June. Während Crisis etwas an bester musikalischer Propaganda für den Trotzkismus produziert hatte, war DIJ konzipiert als furchtlose Erforschung der faschistischen Ästhetik. Es gab Gerüchte, daß Wakeford sich den Strasserianern in der National Front angedient hatte. Auf alle Fälle eröffnete die Band in frühen Tagen ihren Set mit einem Song über „Die Nacht der langen Messer“, jene Massenverhaftungen von 1934, die das Ende der SA-Führung markierten.

Als nächstes kam „Nirvana“, ein Stück aus den letzten Tagen von Crisis. Unter den Hardcore-Fans der Band war eine Freundin Terrys namens Kate Taylor. Als Blake hörte, daß Death In June im King's College spielen würden, rief er Kate an und fragte sie, ob sie mit ihm ins Konzert käme. Kate hatte schwere Depressionen und der streng kontrollierte Ansturm von DIJ ließ Kates dünnes Band zur Wirklichkeit zerreißen. Noch während des Konzerts gelangte sie zur festen Überzeugung, daß die Welt am ersten Juni unterginge. Statt aber in Panik auszubrechen, wurde Kate sehr heiter und wollte nach dem Konzert das King's College nicht mehr verlassen. Sie wurden schließlich vom Nachtwächter rausgeschmissen. Blake ging mit Kate zur Waterloo Station. Sie war völlig verwirrt, daß er nicht mit ihr nach Richmond kam. Dann küßte sie ihn auf die Wange und stieg fröhlich in den nächsten wartenden Zug ein. Monate später erfuhr Terry von einer ehemaligen Psychiatrieschwester, daß diese nach jenem Abend drei Tage und Nächte ununterbrochen mit Kate geredet hatte, um sie vor einem Zusammenbruch zu bewahren. Death In June berührte die Menschen, Kate war nur eines der vielen Beispiele, die Terry aufzählen konnte.

„Heaven Street“ dröhnte auf dem Weg in sein Gehirn. Die sich immer wiederholende Grundstruktur des Songs erlaubte ihm, sein Ego an die muskuläre Struktur seines Körpers zu binden. Als er die nötigen Einstellungen an seinen Körperfunktionen vornahm, entdeckte Terry jäh die mythischen Verkündigungen von Death in June, was männlichen Sex, das Okkulte, den Faschismus und andere Aspekte des Verbotenen betraf.

Obwohl er einsah, daß DIJ manchmal durchaus nach Braunhemden-Propaganda klang, sah Blake dies nicht als Grund, die Musik dieser Band als reaktionäre Effekthascherei abzutun. Der Skinhead fühlte sich nicht genötigt – ungleich den Islington Trendies und anderen Linkswixern –, das Andere als unter seiner Würde zu empfinden und dabei jede ernsthafte Betrachtung des Faschismus als politischer Doktrin zu vermeiden. Statt völlig hysterisch auf den geringsten Verdacht rechtsradikaler Rhetorik zu reagieren, hatte Terry genügend Vertrauen in seine nihilistische Überzeugung, die unklare und zweideutige Mythologie von Death In June zu entdecken, ohne sich von ihr verführen zu lassen. Daher hatte er nichts als Bedauern übrig für die sogenannten Kritiker, die faschistische Referenzen im Werk von DIJ herauspickten, aber etwa die Tatsache ignorierten, daß das Doppelalbum „The World That Summer“ nach einem Anti-Nazi-Roman benannt worden war.

Soweit es Terry betraf, war eh alles beschissen. Als Nihilist war ihm die Lächerlichkeit des Unterfangens klar, strasserianische Programme oder traditionelle europäische Werte aufrechtzuerhalten, um damit unsere sogenannte Zivilisation vor dem Untergang zu bewahren. Europa und Zivilisation waren bedeutungslose Abstraktionen, die die Toilette runtergespült gehörten – zusammen mit allem, was den Westen ideologisch ausmachte.

Als die Band durch „Nothing Changes“ stürmte, bekam sich Blake endgültig wieder in Griff. Alle notwendigen Abklärungen seiner körperlichen Funktionen waren gemacht, und die eigene Persönlichkeit wieder verbunden mit dem eigenen Körper, fühlte sich Terry imstande, die Welt zu erobern. Nachdem er sich die Zähne geputzt, gründlich gewaschen und das DIJ-Album an den angestammten Platz in seiner Plattensammlung zurückgestellt hatte, verließ er seine Wohnung. Als er in Stratford die

Docklands Light Railway verließ, steckte ihm eine attraktive Blondine ein Stück Papier zu, auf das sie ihren Namen und ihre Telefonnummer geschrieben hatte. Terry stopfte den Fetzen in die Gesäßtasche seiner Sta-pres und sprang in einen Zug nach Seven Kings.

Ihm war es egal, daß er bis nach Essex hinaus geschickt wurde, um sich für das Enterprise Allowance Scheme einzuschreiben. Die große räumliche Distanz zwischen seiner Wohnung und dem Beacontree Job Centre bedeutete nichts anderes, als daß die Bürokraten, die dieses Mickimaus-Projekt bearbeiteten, nicht die geringste Chance hatten, seine zukünftigen geschäftlichen Aktivitäten zu kontrollieren. Obwohl jeder EAS-Teilnehmer eine Übereinkunft unterschrieb, gemäß der er keine zweifelhaften Geschäfte, vor allem politischer, pornografischer oder religiöser Art, aufziehen durfte, hatte das Projekt gar nicht die Mittel, diese Abmachungen zu überwachen. Die Regierung hätte im Gegenteil sogar freudig einem Vertrag mit einer Organisation pädophiler Zirkel zugestimmt, wenn effektive Zusammenarbeit unter den Kindersexanhängern auch nur die geringste Verminderung der offiziellen Arbeitslosenzahlen zur Folge gehabt hätte. Jeder mit ein bißchen Hirn erkannte sofort, daß das EAS lediglich eine andere Art der sozialen Wohlfahrt war.

Terry war fünf Minuten zu spät, als er am Job Centre in Green Lane ankam. Die Bürokraten brauchten eine halbe Stunde mehr, bis sie endlich so weit waren, mit ihm und sechsundzwanzig anderen Gestalten zu verhandeln, die für diesen Pseudodienst an der kapitalistischen Wirtschaft rekrutiert worden waren. Theoretisch hätte jeder EAS-Anwärter auf individueller Basis beraten und seine geschäftlichen Vorstellungen von einem Profi durchgecheckt werden sollen. In Wirklichkeit aber wurden alle zusammen die Treppe hoch in einen großen Saal gescheucht, wo eine Frau laut die ganzen Vorschriften verlas, die den Anspruch der neuen Gewerbetreibenden auf Geld unter der Schirmherrschaft des EAS regulierten.

Danach wurden die Wohlfahrtsbezieher – die meisten waren sowieso gezwungen worden, selbstständig erwerbend zu werden – einer nach dem andern an einen großen, den Raum dominierenden Tisch gerufen. Ohne Zeit für die Lektüre des Kleingedruckten zu haben, unterschrieben sie hier die Formulare, die sie in kleine Geschäftsfrauen und -männer verwandelten, deren kommerzielle Aktivitäten der Staat unterstützte. Die vierzig Pfund, auf die sie wöchentlich Anspruch hatten, waren für die meisten etwas mehr, als sie vorher als Arbeitslosenstütze bezogen hatten. Die Regierung betrachtete diese überdurchschnittlichen Arbeitslosengelder als gut angelegt, denn jedes Individuum, das in das EAS terrorisiert worden war, war minus eins in den offiziellen Registern der Arbeitslosen.

Terry lächelte der Puppe mit dem rabenschwarzen Haar zu, die ihm gegenüber saß. Er hatte auf den ersten Blick erkannt, daß sie schüchtern war, und trieb sie daher nicht in sexuelle Verhandlungen. Bevor er also zum Kern der Sache kam, belaberte Blake das Mädchen mit ein bißchen Smalltalk. Er zeichnete in groben Zügen die Logistik seines zukünftigen Versandhandels, wobei er aber geflissentlich ausließ, daß die Handelsware aus Pornovideos und schmutziger Unterwäsche bestehen würde. Seine Gesprächspartnerin besserte ihr Arbeitslosengeld als Klavierlehrerin auf. Sie hoffte, daß sie endlich aus diesem Beaconfield Job Centre hinauskam, denn sie hatte für den frühen Nachmittag eine Klavierstunde ausgemacht und brauchte das Bargeld.

Die klassische Musikerin schrieb ihren Namen und ihre Telefonnummer in sauberen Buchstaben auf, als Terry zu dem Bürokraten gerufen wurde, der seinen EAS-Antrag bearbeitete. Blake stand auf und erhielt gleichzeitig den Zettel vom schwarzhaarigen Mädchen. Als er langsam zum Tisch hinschlenderte, um mit einer Unterschrift aus den Reihen der offiziellen Arbeitslosen zu verschwinden, schob er die näheren Angaben der Klavierlehrerin in die Gesäßtasche seiner Sta-pres. Es dauerte noch etwa zwanzig Minuten, dann war auch die letzte Unterschrift auf die gepunktete Linie gesetzt und alle wurden entlassen.

Als Blake nach Stratford fuhr, wechselte er auf einen North London Link-Zug, den er bis Dalston benutzte. Von hier aus war sein erster Anlaufhafen der Ridley Road Markt. Der Boot-Boy wühlte in den Second Hand-Videos und sah sich auch die Klamotten an, aber am Schluß hatte er nichts Aufregenderes gekauft als billige Äpfel, Birnen und Bananen. Er schwenkte seine gefüllte Tasche und ging Richtung Hoxton.

Gloria Patterson konnte ihr Glück gar nicht fassen, als sie die Tür aufmachte und Terry auf der Schwelle erblickte. Das war doch der Typ, der sie in der U-Bahn angeredet hatte, nachdem er gesehen hatte, daß sie *Die Geschichte der O.* las. Gloria hatte ihn mit nach Hause genommen, und er hatte nichts dagegen gehabt, sie anzubinden, bevor sie es trieben. Der Skinhead war nicht so wie ihre Genossen aus der anarchistischen Bewegung, die ihr Sado/Maso-Abweichlertum als entwürdigende Unterwerfung unter die Normen der patriarchalen Gesellschaft ansahen. Nachdem Terry gegangen war, hatte Gloria noch lange bedauert, daß sie ihn nicht darum gebeten hatte, ihr den Arsch zu versohlen. Aber jetzt war der Boot-Boy wieder da und gab ihr die Gelegenheit, jenes schreckliche Versäumnis nachzuholen.

„Terry!" jubelte Gloria ein bißchen laut und umarmte ihn. „Es ist so schön, dich wiederzusehen."

„Hi, du bist ..." konnte Blake noch sagen, dann hatte Gloria ihre Lippen an den seinen und der folgende Kuß befreite ihn von der Pflicht, den Satz zu Ende zu führen.

Die Masochistin drängte Terry in die Wohnung und nach oben in ihr Schlafzimmer. Der Skinhead war nicht im mindesten überrascht, als sie ihn um Schläge bat. Blake wußte nicht, ob sie wirklich auf Verhauen stand oder ihn bloß auf irgendwelche sexuellen Vorurteile testen wollte. Es war ihm auch egal, ob schuldbewußte Trendies ihn als Sadisten denunzieren würden, wenn er Glorias Wünsche erfüllte. Er war nicht beleidigt, wenn eine Puppe auf Erniedrigung abfuhr.

Terry zerriß Glorias T-Shirt und befahl ihr, die Monkey Boots und die grünen Militärhosen auszuziehen. Er häufte ein paar Kissen in der Mitte des Bettes aufeinander und befahl der Masochistin, sich so hinzulegen, daß sie ihren Arsch in die Luft streckte. Dann band er Arme und Beine des Mädchens an die Bettpfosten. Er vergewisserte sich, daß die Knoten festgezogen waren, so daß Gloria Patterson nach ihrer bizarren Sex-Session sicher Schürfungen an Fuß- und Handgelenken haben würde. Als der Skinhead seine Arbeit überprüfte, bemerkte er, daß das Mädchen leise stöhnte.

„Halt die Klappe oder ich schlag dich nicht!" befahl er.

Gloria wurde still, aber sobald der Boot-Boy einen Finger in ihre tropfnasse Möse steckte, begann sie sich unkontrolliert zu winden und zu werfen.

„Du magst das, oder?" fragte Terry sardonisch und bewegte seinen Finger um ihre Liebeshöhle herum.

„Ja!" keuchte Gloria.

„Du versuchst aber besser, ruhig liegenzubleiben, sonst schlage ich dich nicht!"

Die Masochistin war hin- und hergerissen, was sie tun sollte. Sie wollte sich vor Lust winden, wenn Blakes Finger sie in die sexuelle Raserei rieben, aber sie wollte auch ganz still liegen, damit ihr der Skinhead den Arsch versohlte. Schließlich biß Gloria ihre Zähne zusammen, daß sie knirschten und vergrub ihren Kopf im Bettlaken, während Terry sie mit seinen erotischen Stimulationen quälte. Tränen strömten aus ihren Augen, aber das spielte keine Rolle, denn nur ihr Arsch und ihre Möse waren Blakes erbarmungslosem Blick ausgesetzt.

Terry nahm seinen Finger von Glorias Liebeshöhle weg und wischte ihn an ihrem Oberschenkel ab. Dann hob er einen Turnschuh vom Boden und gab ein paar leichte Klapse auf das Hinterteil der Masochistin.

„Schlag mich, bitte, schlag mich blutig!" kreischte Gloria, unfähig, sich länger zu beherrschen.

Sie brauchte unbedingt diese Schläge. Diese bildeten die Parameter ihres Daseins. Ohne den Biß dieses gummibesohlten Schuhs, der die Peripherie ihres Seins begrenzte, befürchtete Gloria in einem Sumpf zu versinken und fürderhin nicht mehr fähig zu sein, ihre Existenz von der großen Masse der Menschen trennen zu können. Disziplin und Schmerz waren die nötigen Körperpanzer jedes Masochisten.

Terry hob seinen Arm und hielt den Turnschuh eine Ewigkeit lang – wie es dem Mädchen erschien – über dessen Po. Die Flagellantin befürchtete, daß sie in zwei Teile zerbrechen würde, wenn Blake den gewünschten Schlag von Gummi auf Fleisch noch länger hinauszögern würde. Der Skinhead erkannte nun, daß Gloria viel mehr als bloß sexuellen Kitzel in diesem schmerzlichen Ritual suchte, und legte genügend Kraft in den Schlag, so daß ein rotes Mal auf den üppigen Hinterbacken der Masochistin aufblühte. Diese ließ ihre Winde fahren und war nahe daran zu kollabieren. Sie hatte ein Hinterteil, das dazu gemacht war, verhauen zu werden, und so folgte nun eine Tracht Prügel, die den allerersten Schlag wie ein leichte Liebkosung aussehen ließ. Das Mädchen wurde trunken von Schmerz, aber die Hiebe waren keine Vergewaltigung ihres Seins. Gloria brauchte diese Erniedrigung, um ihre Identität aufrechtzuerhalten.

„Setz Klammern an meine Titten, da sind welche am Boden neben dem Büchergestell“, zischte sie.

„Fick dich, Nutte!“ Terry ließ den Turnschuh fallen. „Was meinst du eigentlich, was ich bin, ein verdammter Perverser?“

Dann holte er sich eine Tube KY und rieb das kühle Gel liebevoll in Glorias Hinterteil. Er verteilte den Balsam zärtlich um der Masochistin Eingang zu dunklen Vergnügen herum und auf die Wundmale von seinen Hieben.

„Fick mich!“ flehte Gloria Patterson. „Ramm deinen großen dicken Schwanz in meinen Arsch!“

Das war genau das, was Terry vorhatte, und er verlor keine Zeit mehr, seine Fähigkeiten als sexueller Athlet darzubieten. Für Gloria war diese Invasion von hinten etwas, gegen das sie kämpfen mußte, um so die eigenen Grenzen zu definieren. Alles, was außerhalb ihres Egos lag, das sie um die muskuläre Struktur ihres Körpers geschlungen hatte, war fremd und feindlich. Wenn sie diese Kräfte nicht beherrschen konnte, dann wollte sie von ihnen versklavt werden.

„Aber, möchte man sagen, es gibt gewisse vernunftlose Tiere, wie die Bienen, die in einem Stock, und wie die Ameisen, die in einem Haufen friedlich miteinander leben und deshalb von Aristoteles für staatskluge Tiere gehalten wurden“, donnerte da Blake los. „Warum sollten die Menschen nicht das gleiche können?“

„Himmelarsch“, fluchte Gloria leise in sich hinein, als sie Blakes Hetzrede hörte, ohne zu erkennen, daß sie direkt aus Thomas Hobbes *Leviathan* stammte. „Falls jemand denkt, daß ich pervers bin, dann hat der noch nie so Typen wie Terry Blake getroffen.“

Terry beachtete Gloria gar nicht, er war völlig gefangen in seiner Ansprache: „Erstens, die Menschen liegen der Ehre und Würde wegen miteinander in einem beständigen Wettstreit; jene Tiere aber nicht. Unter den Menschen entsteht hieraus sowie aus weiteren Ursachen häufig Neid, Haß und Krieg; unter jenen aber höchst selten.“

Blake erhöhte die Lautstärke und seine Sklavin war außerordentlich dankbar für diese Verschärfung des Tempos. Gloria stöhnte in Ekstase. Terry war zu sehr mit seiner Rezitation aus dem *Leviathan* beschäftigt, um Patterson dafür zu bestrafen, daß sie ihren Gefühlen freien Lauf gelassen hatte.

„Unter den Menschen dünken sich aber viele klüger und zur Regierung fähiger zu sein als andere, und weil daher ein jeder nach seiner Einsicht bessern will, so entsteht Uneinigkeit unter ihnen und dadurch Krieg ..."

Blake und Patterson stampften den primitiven Rhythmus des Geschlechts und die Endorphine überschwemmten ihre Gehirne. Sie hatten Hoxton und ihre Körper verlassen und wurden in andere Epochen geschleudert. Terry war draußen in den Sümpfen und machte seinen Gegner in einer Orgie aus Gewalt und Zerstörung nieder; er lebte den glorreichen Naturzustand aus, den nicht nur Hobbes als Krieg aller gegen alle bezeichnet hatte. Für Gloria war Sex der Abstieg in die Kerker der Lust, wo sie in den vollen Genuß der schrecklichen Schönheit dessen kam, was von Anbeginn der Zeiten an als Die Diktatur Der DNS bekannt war.

Terry und Gloria kamen zusammen in einer orgiastischen Welle, die als ekstatische Sturmflut durch ihren Doppelkörper raste. Doch als sie die steilen Klippen vom Gipfel der körperlichen Vereinigung herunterstiegen, sahen sie beide die Zeichen von Schmutz und Kot, die das tägliche Leben in der kapitalistischen Todesfabrik begleiteten. Patterson und Blake verstanden plötzlich, daß sogar ihre sexuellen Zerstreuungen zumindest teilweise durch die kulturellen Normen unserer vom Schmutz besessenen Gesellschaft determiniert waren. Um eine Welt der immerwährenden Ekstase aufzubauen, war eine aufständische Masse Proletarier vonnöten, die den Unrat der kapitalistischen Geldmacherei hinwegspülte, so daß neues Leben durch ihre Adern fließen konnte.

Es war keine einfache Entscheidung gewesen, aber Rupert Dawson-Rand fühlte, daß er richtig gehandelt hatte. Er hatte diese Nuklearwaffe mit eigenen Augen gesehen – da konnte er nicht einfach danebenstehen und zusehen, wie Britannien zerstört wurde, bloß weil ein Verrückter aus der Unterklasse den Lebensumständen grollte, in die er hineingeboren war. Die Terry Blakes dieser Welt mußten lernen, daß auch in der revolutionären Bewegung jene die Pflicht zur Führerschaft rief, die zu solchen

Aufgaben geboren worden waren. Nur die wenigen Auserwählten, die aus der Bourgeoisie desertierten und die Kenntnisse, die sie sich durch ihre höhere Schulbildung angeeignet hatten, zu subversiven Zwecken verwandten – nur jene waren dazu bestimmt, politische Machtpositionen innezuhaben.

Es war allgemein bekannt in revolutionären Kreisen, daß Arthur Roberts ein Frontmann des britischen Sicherheitsdienstes war. Rupert hatte ihn über den *Anti-Fascist Probe* kontaktiert und ein Treffen ausgemacht. Natürlich bestritt Arthur, daß er für Sieben arbeitete, aber er versicherte Rand, daß er dessen Informationen an jemanden aus dieser Organisation weitergeben würde. Nachdem Roberts Ruperts Geschichte gehört hatte, warnte er den Pro-Situ dahingehend, daß die offiziellen Ordnungskräfte nicht eingreifen würden, bevor die Bombe nicht gelegt worden sei. Die Sicherheitskräfte wollten Blake an der langen Leine lassen, bis er sich die Schlinge selber um den Hals legte. Und da die Nuklearwaffe von einer fremden Macht stammen mußte, würde Sieben sogar eine mittelgroße Stadt opfern müssen – eine Verluststrategie, die jedoch dazu führte, den Deckmantel von den feindlichen Agenten zu reißen, die hinter diesem heimtückischen Anschlag steckten.

Als Roberts Rand also riet, sich bedeckt zu halten, wußte er nicht, daß der feige Hosenscheißer diesen Tip gar nicht mehr brauchte. Rupert hatte schon einen längeren Besuch bei einem Onkel mütterlicherseits geplant, der den Familiensitz nahe Exeter bewohnte. Rands Verwandtschaft war erfreut, aber auch irritiert ob seiner neuentdeckten Begeisterung für seine Herkunft. Rupert hatte seinen Onkel am Tag der Westminster-Unruhen besucht. Joyce hatte den Pro-Situ im voraus über den Aufstand informiert, da sie annahm, er würde sicher daran teilnehmen. Nun ging Rand herum und prahlte vor allen Genossen damit, daß er in vorderster Linie Benzinbomben geworfen hatte. Das war von vorne bis hinten erstunken und erlogen und entsprach gänzlich nicht der Aussage, die Rupert zum besten geben wollte, wenn der Arm des Gesetzes nach ihm greifen sollte. Würden Polizistenohren je das Gerücht von Molotowcocktail-Rupert aufschnappen, so hatte Rand umfangreiches Beweismaterial zur Hand, daß er in besagter Nacht zu Besuch im ländlichen Westen gewesen war.

War Blake von den Agenten des britischen Staates erst einmal eliminiert, dann gab es nur noch eine Bedrohung von Ruperts Position in der revolutionären Bewegung. Obwohl er bei den Genossen mit seinen sexuellen Eroberungen prahlte, war Rand immer noch Jungfrau. Er fand die Aussicht auf körperliche Intimität mit einem anderen menschlichen Wesen einigermaßen ekelhaft, aber er hatte beschlossen, eine Hure aufzusuchen, bevor er mit seinem MG nach Westen düste.

Rand fuhr zum Bahnhof Paddington, denn er hatte gehört, daß die Nutten ihre Freier aus den Tausenden sexuell frustrierter Bauerntölpel herauspickten, die täglich aus den Zügen und ins Innere Londons strömten. Aber als er den Bahnhof erreicht hatte, verging ihm der Mut. Er hatte keine Ahnung, wie er zwischen einer Asphaltschwalbe und einer normalen Passantin unterscheiden sollte. Nach längerem Überlegen kam er zum Schluß, daß Huren sich dadurch hervorheben würden, daß sie, ungleich den gewöhnlichen Reisenden, kein Gepäck bei sich hatten.

„Wieviel?“ fragte Rupert eine Mieze, die alleine rumstand.

„Was ist los?“

„Wieviel?“ wiederholte Rand eher lahm.

„Wenn du eine Nutte suchst“, zischte das Mädchen, „dann versuch's mit einer Telefonnummer, die du in den öffentlichen Zellen findest. Ich warte auf meinen Freund. Er ist über einsachtzig und sehr eifersüchtig, wenn ich also du wäre, würde ich mich verpissen!“

Rupert tat, wie ihn das Mädchen geheißen, und wankte zur nächsten Telefonzelle. Er war verdutzt über die Menge von Visitenkärtchen, die er fand. *Groß, blond & tödlich 935 3828; MASSAGE 723 6291; NEUES JUNGES MODEL. KIM 224 0216; Neu: 18 Jahre. GOLDIES PRIVATMASSAGE 486 3170; 706 1309 Kurven und Gefühl. Sexy Blondine ERWARTET DICH.* Unter all diesen Botschaften war ein Kärtchen, welches Rand als extrem bizarr empfand. Da hieß es einfach: *GUT FÜR GESÄSSE: PEDDIGROHR 278 5647*. Der Pro-Situ verstand nicht, wieso ein Möbelgeschäft seine Karte in einer Bahnhofstelefonzelle hinterließ.

Noch verstörender als die Art und Weise, wie der verrückte Polsterer um Kundschaft warb, war die Menge der Karten, auf denen unzweifelhaft eine peitschenschwingende Domina abgebildet war. War jeder Mann in diesem Land ein tobender

Masochist? Nach vielen Zweifeln entschloß sich der Pro-Situ dazu, die Prostituierte anzurufen, die sich mit dem griffigen Slogan *VON HINTEN ODER VORN, ICH BIN ENORM!* anpries. Das Bild neben dem Werbespruch zeigte eine Blondine mit sehr großen Titten in einem unschicklich tief ausgeschnittenen Kleid. Sie hatte einen sinnlichen Mund und Rupert war erleichtert, daß sie keine Peitsche hielt. Er rief unter der besagten Nummer an und bekam eine Adresse in einer Seitenstraße Paddingtons.

Der Pro-Situ stieg in den dritten Stock hoch und trat durch eine offene Tür, an der *Denise MODEL* stand. Die Frau, die ihn begrüßte, war nicht dieselbe Biene, deren fotogene Titten Rupert in dieses schäbige Loch gelockt hatten. Trotz des offensichtlichen Betrugs hielt Rand eisern an seinem Entschluß fest: Er wollte endlich seine Jungfernschaft verlieren.

„Zieh dich aus und leg dich mit dem Gesicht nach unten aufs Bett“, befahl Rupert und schloß die Tür.

„Du hast gesagt, du willst normalen Sex. Von hinten kostet es das Doppelte“, schimpfte Denise.

„Mach dir keine Sorgen wegen des Geldes.“ Rupert wurde von Angst und Verlangen geschüttelt. „Mach einfach, was ich sage!“

Nachdem der Pro-Situ ein Bündel Zehnpfundnoten aus der Tasche gezogen und sie Denise hingeworfen hatte, zog sich das Callgirl lammfromm aus und legte sich wie befohlen hin. Rand konnte es einfach nicht glauben, daß diese Frau sich für hundert Pfund auszog, als würde sie keine Scham oder sowas kennen. Er kniete zwischen die Schenkel der Hure und holte seinen Schwanz aus der Hose. Doch da traf Rupert auf das erste ernsthafte Problem. Er wußte, daß er seinen Steifen in eine Höhle zwischen den Beinen der Frau stecken mußte, fand aber auf den ersten Blick keinerlei geeigneten Eingang.

„Verfickt nochmal, was soll ich machen?“ schniefte Rand frustriert.

Denise lachte kurz auf. Sie hatte Rupert für einen Hochleistungsperversen gehalten und nun stellte er sich als Jungfrau heraus. Die Hure lächelte freundlich, als sie den Kopf drehte, um dem Jungen ihre guten Dienste anzubieten.

„Sieh mich nicht an!“ kreischte Rand und sprang vom Bett. Der Pro-Situ fühlte, wie ihn der Blick der Hure entzweischnitt.

Er taumelte rückwärts und krachte durch das geschlossene Fenster. Rupert erfuhr einen kurzen Schmerzesblitz, als sein Körper von den eisernen Spitzen eines Geländers gepfählt wurde. Einen Bruchteil einer Sekunde später war er tot.

ZWÖLF

Brighton ist ein ziemlich heruntergekommener Ferienort. Ursprünglich ein kleines Fischerdorf, war seine Nähe zu London der Grund für die schnelle Expansion zum lebhaften Touristenort in der Mitte des achtzehnten Jahrhunderts. Nachdem George IV. einen Sommerpalast nahe der See bauen ließ, wurde Brighton zum notorischen Zentrum aristokratischer Ausschweifungen. Die feinen Pinkel aber zogen schnell weiter, als aufgrund billiger Zugreisen die Invasion durch Arbeiterklasse-Londoner erfolgte.

Terry wußte gar nicht mehr, wie oft er schon vom Bahnhof die Queens Road hinunter an den Strand gelaufen war. In den achtziger Jahren besuchte Blake gewöhnlich jeden Sonntag den Flohmarkt, der auf einem Gelände hinter dem Bahnhof stattfand. Hier hatte er sich unzählige Bücher, Platten und Videos zu Spottpreisen besorgt. Trotz seiner Beliebtheit wurde der Markt eingestellt, nachdem Spekulanten das Gelände aufgekauft hatten mit dem Ziel, die Gegend mit einem weiteren Bürogebäude zu versauen.

Mein Eines Fleisch hatte bereitwillig zugestimmt, daß ihre Atombombe in Brighton plaziert werden sollte. Der königliche Palast und die viktorianische Uferfront waren ein ideales Ziel. Der Sprengkopf würde kurz nach der Eröffnung eines Kongresses der Konservativen Partei detonieren. Irisch-republikanische politische Soldaten hatten den Weg gezeigt, als sie das Grand Hotel mit einem Tory-Parteitag in die Luft gejagt hatten. Nun würde die Pro-Situ-Bewegung das vollenden, wozu die Nationalen Revolutionäre nicht die Vision gehabt hatten. Nicht nur die Tories, ganz Brighton würde dem Erdboden gleichgemacht werden.

Terry hatte sich gerne bereit erklärt, für den Transport der Nuklearwaffe an die Südküste zu sorgen, jedoch darauf bestanden, daß ein Mitglied von Mein Eines Fleisch ihn auf dieser möglicherweise gefährlichen Mission begleitete. Wenn aus irgendeinem Grund die Bombe nicht explodierte, so erklärte er den Nicolson Brüdern, brauchte er unbedingt einen Zeugen, der sich dafür verbürgte, daß er, Terry, seine revolutionäre Pflicht erfüllt hatte. Er würde es nie zulassen, daß sein Name mit dem Ruch der Feigheit beschmutzt würde.

Terry versicherte Raymond und Sebastian, daß er nicht die geringsten Gewissensbisse verspürte, eine Million Menschen oder so wegzuputzen. Dennoch hätte er nie gedacht, daß ihn die Pro-Situs beim Wort nehmen würden. Er wollte, daß sie an der ganzen Angelegenheit teilnahmen, damit sie Zeugen seiner revolutionären Inbrunst wurden.

Statt seine Einladung anzunehmen, kommandierten die Nicolson Brüder Arnold Chance ab, um Terry Beistand zu sein für alle Eventualitäten im Verlaufe seiner Mission. Zuerst hatte Arnold darauf bestanden, daß seine Genossen etwas aktive Solidarität üben und ihn und den Boot-Boy nach Brighton begleiten sollten. Da blieb den Nicolson Brüdern nichts anderes mehr übrig, als Chance dahingehend zu warnen, daß er im Falle einer Verweigerung ihrer Befehle ab sofort ohne Wohnung dastünde. Raymond und Sebastian waren revolutionäre Vermieter und Arnold hatte nie Miete gezahlt, um in dem Haus zu wohnen, das gemäß den Eigentümlichkeiten bürgerlicher Rechtsprechung Privatbesitz der Nicolsons war. Daher hatte Chance auch keinerlei legale Mittel, seinen Hinausschmiß zu verhindern. Als man das dem Pro-Situ auseinandergesetzt hatte, sah er ein, daß er von den revolutionären Prinzipien abgewichen war, indem er die Beschlüsse des Kollektivs in Frage gestellt hatte – solch Abweichlertum mußte Gegenstand zukünftiger Kritik in der Gruppe sein!

Blake und Chance traten aus dem Bahnhof und gingen die Trafalgar Street hinunter. In der Nähe, wo diese in den Kensington Place mündete, verschafften sie sich Eintritt in ein leerstehendes Gebäude. Terry holte die Bombe und stellte die Zeit am Zünder ein. Arnold löste ein Dielenbrett und sein Genosse plazierte den Sprengkopf darunter. Als Blake dem Pro-Situ auftrug, das Bodenbrett wieder festzunageln, begann dieser Hosenscheißer unkontrolliert zu zittern und protestierte, daß die Erschütterung die Bombe wohl hochgehen lassen mochte. Terry sah, daß es keinen Sinn hatte mit Chance, und machte die Arbeit selbst.

„Los, schnell zurück zum Bahnhof", zischte Arnold.

„Spinnst du? Wir haben eine Tageskarte. Wir dürfen keinen Verdacht erregen. Das sieht doch komisch aus, wenn wir nach zehn Minuten schon wieder von hier abhauen. Die Bombe ist zur Detonation in achtundvierzig Stunden eingestellt, also haben wir noch eine Menge Zeit, um Spaß zu haben."

Blake führte den ultranervösen Pro-Situ die Sidney Street entlang und ins Stage Door, eine der besten Kneipen Englands. Die Bedienung war gemächlich, das Essen fantastisch und billig, wenn man die Größe der Portionen betrachtete. Obwohl an der Wand jede Menge gerahmter Theater-Plakate hingen, war die Atmosphäre alles andere als prätentiös.

Nachdem sie bestellt hatten, setzten sich die beiden Revolutionäre an einen Tisch. Arnold war sehr schweigsam, und Terrys Gedanken schweiften daher frei. Er war ein paar Mal als Kind in Brighton gewesen, dann, mit sechzehn, besuchte er ab und zu eine Mieze, die Englisch an der Sussex University studierte. Danach war er öfters mit Heather in Brighton gewesen. Sie lagen gewöhnlich den ganzen Tag am Strand. Im Zug zurück nach London war Heather einmal eingeschlafen, mit ihrem Kopf an Terrys Schulter und den Füßen abgestützt auf dem gegenüberliegenden Sitz. Terry hatte sie geweckt, als sie in die Victoria Station einfuhren. Heather fiel einfach um, als sie aufzustehen versuchte. Ihr waren die Füße eingeschlafen, weil sie sie immer in derselben Position gehalten hatte. Heather war ziemlich verlegen, daß sie sich an Blakes Schulter halten mußte, um überhaupt in die U-Bahn runterzukommen.

Das Käseomelette mit Pommes für Terry kam. Er verteilte großzügig Braune Sauce, Ketchup, Salz und Essig auf seinem Essen und machte sich dann daran, es zu vertilgen. Während er aß, dachte Blake über den schrecklich niedrigen Standard und die unverhältnismäßig hohen Kosten für das Essen in Britannien nach. Gottlob gab es das Stage Door! Die Typen, die es betrieben, verdienten jede Auszeichnung für ihre kulinarischen Anstrengungen angesichts einer völlig indifferenten Nation. Wenn irgendetwas Terry je aus London wegtreiben würde, so war es der Mangel an guten Eßkneipen. New York entsprach da mehr seinem Geschmack – so wie die Amerikaner aßen, mußten sich die Engländer schämen!

Nachdem Blake seinen Magen gefüllt hatte, mußte er noch auf Arnold und seinen Burger mit Pommes warten. Terry sah sich die Puppen an, die das Café mit ihrem Besuch beehrten. Jede hatte ihren Freund dabei, also sah der Skinhead keine großen Chancen. Das beunruhigte ihn aber nicht, denn es gab eine Menge Begabungen in Brighton! Außerdem wollte er sowieso zuerst ein bißchen einkaufen gehen, bevor er zur Schlafzimmerathletik kam.

Chance wurde immer zappeliger, in je mehr Secondhand-Läden Blake ihn schob. Sie brauchten mehr als zwei Stunden für die paar hundert Meter bis zur Gardener Street. Als sie aus dem Jubilee Shopping Centre kamen, war Arnold am Ende seiner Kraft. Als Terry die Taschenbücher in den Regalen vor dem Eingang von Two Way Books durchforstete, zischte der Pro-Situ ab. Es vergingen mehrere Minuten, bis der Skinhead, der gierig in einer Ausgabe von *Kleinstadt-Sex* blätterte, den Abgang seines Begleiters bemerkte. Blake war ein bißchen enttäuscht, daß er Chance nicht mehr mit einem Abend im Pink Coconut quälen konnte, aber alles in allem ließ ihn der Verlust des Pro-Situs völlig kalt.

Nachdem er die Krimis durchgeschaut und zwei Mickey Spillanes gekauft hatte, ging Terry los in die Bond Street, am Rande der Old Steine entlang, und fand sich plötzlich auf dem Palace Pier wieder. Er verbrachte mehrere Minuten damit, auf die offene See zu schauen, bevor ihn ein plötzlicher Regenschauer in das Dunkel eines Spielsalons trieb. Blake steckte fünfzig Pence in den Schlitz eines Einarmigen Banditen und holte sich gleich den Jackpot.

„Du bist gut!“ bewunderte ihn ein Mädchen.

„Ich bin der Beste“, versicherte ihr Terry und heimste seinen Gewinn ein. „Hilfst du mir dabei, das auszugeben? Ich hasse es, wenn Kleingeld offen in meiner Hosentasche klimpert.“

Blake holte zwei Tassen Kaffee. Als sie getrunken hatten, war der Himmel wieder klar, und die beiden gingen am Ufer entlang und aßen Zuckerwatte. Nachdem sie mit ausgesuchten Vergnügungen den Spielgewinn des Skinheads durchgebracht hatten, nahm die Blondine Terry mit in ihr Schlafzimmer am Lansdowne Place.

Arthur Roberts war um Joyce herumgestapft, als er seinen Vortrag gehalten hatte, und schlich ihr nun hinterher, um seine Strafpredigt abzuschließen. Seine Augen waren starr auf den Arsch der Hippiefrau gerichtet. Er wollte ihr die Levis runterziehen und jeden Quadratzentimeter ihres Hinterteils abküssen.

„Joyce, also wenn es jemand anders wäre als du, dann würde ich ihn wegen Verrats hinter Gitter bringen.“ Arthur flehte geradezu. „Daß du mir nicht gemeldet hast, daß Blake einen Nuklearsprengkopf in Brighton hochgehen lassen will, ist prinzipiell Hochverrat. Wenn mich nicht Dawson-Rand diesbezüglich informiert hätte, wäre mir nie die Reichweite dieses Falles, den du ja bearbeitet hast, klargeworden. Ich gebe dir eine letzte Chance, diese Scharte auszuwetzen. Finde diese Bombe und finde sie schnell. Wenn dieser Fall abgeschlossen ist, will ich, daß du aus dem Dienst ausscheidest, damit du meine Frau werden kannst.“

„Ja, Sir!“

„Gut“, seufzte Roberts erleichtert, „wenn du dich wegen der Heirat geziert hättest, wärst du ins Kittchen abmarschiert!“

Der alternde Agent konnte sich nicht mehr länger zurückhalten und ließ seine Hand zwanglos über den Hintern seiner zukünftigen Frau wandern. Obwohl sie lieber zugeschlagen hätte, erlaubte Joyce dem alten Wüstling das Grapschen. Die Hippiefrau konnte dem Impuls widerstehen, um sich zu schlagen, da sie wußte, daß diese Erniedrigung der einzige Weg war, für sich und Terry Zeit zu gewinnen. Denn Joyce Grant wußte: sie würde, koste es, was es wolle, Terry Blake heiraten. Und nicht Arthur Roberts!

„Gib mir einen Kuß und dann los, Liebling“, flötete Arthur und legte seine Arme um ihre Hüften.

Joyce wand sich und brach aus der Umarmung aus. Sie gab ihrem Boß einen Kuß auf die Wange und verließ den Raum. Irgendwie wußte sie, daß noch in derselben Minute, in der sie gegangen war, Roberts seinen Schwanz herausholen und wixen würde. Das Tun der Männer war so verdammt vorhersehbar!

Grant wußte, daß es sinnlos war, Brighton auf der Suche nach der Bombe systematisch zu durchkämmen. Außerdem wußte sie nicht, falls sie Terry überhaupt finden sollte, ob der Boot-Boy ihr sagen würde, wo die Bombe steckte. Die einzige vernünftige Aktion war, einen Bus in die Graham Road zu nehmen und dort Mein Eines Fleisch wegen gewisser Informationen zu belästigen.

Als Joyce an der Dalston Lane aus dem Dreiundsiebziger stieg, gab ihr irgendein Idiot ein Kärtchen mit seinem Namen und seiner Telefonnummer. Joyce zerriß die sexuelle Einladung und warf die Fetzen in einen Abfalleimer, bevor sie die Graham Road hinunterhastete. Nach längerem, heftigen Klopfen öffnete Arnold. Er hielt eine blutverschmierte Axt in der Hand.

„Himmel“, ächzte Joyce, „was zum Teufel geht hier vor?“

„Ich hab sie umgebracht“, stöhnte Chance, „ich hab die Schweinehunde umgebracht.“

Die Hippiefrau verschaffte sich resolut Eintritt. Eine breite Blutspur führte nach oben ins Badezimmer. Dort fand Joyce die blutigen und verstümmelten Körper von Arnolds Mitbewohnern. Es dauerte lange, bis Grant die Geschichte aus Chance raushatte, aber als er endlich soweit runtergekommen war, um alles zu enthüllen, hatte das, was er sagte, eine gewisse Logik. Im Grunde genommen war Arnold einfach sauer gewesen auf seine Kumpel von Mein Eines Fleisch, weil sie ihn an die Südküste geschickt hatten, um Blake dabei zu helfen, die gesamte Bevölkerung Brightons auszulöschen.

Nachdem sie die Bombe gelegt hatten und er von Terry durch eine größere Anzahl Secondhand-Läden geschleppt worden war, hatte er sich immer mehr über die gefühllose Reaktion seiner Genossen aufgeregt. Sie schienen einen Scheiß darauf zu geben, ob Millionen starben, wenn die Bombe explodierte. Arnold war abgehauen, während Blake in Schundliteratur blätterte. Er war sofort nach London gefahren und eine halbe Stunde vor Joyce in der Graham Road angekommen. Nachdem er Rodney, Raymond und Sebastian erschlagen hatte, war er darangegangen, ihnen die Gliedmaßen abzuhacken.

„Ich will ja nicht moralisch sein, daß du deine Kumpel abgemurkst hast. Sie waren Wixer allererster Klasse. Aber glaubst du nicht, daß du etwas tun solltest, um den Leuten in Brighton zu helfen?“

„Was kann ich schon tun?“ jammerte Arnold.

„Du solltest dich ans Telefon hängen, die Bullen alarmieren und die Einwohner evakuieren lassen! Kannst du dir die Panik vorstellen, die das geben würde?“

„Es war Blakes Idee, das mit der Bombe!“

„Hör zu, ich bin Sprengstoff-Expertin. Bring mich zur Bombe und ich entschärfe sie.“

„Was bist du?“ jaulte der Pro-Situ ungläubig. „Das klingt verdammt gefährlich.“

„Ich weiß, was ich tue“, beharrte Joyce auf ihrem Vorschlag. „Du hast mitgeholfen beim Bombenlegen. Du hast eine moralische Verpflichtung.“

„Erzähl das Terry Blake. Er ist ein verdammter Psychopath!“

„Ich würde mich von Terry zur Bombe führen lassen, wenn ich wüßte, wo Terry ist!“

„Er ist dein Freund“, spottete Arnold.

„Halt die Klappe!“ Joyce schlug Chance ins Gesicht. „Bring mich zur Bombe!“

Im Bus zur London Bridge Station entschuldigte Arnold sich für sein Benehmen. Er erklärte Joyce, daß es ihn unglaublich wütend gemacht hatte, als er merkte, daß ihn seine Genossen nicht als ihresgleichen behandelten. Allerdings wußte er nun, daß das Abschlachten der Mitglieder von Mein Eines Fleisch nicht gerade die rationalste Reaktion auf deren konterrevolutionären Sündenfall gewesen war. Dennoch bereute Chance nicht, was er getan hatte. Die Genossen waren ihm lange genug auf die Nerven gegangen mit ihrem höheren Getue. Arnold vermeinte, nunmehr von jeder Verantwortung an ihrem Tod freigesprochen zu sein – schließlich waren sie ihrerseits unempfindlich gegenüber dem Schicksal der Menschheit gewesen. Joyce hätte auf alle Fälle gut daran getan, darauf zu bestehen, daß er sie zur Bombe führte. Sie hatten mehr als vierzig Stunden, bis der Sprengkopf explodieren würde. So konnte Joyce versuchen, die Bombe zu entschärfen, und wenn das außerhalb ihrer Fähigkeiten lag, war immer noch genügend Zeit, diejenigen zu evakuieren, die am unmittelbarsten von der Explosion und dem radioaktiven Fallout betroffen waren.

Joyce fragte sich, während sie in den Thameslink einstiegen, wie Winston und Jackie mit den Vorbereitungen vorankamen, Brian Smiths mitternächtlichen Naziaufmarsch zu sprengen. Die Hippiefrau bedauerte zutiefst, daß sie nicht bei den Jungs sein konnte, aber hier rief sie die Pflicht. Sie mußte die bösen Taten des Mannes rückgängig machen, den sie heiraten wollte. Joyce gab nicht acht auf das, was Arnold erzählte, als sie so dahinratterten. Sie wünschte nur, der Zug würde schneller fahren. In Gatwick setzte sich ein Trendie-Pärchen neben die Hippiefrau.

„Wir sind gerade dem Miles High Club beigetreten“, giggelte der Junge in Richtung Joyce. „Wir sind im Flugzeug zurück aus Spanien auf einmal schrecklich geil geworden und haben in der Bordtoilette gevögelt.“

„Muß verdammt voll gewesen sein, das Örtchen, und gerochen hat es sicher auch auf dem chemischen Klo“, erwiderte Joyce sardonisch lächelnd.

„Zuerst hältst du den Geruch nicht aus“, gestand die Trendiefrau, „aber dann fährst du voll darauf ab!“

„Weil wir jetzt polymorphe Perverse sind, suchen wir Leute, die sich für Gruppensex interessieren“, warf ihr Freund ein.

„Seid ihr zwei ein Pärchen?“ fragte die Frau und deutete auf Chance.

„Nein!“ schnappte Joyce, „ich bin eine Macho-Schlampe und er ist noch Jungfrau.“

„Das stimmt nicht, ich bin autosexuell!“ protestierte Arnold.

„Das hört sich viel hübscher an als einfach Wixer“, meinten die Trendies unisono.

„Beurteilt mich nicht auf der Basis eurer repressiven sexuellen Normen. Ich bin ein Situationist und das heißt, daß ich keine Person ficke, solange meine Beziehung zu ihr nicht völlig transparent ist.“

„Aha“, meinte die Trendiefrau verständig, „du stehst auf Plastik! Das erscheint mir ein bißchen bizarr, aber ich hab nichts dagegen, mich in Klebestreifen einzurollen, wenn dich das hochbringt.“

Joyce mußte zugeben, daß sie sich ob Arnolds Verlegenheit amüsierte. Vor einer Stunde noch hatte er seine drei engsten Freunde umgebracht und jetzt wurde er von diesem Trendie-Pärchen auseinandergenommen. So etwas konnte nur im Thameslink passieren. Der direkte Zug nach Brighton aus der Victoria Station hatte immer viele Touristen an Bord. Der Thameslink, der von Bedford via London nach Brighton fuhr, transportierte eher Passagiere mit Charakter.

Chance atmete sichtlich auf, als die beiden Trendies in Balcombe ausstiegen. Joyce empfand vor allem den letzten Streckenteil nach Brighton immer als extrem mühsam. Der Zug hielt pausenlos und immer nur ein oder zwei Passagiere stiegen an diesen Hinterwäldlerbahnhöfen zwischen Haywards Heath und der Küste aus.

Arnold ging voran, als sie aus dem Bahnhof und auf die

Trafalgar Street traten. Drei Minuten später löste er das Bodenbrett im leerstehenden Haus. Der Pro-Situ hatte eine Taschenlampe dabei, um die Vertiefung, in der die Bombe lag, auszuleuchten. Als Joyce das Ding sah, brach sie in hysterisches Gelächter aus.

„Was ist los?" Chance schlug sie links und rechts ins Gesicht. „Stimmt was nicht?"

Die Hippiefrau versuchte zu reden, aber die Worte wollten nicht aus ihrem Mund. Arnold schlug sie wieder ins Gesicht. Schließlich brachte sie das zu Sinnen.

„Der Zeitzünder an der Bombe ist völlig im Arsch", erklärte Joyce. „Das ist nur eine billige Uhr. Terry hätte ein bißchen besseres Material benutzen sollen!"

„Was erzählst du mir da?" fragte Arnold seinerseits leicht hysterisch.

„Die atomare Explosion findet statt in ..." Joyce nahm die Taschenlampe, um auf ihre Uhr zu schauen und hoffte, daß diese dramatische Geste ihre Lüge etwas glaubwürdiger machte: „...in vier Minuten und dreiundfünfzig Sekunden! Ich habe einfach nicht mehr genug Zeit, um die Bombe zu entschärfen."

„Laß uns sofort abhauen!" quakte Chance.

„Wir haben zur Hölle keine Chance, aus dem Explosionsbereich herauszukommen", erwiderte Joyce und machte ihre Hose auf. „Das ist eine Hundert Megatonnen-Bombe. Die Fallout-Zone wird bis Gatwick reichen. Wir können genausogut da bleiben, wo wir sind."

„Und sterben?" zischte Arnold verzweifelt.

„Ficken!" kündigte Joyce an.

Chance spürte, daß nun der Ernstfall da war, seine Jungfräulichkeit zu opfern. Wenigstens würde er so nicht sein bisheriges Leben Revue passieren lassen müssen, bis die Bombe explodierte. Er folgte dem Beispiel der Hippiefrau und zog sich aus.

„Lecken!" befahl Joyce, nachdem sie Arnold auf seine Knie niedergedrückt und ihre Möse in sein Gesicht geschoben hatte.

Der Pro-Situ mochte den Geschmack nicht, als das Girl feucht wurde. Allerdings spielte das keine Rolle mehr – er würde in ein paar Minuten tot sein. Joyce legte sich flach auf den Boden und Arnold kroch auf sie drauf. Die Agentin führte ihn zu ihrer Fotze. Lang unterdrückte genetische Codes übernahmen die Kontrolle über den Körper des Pro-Situs und er begann den primitiven Rhythmus der Sümpfe zu stampfen.

Joyce war nicht besonders beeindruckt von Arnolds sexuellen Fähigkeiten, aber sie stöhnte ein bißchen, um ihm einen Gefallen zu tun. Chance hatte jeden Sinn für die Zeit verloren. Er wähnte sich als Held eines sexuellen Marathons, obwohl er seine Ladung in weniger als zwei Minuten, nachdem er das Geheimnis des Girls druchdrungen hatte, abschoß. Sein Schwanz wurde schlaff und er zog ihn aus der feuchten Umklammerung von Joyces Möse. Nun, da es endlich geschehen war, hatte der Pro-Situ durchaus gemischte Gefühle, was Sex betraf. Es war doch nicht so toll, nicht viel besser als wixen, aber viel mehr Getue drumherum.

Nach und nach kam dem Pro-Situ wieder in den Sinn, wo er war und was er tat. Er war nicht hierhergekommen, um seine Jungfräulichkeit zu verlieren. Joyce hatte die Bombe entschärfen wollen, aber die Zeit war zu knapp gewesen, und nun wußte Chance eigentlich gar nicht, wieso er noch lebte.

„Die Bombe", stöhnte er. „Wieso ist sie nicht explodiert?"

„Weil Terry euch reingelegt und dafür hunderttausend Pfund kassiert hat", erwiderte Joyce, während sie sich anzog. „Was ihr für euer Geld gekriegt habt, war kein Nuklearsprengkopf, sondern eine Landmine, an die eine billige Uhr geleimt war."

Joyce war so erleichtert. Ihr Freund war aus dem Schneider. Roberts konnte sich selber ficken, soweit es sie betraf. Er hatte absolut nichts gegen Blake in der Hand. Im allerschlimmsten Fall konnte er Terry wegen Betrugs belangen, aber auch das schien unwahrscheinlich. Es würde auch schwer sein, ihn wegen eines Verstoßes gegen die Handelsgesetze zu kriegen, denn Mein Eines Fleisch hatten nie eine Quittung verlangt für den Kauf einer Atomwaffe.

„Soll das heißen, daß ich meine Freunde umsonst umgebracht habe?" jammerte Arnold.

„Aber nicht doch. Du hast sie aus moralischen Gründen ermordet. Daß sie geglaubt haben, eine atomare Waffe zu besitzen, das zählt! Du hast sie abgeschlachtet, weil sie gleichgültig gegenüber dem Schicksal der Menschheit waren. Daß Terry euch beschissen hat, spielt überhaupt keine Rolle."

„Nein, nein! Ich habe meine drei besten Freunde umgebracht. Was wird nun mit mir?"

„Schlimmstenfalls kriegst du lebenslänglich“, beruhigte ihn Joyce. „Das heißt achtzehn Jahre, wenn du dich gut führst. Wenn du dann rauskommst, hast du immer noch zehn oder fünfzehn Jahre deines Lebens, bis du in Rente gehst.“

„Marx, Christus und Satan!“ krächzte der Pro-Situ.

„Ach komm, so schlimm ist es auch wieder nicht“, beruhigte ihn Joyce. „wenn man die Umstände betrachtet und daß du deine Tat bereust, dann kommst du möglicherweise mit fünfzehn Jahren davon. Bei einem Straferlaß bist du höchstens zehn Jahre im Knast.“

Arnolds bisheriges Leben zog an seinem geistigen Auge vorbei. Er bedauerte sich sehr. Prolos behaupteten, daß er privilegiert wäre, aber die hatten ja keine Ahnung. Geld, Herkunft, höhere Schulbildung, das war alles nichts wert, wenn man an so etwas wie dem Unglücksrabentum von Chance litt. Etwa, als Arnold der Arbeiterklasse seine Dienste als revolutionärer Führer angeboten hatte und sein freundliches Entgegenkommen von den Rebellen zurückgewiesen wurde mit der Begründung, daß kein King’s Road Flocki sie rumkommandieren würde! Sein ganzes Leben war Chance von Reaktionären umgeben gewesen, die die Diktatur des Proletariats als zentralen Grundsatz des kommunistischen Projekts ablehnten.

Arnold befahl Joyce, aus dem Gebäude zu verschwinden, und hielt die Landmine an seinen Kopf. Die Hippiefrau raste auf die Straße. Die Explosion zerdepperte ein paar Fensterscheiben, aber Joyce sah nicht einmal zurück, als sie zum Bahnhof marschierte. Sie benutzte einen öffentlichen Apparat, um Roberts in London zu erreichen.

„Grant hier, Sir. Das Ganze war nur ein Schwindel. Blake hat Mein Eines Fleisch statt einer Atombombe eine Landmine verkauft!“

„Nimm den Bastard sofort fest“, zischte der Oberagent, „mir ist egal, was er getan hat und was nicht. Wir brauchen einen öffentlichen Schauprozeß und ich werde dafür sorgen, daß Blake gehängt wird, weil er versucht hat, ganz Brighton in die Luft zu jagen.“

Der Mann von Sieben begann durchzudrehen. Er wußte, daß Joyce ihn nicht liebte. Er brauchte die Sache mit der Atombombe, um Joyce in die Heirat mit ihm zu treiben. Roberts war alles egal, er wollte Joyce.

Brian Smith nutzte die einmalige Gelegenheit, alle noch übrigen Kräfte der extremen Rechten Britanniens zu vereinen. Es war geradezu unglaubliches Glück, daß Harold Denmark bei einem Autounfall ums Leben gekommen und nur ein paar Stunden später George Johnson von seinen eigenen Anhängern umgebracht worden war. Reaktionäre aller Couleur suchten nun einen *Führer* und Smith schien der geeignetste Kandidat. Er nutzte auch die jahrelangen systematischen Lügen des *Anti-Fascist Probe* weidlich aus, die behaupteten, daß die Cockney Nation, die Dritte Position und die United Britons Party von einer höchst geheimen Loge namens AC Thor 33 geleitet wurden.

Smith klagte an, daß Denmark und Johnson von kommunistischen Agenten getötet worden wären. In dieser schweren Stunde würden sich AC Thor 33 und die Weltweite Union Aller Faschisten an die britischen Patrioten wenden, hinter der soeben neu gegründeten Liga Loyaler Rassisten zu marschieren. Mit Smith als *Führer* würde nach dem mitternächtlichen Aufmarsch in Brixton ein Marsch durch Tulse Hill und eine Zeremonie mit einem brennenden Kreuz an einem geheimen Ort folgen.

Winston und Jackie hatten bis zum Umfallen organisiert und gearbeitet, um das Feuer mit dem Feuer zu bekämpfen und endgültig den britischen Faschismus zu zerschmettern. Um die Bullen aus Brixton draußen zu halten, hatten sie Gerüchte in die Welt gesetzt, daß sie sich wieder genauso verhalten würden wie an dem Abend mit der Vernichtung der United Britons Party und dem Westminster-Krawall. Die Schweine schluckten den Köder, und statt Männer nach Süd-London zu entsenden, besetzten sie die Oxford Street als Schutzwall für das Regierungsviertel.

Joyce widerstand dem Drang, nach Brixton zu gehen. Auch wenn Terry vorhatte, zusammen mit Winston und Jackie den Faschisten eine Abreibung zu geben, so waren Joyces Chancen, ihn zu treffen, doch sehr gering. Tausende würden ziellos herumschweifen und in der Unordnung des Aufstandes konnte sie ihren Mann stundenlang suchen, ohne ihn zu finden. Stattdessen machte sich die Hippiefrau auf den Weg zu Blakes Wohnung auf der Isle of Dogs. Obwohl ihr befohlen worden war, den Skinhead wegen Verrats zu verhaften, würde sie ihn, statt jenen Befehlen zu gehorchen, in Sicherheit bringen – weil sie nun wußte, daß er unschuldig war.

Die Faschisten hatten es schwer, sich an ihrem Versammlungsort zu treffen. Sie stießen auf den erbitterten Widerstand von Anwohnern, die entsetzt waren, daß solcher Abschaum in Süd-London einmarschierte. Steine und Flaschen regneten auf die Naziköpfe herab, als diese gestiefelten Idioten versuchten, ihren Kundgebungsplatz, ein begrüntes Dreieck zwischen Brixton Hill und Effra Road, einzunehmen.

Winston und Jackie hielten ihre Truppen zurück, bis Smith mit seiner Rede begann. Hunderte von Soul Brothers hatten sich Union Jack-T-Shirts angezogen, eine taktische Meisterleistung, die dafür sorgen würde, daß die Furcht Gottes über die Liga der Loyalen Rassisten kam. Man stelle sich die Verwirrung eines gewöhnlichen Faschisten vor, der jäh einem multirassischen Haufen gegenübersteht, dessen Mitglieder in das gekleidet sind, was die faschistischen Heuchler als ihre höchsteigene Fahne des Triumphs verehren!

Um Mitternacht waren ungefähr hundert Nazis in Brixton versammelt. Etwa dieselbe Anzahl war mittlerweise schon nach Hause geschlichen, nachdem sie von den weit überlegenen Kräften, die da gegen sie aufmarschierten, erfolgreich eingeschüchtert worden waren. Man konnte jetzt schon sagen, daß die mitternächtliche Nazi-Aktion ein Flop war. Brian Smith kannte diese Atmosphäre der Depression, die über seiner Truppe lag, ganz genau. Diese Männer waren nicht die besten, sondern die schlechtesten ihrer Art. Wenn er nicht schnellstens einen fähigen Leutnant und mehrere andere Offiziere von größerem Kalibe rekrutierte, dann würde seine Bewegung gleich wieder eingehen. Mit bangem Herzen stieg Smith auf die Rednertribüne.

„Arbeit! Ehre! Die Fahne!“ schrie er.

In diesem Moment richtete sich die Aufmerksamkeit seiner Zuhörerschaft jedoch auf das wilde Kriegsgeheul einer mehrere hundert Mann starken Phalanx, die sich blitzartig näherte. Obwohl die Nazis regelmäßig von den Partisanen der Arbeiterklasse verdroschen wurden, so hatten sie doch immer soviel Ehre im Leib, wenigstens Widerstand zu leisten. Diesmal standen die Faschisten einfach wie versteinert da, als sich die jugendlichen Rebellen auf sie warfen. Diese, und es war eine große Zahl Soul Brothers unter ihnen, trugen Union Jack-T-Shirts, und das war einfach unfair! Professionelle Antifaschisten ermutigten die Nazis geradezu, den Union Jack als Symbol der Reaktion zu verwenden, während diese multirassische Armee nun die *magische Kraft* ihrer Standarte gegen sie selber verwendete.

Terry sprang auf die Rednertribüne und schnappte sich Smith am Kragen, bevor der Möchtegern-*Führer* noch den Rand der Bühne erreicht hatte. Er verdrehte ihm den Arm hinter dem Rücken und einen Augenblick darauf landete ein Schwinger eines Soul Brothers im Magen des Nazi-Wixers. Der wollte sich vor Schmerz krümmen, aber Terry verstärkte seinen Griff und hielt ihn gerade. Das kranke Geräusch splitternder Knochen ertönte, als der Soul Brother einen weiteren, harten Schlag landete, diesmal ans Kinn des Faschisten. Il Duce spuckte einen Schwall Blut und angelegentlich Stücke abgebrochener Zähne, während er heulte wie ein Hund, der ausgepeitscht wird.

Innerhalb von Sekunden war eine Schar Klassenkrieger auf der Tribüne bei Terry und nahm es ihrerseits auf sich, die – im wahrsten Sinne des Wortes! – Scheiße aus Brian Smith rauszuprügeln! Als die Schläge auf den Körper des *Führers* einregneten, verlor dieser die gesamte Kontrolle über seinen Darm und seine Blase. Die bemerkenswerte Gnadenlosigkeit der Attacke ließ den Schweinehund winseln und sich in Agonie winden. Als Tritt auf Tritt und Schlag auf Schlag folgten, wünschte sich Smith die gnädige Erlösung des Grabes. Das war wirklich der namenlose Schrecken – die versammelten Proletarier waren die Hetzmeute, die sein noch lebendes Fleisch zerrissen. Smiths Verlust an Lebenssaft, der aus unzähligen Schnitten und Schlägen floß, und eine schwere innere Blutung ließen im Bewußtsein des Faschisten eine dunkle Wolke entstehen. Das Licht, das diesen Körper beseelte, flackerte, wurde schwächer und schließlich ausgeblasen durch die gerechten Hiebe der Arbeitermiliz.

Zur gleichen Zeit mußten sich auch Smiths Kader einer schweren Prügelstrafe unterziehen. Von der Handvoll Nazis, die dem Tod entkamen, starben fünf noch innerhalb der nächsten Woche, drei verbrachten mehrere Monate im Krankenhaus und einer saß für den Rest seines Lebens im Rollstuhl. Der Faschismus war wahrlich und wahrhaftig zerschmettert! Die giftige Saat der Mosley-Jahre war endlich vernichtet! Und die Aufständischen würden in Kürze ihren Sieg konsolidieren, indem sie die Diktatur des Proletariats errichteten. Faschismus und Demokratie, die janusköpfigen Formen des Kapitalismus, nach Bedarf und Epoche anwendbar, würden ein für allemal von den umnachteten Inseln Britanniens verschwinden.

Direkt im Anschluß an die schnelle Abfertigung der Liga Loyaler Rassisten breitete sich der Aufruhr über die Brixton und Stockwell Road weiter aus. Ein steinewerfender Mob bewegte sich südlich nach Dulwich. Der Kampf wurde in die gutsituierten Gegenden geführt, wo die revolutionäre Gewalt mehrere Millionen Pfund Schäden an den Häusern der Reichen verursachte. In der Zwischenzeit waren auch wichtige Ziele nördlich Brixtons von einer ausgesuchten Bande proletarischer Partisanen speziell heimgesucht worden.

Nach der Zerstörung des House of Parliament hatte die Regierung den ehemaligen Sitz des Greater London Council auf der South Bank requiriert und sich dort im Glanze des alten Groß-London niedergelassen. Da die Polizei tatenlos in der Oxford Street lauerte, beeilten sich die Aufständischen, das, was gerade erst das neue Heim des britisch-demokratischen Schwindels geworden war, sofort dem Erdboden gleichzumachen. Welle um Welle von Molotowcocktails flog gegen die Fronten der Gebäude und verwandelte diesen architektonischen Ausdruck städtischen Stolzes in eine glosende Ruine. Und nach der erfolgreichen Beendigung dieser Operation begaben sich die proletarischen Sturmtruppen zu einem Treffen im Lambeth Palace, wo der Erzbischof wartete.

Als Terry aus einem geplünderten Supermarkt herauskam, traf er auf Dirty Doug Thompson und China Doll, ein Pärchen, Freunde aus ganz alten Zeiten. Der Dreckige Doug hatte seinen Spitznamen weg, weil er darauf stand, wenn andere Typen China Doll fickten. Nach einer kurzen Unterhaltung zeigte sich Terry einverstanden mit ein bißchen Gruppensex in Dirty Dougs Wohnzimmer.

Während die drei Rebellen sich ihren Weg aus der Kampfzone bahnten, saß der Großteil der britischen Nation frohlockend vor dem Fernsehschirm. Die Live-Übertragung der Unruhen wurde immer wieder durch entsetzte Reden ausgewählter Minister unterbrochen, die jämmerlich darin versagten, die Öffentlichkeit davon zu überzeugen, daß die Regierung immer noch Herr der Lage war.

Dirty Doug führte sie in seine Wohnung in New Cross. Er drehte den Fernseher an, als gerade eine Reporterin den Premierminister fragte, wieso die Regierung nach den Westminster-Unruhen den Aufruhr nicht unterdrückt hatte. Terry ließ sich aufs Sofa plumpsen und sah sich die zornige Auseinandersetzung an. Doug ging in die Küche, um Kaffee zu machen, während China Doll Terrys Hose öffnete und sein Fleisch in ihre Hand nahm. Der Premierminister beteuerte schwächlich, daß kein demokratisch gewählter Staatschef bereit wäre, so ein Terrorregime zu installieren. Die Interviewerin sah sich wüsten Beschimpfungen ausgesetzt, als sie meinte, der Premierminister habe den Kontakt zur Wirklichkeit verloren.

Terry lachte wie verückt, als China Doll seinen Schwanz in den Mund nahm. Doug kam zurück und setzte das Tablett mit Kaffee auf den Tisch. Er holte seinen Schwanz hervor und arbeitete sich in sexuelle Raserei, als er seiner Freundin zusah, die Blake einen abkaute, wie es sonst keine in Süd-London konnte. Es kamen Nachrichten über die Bevölkerung von Hackney, die sich zu einem Massenmeeting getroffen und abgestimmt hatte, daß der Gebrauch von Geld in ihrer Vorstadt ab sofort verboten war. Doug schoß flüssige Gene über den Fernsehschirm, als der Premierminister sich weigerte, diese letzten Vrokommnisse zu kommentieren. Zur gleichen Zeit feuerte Terry eine Ladung seines Liebessafts in China Dolls Kehle.

Der Fernsehapparat zeigte immer noch Neuigkeiten vom Aufruhr der vergangenen Nacht, als Blake aufwachte. Er hatte fünf Stunden in einem Sessel geschlafen und deswegen einen steifen Rücken. Ein bißchen Gymnastik half Terry, dann ging er in die Küche und machte sich Kaffee. Das starke Gebräu machte ihn vollends lebendig, er ging zurück ins Wohnzimmer und zog sich an. China Doll lag immer noch zusammengerollt am Boden und der Skinhead, der sie nicht wecken wollte, schrieb ihr einen Zettel, daß er sich wieder melden würde.

Die Angestellten des öffentlichen Verkehrs hatten nicht zur Unterstützung der Aufständischen gestreikt und so konnte Terry die U-Bahn in New Cross Gate nehmen. Er fuhr nach Shadwell, von wo es sieben Haltestellen auf der Light Railway bis Crossharbour Station waren. Arthur Roberts lauerte vor dem Kelson House und sein Tag war gerettet, als er Blake erblickte.

Nun würde er dafür sorgen, daß der Boot-Boy für die Bomben-Sache in Brighton wegen Verschwörung angeklagt wurde und Joyce seine Frau wurde, um der Anklage wegen Beihilfe zu entkommen!

Terry war erfreut, daß Joyce ihn in seiner Wohnung erwartete, aber seine gute Laune schwand, als er hörte, daß Roberts seinen Skalp wollte. Blake würde nicht sicher sein bis zum endgültigen Sturz der Regierung. Die Aufstände mußten sich über das Zentrum von London hinaus ausweiten, damit der Zugriff der Politiker auf die Nation vollständig gebrochen wurde. Joyce flehte Terry an, mit ihr solange das Land zu verlassen. Ihr Plan war, mit dem Fahrrad zur Wellington Station zu fahren und von dort mit dem Zug nach Dover.

Terry hatte zwei Räder. Er gab Joyce dasjenige, bei dem alles funktionierte. Selber nahm er das, dessen Bremsen nicht funktionierten. Roberts fuhr ihnen in seinem Auto nach und verfluchte sie, als er merkte, daß sie die Fußgängerunterführung des Greenwich Tunnels nahmen. Er verließ seinen Wagen und setzte die Verfolgung zu Fuß fort. Terry und Joyce schlossen ihre Räder an einen Pfosten nahe der *Cutty Sark* an und gingen zu Fuß zu Goddard's Eel and Pie House.

Blake bestellte Käsekuchen mit Zwiebeln und Kartoffeln mit Petersilie und sie spülten das Ganze mit starkem Tee hinunter. Während sie aßen, gestand Terry Joyce, daß er schon immer für die traditionelle Küche Londons geschwärmt hatte. Goddards servierte nicht nur die besten Pasteten südlich der Themse, sondern hatte auch die zivilsten Preise.

Sie tranken einen Kaffee, damit sich das Essen setzen konnte. Dann führte Terry Joyce in das South London Antique and Book Centre. Hier hatte er unzählige Secondhand-Oi!-Platten zu Spottpreisen erstanden. Er wollte noch einmal einen kurzen Blick an einen seiner Lieblingsplätze werfen, bevor er aus London weg mußte – ohne zu wissen, wann er wieder zurückkam. Für Terry gab es keinen Ersatz für seine Heimatstadt. Der Boot-Boy stand zu London wie ein Libertin zu seiner bevorzugten Geliebten. Sie war eine Frau, von der er nicht allzulange getrennt sein konnte.

Roberts hatte sich von der Polizeiwache in Greenwich ein neutrales Auto besorgt. Der Topagent fragte sich langsam, ob er sich nicht doch lieber ein Fahrrad hätte geben lassen sollen, als er die beiden Flüchtigen am Grooms Hill wieder ins Visier kriegte. Er parkte in der Long Pond Road und beobachtete mit dem Fernglas das Fortkommen der beiden Velozyklisten. Nachdem sie erst einmal eine beachtliche Distanz zwischen sich und ihren Verfolger gelegt hatten, setzte Roberts sein Fahrzeug wieder in Gang und fuhr ihnen langsam nach.

Jede Sekunde, die Joyce noch verstreichen ließ, ohne den Skinhead zu verhaften, fügte weiteres zum Tatbestand der groben Pflichtverletzung hinzu. Es spielte gar keine Rolle mehr, ob Blake wirklich ein gefährlicher Subversiver war oder nicht, Joyce hatte Probleme, weil sie den klaren Befehlen eines Vorgesetzten nicht gehorcht und Blake nicht zu einem Verhör vorgeführt hatte. Roberts glaubte langsam daran, das Mädchen zu einer Heirat zwingen zu können, ohne ihren Freund fertigzumachen.

Terry und Joyce verschwendeten ihren Schweiß, während sie den Shooters Hill hochtraten. Die Hippiefrau meinte, daß ihnen eine kurze Pause gut tun würde. Sie überquerten die Straße und schoben ihre Fahrräder ein Stück auf einem nicht befestigten Weg. Sie lehnten ihre Räder an einen Baum und begaben sich ein bißchen tiefer ins Dickicht. Sie zogen sich aus und Terry lag nackt im Dreck, während Joyce sich auf ihn setzte. Die Hippiefrau drückte den Penis des Boot-Boys zur Erektion und führte ihn in den Sitz ihres Geheimnisses. Der Skinhead lag sehr ruhig, während sich Joyce in Raserei hineinarbeitete.

Roberts verfluchte die Flüchtigen einmal mehr, weil sie von der geteerten Straße weg waren. Er parkte sein Auto und folgte ihnen zu Fuß. Der Topagent näherte sich den Fahrrädern sehr vorsichtig, entspannte sich jedoch sofort, als er die Fickgeräusche hörte und die beiden völlig in ihre Tätigkeit vertieft sah. Es war das erste Mal, daß Roberts die Hippiefrau in ihrer ganzen prächtigen Nacktheit sah – was für ein Anblick! Roberts kauerte sich neben ihr Fahrrad und schnüffelte am Sattel. Seine Augen waren starr auf die Fickszene gerichtet, während er das Leder leckte, daß vor kurzem noch von Joyces Arsch beglückt worden war.

Roberts war zugleich erregt und wütend, als er endgültig feststellen mußte, daß das Objekt seiner liebenden Hingabe nicht viel besser als eine Hure war. Der Topagent hätte am liebsten seinen Schwanz rausgeholt und gewixt, aber er hatte an zu viel sexueller Frustration gelitten, um nun einfach mit dem Strom seiner Wünsche fließen zu können. Stattdessen gab er dem Ärger eines Lebens voll sexueller Repression Ausdruck. Er holte seine Fünfundvierziger aus dem Schulterhalfter und zielte auf den Kopf der Hippiefrau. Blut spritzte in einem dicken Strahl aus Grants Kopf, als die Kugel ihr Gehirn durchschlug. Der Topagent zielte für einen zweiten Schuß auf Terry, doch die Knarre klemmte. Roberts warf das nutzlose Schießeisen in die Büsche, sprang auf das Fahrrad, dessen Sattel er geküßt hatte, und fuhr den Naturweg weiter durch die Büsche.

Der Boot-Boy brauchte nicht lange, um den leblosen Körper seiner Freundin von sich zu schieben. Trauer und Wut trieben ihn an, als er auf das andere Rad sprang. Als Roberts die Hauptstraße wieder erreichte, war der Skinhead nur noch zehn Meter hinter ihm. Das enorme Gefälle der Straße jedoch gab dem Topagenten einen riesigen psychologischen Vorteil in die Hand. Ohne Bremsen, mit denen er die Geschwindigkeit regulieren konnte, würde Terrys Fahrrad bei der wilden Abfahrt von Shooters Hill sofort außer Kontrolle geraten. Der Skinhead entschloß sich innerhalb einer Zehntelsekunde – er würde nur zu gerne sterben, wenn er nur Roberts dabei mitnehmen konnte. Der nackte Boot-Boy ließ sein Rad einfach fahren und rammte den Topagenten in vollem Tempo. Die zwei Velozyklisten schlidderten ineinander verkeilt über die Fahrbahn und wurden von einem Laster, der in Richtung Kent unterwegs war, überrollt.

Terry war eines von zweihundertfünfunddreißig proletarischen Opfern in dieser Woche der revolutionären Gewalt. Sein Tod jedoch wurde als Verkehrsunfall registriert und so taucht sein Name nicht in den historischen Quellen jener Zeit auf.

Cover von
The Cortinas
»Defiant Pose / Independence«
(Step Forward Records, 1977)

GLOSSAR

Ants: So hieß die erste Punkband von Adam Ant, einem Veteranen der Bewegung. Adam war das einzige Mitglied dieser Combo, das später auch bei den Hitparadenstürmern Adam and the Ants mitmachte. Aus dem Rest der Ants formte Malcolm McLaren eine andere Teenexploitation-Punkband, Bow Wow Wow.

Asda: Englische Supermarktkette.

Barrats: Bauunternehmen, das vor allem an der Errichtung der Yuppieghettos in den Docklands beteiligt war.

Ludwig Van (Beethoven): Häufig ist im philosophischen und politischen Diskurs in England und Amerika die deutsche Romantik (und also auch Beethoven) sehr suspekt und führt direkt zu den Nazis. Da nützt es auch nichts, daß der gute Ludwig Van Anhänger der Französischen Revolution war.

Boot-Boys: Boot-Boys tragen die notorischen Doc Martens-Stiefel, müssen aber nicht notwendigerweise Skinheads sein. Es gibt sie auch mit längeren Haaren, aber meist werden die beiden Begriffe gleichgesetzt.

Petra Christian: Die englischen Autoren Peter Cave und Christopher Priest schrieben in den frühen siebziger Jahren unter diesem Namen eine Reihe hochklassigen Science-Fiction- und Horrorschunds.

Close Shave: Rechte Skinhead-Band. Im Song „Oi Kinnock Give Us Back Our Rose" beschweren sie sich darüber, daß die Labour Party Ende der achtziger Jahre die Rote Rose als Parteizeichen übernahm, obwohl die Rose das Emblem der englischen Nation ist und sozialistische Verräter natürlich kein Recht darauf haben.

Abiezer Coppe: Das Erscheinen von Abiezer Coppes „A Fiery Flying Roll" im Januar 1650 verursachte einen ausgiebigen Meinungsstreit. Coppe kam dafür schließlich ins Gefängnis und Exemplare seines Buches wurden öffentlich verbrannt. Die Regierung setzte aus diesem Anlaß einen Parlamentsartikel gegen „atheistische, blasphemische und abscheuliche Meinungen" in Kraft. Coppes Traktat gegen die Reichen und religiöse Heuchler ist eines der machtvollsten Beispiele rhetorischer Kunst im englischen Sprachraum.

Dreieinhalb Millionen Chinesen: Premierministerin Thatcher soll den dreieinhalb Millionen Hongkongchinesen versprochen haben, daß sie beim Heimfall der Kronkolonie an die Volksrepublik China nach England kommen dürften – behauptete wenigstens die ultrarechte Propaganda!

Freedom: Anarchistische Buchhandlung gleich neben der Whitechapel Galerie, ist aber völlig unabhängig von dieser.

Richard Jeffries: Englischer Schriftsteller, 1848 geboren, der den Lobpreis von Natur und ländlichem Leben sang. Wurde immer wieder von notorischen Faschisten vereinnahmt, wie auch jetzt wieder von englischen Neo-Nazis.

George Lansbury (1859–1940): war ein unabhängiger Sozialist, Gewerkschafter, populärer Politiker und Mitglied des Parlaments für den Wahlkreis Poplar. Weigerte sich in den zwanziger Jahren mit anderen Mitgliedern des Gemeinderats von Poplar, die Arbeitslosenunterstützung zu senken, und mußte dafür ins Gefängnis. Poplar, ein Stadtviertel in Ost-London, war lange Zeit Hochburg der unabhängigen Sozialisten.

William MacGonagal: Schrecklich schlechter Dichter aus dem 19. Jahrhundert, der für seine gänzlich mißglückten Verse noch heute eine Kultanhängerschaft hat.

MI 7 (Sieben): Während MI 5 mit der Subversion im eigenen Land beschäftigt ist, befaßt sich MI 6 mit der internationalen Spionage; MI 7 ist jedoch eine Erfindung des Autors.

Oswald Mosley: Führer der englischen Faschisten in den dreißiger Jahren, deren Partei nach der Kriegserklärung gegen Hitler verboten wurde.

SEX: Der Laden von Vivienne Westwood und Malcolm McLaren an der King's Road, wird von Jordan, wandelndes Gesamtkunstwerk, geboren 1955 als Pamela Rooke, seit 1975 geführt. Ausgangs- und Stützpunkt der Punkbewegung.

Sham 69, Slaughter and the Dogs, Menace, Cock Sparrer: Punkbands der ersten und zweiten Generation, die 1977/78 sehr populär bei eher proletarischem Publikum waren. „Sham sind das Verbindungsglied zwischen The Clash und Kraft durch Oi!“ (Jon Savage)

Skrewdriver: Ursprünglich eine Punkband der zweiten Generation. 1978 entstanden, gerieten sie mit der Hinwendung ihres Frontmanns Ian Stuart zu White Power in Nazi-Fahrwasser.

Clark Ashton Smith: Amerikanischer Fantasy-Schriftsteller der dreißiger Jahre. Gehörte zum Kreis um H.P. Lovecraft.

Guy N. Smith: Horror-Romanautor, relativ populär bei der Jugend in den siebziger und achtziger Jahren.

Otto Strasser: Geboren 1897, SPD-Mitglied, brach nach dem Ruhraufstand 1920 mit der Partei und näherte sich den Kommunisten an, geriet aber über seinen Bruder Gregor Strasser (1892–1934) Mitte der zwanziger Jahre zur nationalsozialistischen Bewegung. Er machte Opposition gegen Hitler in der „Kampfgemeinschaft Revolutionärer Nationaler Sozialisten", mußte 1933 exilieren und kehrte 1955 nach Deutschland zurück. 1974 starb er in München. Otto Strasser gilt als Theoretiker des „Dritten Wegs" oder der „Dritten Position", eines „sozialistischen Nationalsozialismus", dem über ganz Europa rechte Splittergruppen anhängen.

The Survivalist: Trash-Romanserie des amerikanischen Autors Jerry Ahern, die in England in den achtziger Jahren ziemlich häufig gekauft wurde.

William Walton: Komponist, 1902–1983. Kehrte nach neutönerischen Anfängen zur Neuromantik zurück. „Er hörte sich irgendeine bedrückende, imperialistische Musik von jener Art an, wie sie bei der offiziellen Einweihung von Mausoleen eingesetzt wird. Sir William Walton." (Ishmael Reed, „The Terrible Twos")

Doris Wishman: Amerikanische Low-Budget-Filmerin, begann mit Nudistenfilmen und arbeitet nun in jedem Genre des Billigfilms. „Ich habe zwei Filme mit Chesty Morgan gemacht. Der eine hieß ‚Tödliche Waffen' und war nicht so gut wie ‚Doppelagent 73' [Anspielung auf Chesty Morgans Brüste und ihre Oberweite von 73 Zoll = 185 Zentimeter]. Chestys Geliebter wird von Gangstern ermordet, sie sucht sie und tötet sie, indem sie sie mit ihren Brüsten erstickt." (Aus einem Interview mit Doris Wishman)

John Zerzan: Marginaler amerikanischer Theoretiker, beeinflußt von der Frankfurter Schule und den Situationisten. „Elements of Refusal" war sein erstes Buch, eine Sammlung von politischen Essays.

W.B.